NARRATORI MODERNI

SALVATORE BASILE

LO STRANO VIAGGIO DI UN OGGETTO SMARRITO

Garzanti

Prima edizione: maggio 2016

Per essere informato sulle novità del Gruppo editoriale Mauri Spagnol visita:
www.illibraio.it

ISBN 978-88-11-67152-7

Printed in Italy

www.garzantilibri.it

LO STRANO VIAGGIO DI UN OGGETTO SMARRITO

A Tina, la mia forza.
A Viola e Arianna, il mio respiro.
A Roberto e Geppina, le radici della mia parte migliore.

È una follia odiare tutte le rose
perché una rosa ti ha punto,
abbandonare tutti i sogni
perché uno di loro non si è realizzato
rinunciare a tutti i tentativi perché uno è fallito…
Ci sarà sempre un'altra opportunità,
un'altra amicizia, un altro amore, una nuova forza.
Per ogni fine c'è un nuovo inizio.

Antoine de Saint-Exupéry

«Mamma...»

La donna si volta, sorpresa.

«Michele...»

Il bambino sorride. Ha la cartella a tracolla e un leggero affanno.

«Siamo usciti un'ora prima, la maestra non si sentiva bene...»

La donna annuisce, evita il suo sguardo.

Il bambino le si avvicina, vorrebbe dirle che ha corso a perdifiato per tornare subito a casa e che ha visto il mare agitato con le bandiere rosse del pericolo che svolazzavano nel vento, anche se è novembre e sulla spiaggia non c'era nessuno.

Invece vede il quaderno rosso tra le mani di sua madre.

«Mica ti metti a leggere cosa c'è scritto? Quello è il mio diario segreto...»

«Lo so, non ti preoccupare.»

La donna fa per restituire il quaderno, ma poi frena il gesto.

«Se ti prometto che non lo leggo, me lo fai tenere?»

Michele non capisce: se non lo legge, che se lo tiene a fare? Però sa che quando hai sette anni ci sono un sacco di cose che i grandi capiscono e tu ancora no.

«Però poi me lo ridai?»

La donna annuisce appena.

«Me lo prometti?»

Lei esita.

«Me lo prometti?» insiste il bambino.

«Te lo prometto.»

La donna infila il quaderno rosso nella valigia e la chiude. Solo allora Michele nota il bagaglio.

«Che fai, parti? E dove vai?»

Lei non ha risposto.

O forse la sua voce è stata coperta dallo sferragliare di un treno in arrivo. Michele è abituato a quel rumore metallico e ritmato, a quel vento caldo e improvviso che, spinto dalla locomotiva in frenata, invade le stanze se le finestre sono aperte, alla strana sensazione che il treno possa entrare direttamente in cucina e fermarsi nel corridoio, con i passeggeri che scendono frettolosi e magari ti rubano i giocattoli se stai dormendo.

La donna afferra la valigia e il suo profilo si disegna, ancora una volta, davanti agli occhi del bambino. Il naso sottile, leggermente rivolto all'insù, gli occhi come una pozza di petrolio, le onde dei capelli castani, l'essenza di ciliegia delle labbra, tutto si immerge nella penombra delle serrande abbassate, mentre si avvia verso l'uscita.

«Quando torni, mamma?»

Lei inspira con forza, divora l'aria che le invade i polmoni fino a far schizzare via ogni debolezza, ogni rimpianto. I rimorsi no. I rimorsi sa che dovrà portarli dentro, come un bagaglio che non potrà mai essere disfatto, né andrà mai a deposito.

«Torno... appena posso», sussurra.

Poi varca la soglia e la luce del sole la investe.

Michele la segue.

È salita sul treno.

Il bambino non la perde di vista, con la cartella ancora a tracolla la pedina con gli occhi e con i passi lungo la banchina dell'unico binario, mentre lei attraversa i vagoni in cerca di un posto a sedere.

Poi vede suo padre, nella sua divisa da capostazione, mentre porta il fischietto alla bocca per spingere il treno lontano.

Perché lui e la mamma non si sono salutati? Perché papà ora fischia? Non lo sa che poi il treno va via e che sul treno c'è la mamma?

1.

Erano tutti acquattati nella penombra della stanza. Il treno interregionale delle 19.45, proveniente da Piana Aquilana, afferrava il buio di una sera di novembre ed entrava nella stazione di Miniera di Mare in perfetto orario.

Silenziosi, immobili, attendevano nel silenzio appena rotto dallo sbuffare della locomotiva e dal cigolio metallico dei freni che serravano le rotaie. Rimasero fermi al loro posto anche quando le assi di legno del pavimento sussultarono, scosse dalla frenata finale e dal soffio potente e definitivo del motore che sprofondava nel riposo.

Più tardi, la porta del piccolo appartamento si sarebbe spalancata e l'uomo del treno avrebbe fatto il suo ingresso.

Come ogni sera.

Nel frattempo, i passeggeri scesero dai vagoni. Michele, fermo sulla banchina dell'unico binario, li guardò con attenzione mentre si allontanavano verso l'uscita, diretti alle loro case o chissà dove. Conosceva a memoria quell'aria «da arrivo» dei viaggiatori, quel guardarsi intorno come se scoprissero per la prima volta la vita, come se ogni rientro serale fosse una rinascita, un miracolo inaspettato.

Poi si avvicinò alla locomotiva di coda e vide il suo volto riflesso nel vetro, contemplò i suoi trent'anni da poco compiuti, i capelli castani che cominciavano appena a diradarsi sulle tempie, i suoi occhi neri come una pozza di petrolio. E la giacca da ferroviere che, da qualche mese, iniziava a stargli un po' larga sui fianchi.

«Michè...»

Si voltò in direzione della voce che conosceva bene: era la voce del controllore, che gli veniva incontro affiancato da un anziano macchinista.

«Non è che me le regali le tue ferie arretrate? M'hanno detto che ne hai a centinaia. Almeno me le faccio io, no? Non ti pare?» continuò il controllore, con un sorriso ironico, quasi insolente.

Michele annuì appena, a disagio.

«Tanto tu che te ne fai? Stai sempre qua...» aggiunse il macchinista.

«E lui se le conserva, non lo sai?... È un collezionista di ferie non godute», ammiccò il controllore.

«E si vede che il ragazzo non è portato per godere...» incalzò il macchinista, allusivo.

I due risero, complici. Poi si allontanarono verso l'uscita della stazione, che rimase deserta.

Michele trasse un sospiro di sollievo: finalmente il treno era tutto suo.

Come ogni sera. Fino all'indomani.

Aprì l'ultimo sportello del vagone di coda e trattenne il fiato.

La prospettiva delle nove carrozze che si susseguivano in linea retta, una dopo l'altra, si spianò davanti al suo sguardo. Mosse il primo passo di quella lenta traversata serale che lo avrebbe condotto fino alla locomotiva di testa e inspirò con forza.

L'odore di ferro misto a quello di similpelle dei sedili gli invase le narici. Amava quell'odore come poche altre cose. Un odore sempre uguale e comunque ogni sera diverso. Al ferro e alla similpelle del vecchio treno, infatti, si mescolavano gli afrori del sudore e degli abiti dei passeggeri che si erano alternati all'interno dei vagoni durante il giorno; i sentori del cibo consumato durante il viaggio; il fumo delle sigarette aspirate furtivamente davanti ai finestrini aperti lungo i corridoi; le note persistenti dei medicinali, del caffè nei thermos.

Poi c'era il silenzio. E quel silenzio lo rassicurava. Nessuna voce, nessun volto. Né gli odori né gli avanzi di cibo, nulla di tutto ciò tratteneva in quei vagoni le persone che avevano occupato il treno. In quel silenzio rimaneva solo il riverbero delle loro vite misteriose. Nessuno l'avrebbe visto aggirarsi tra le carrozze, nessuno gli avrebbe rivolto domande, nessuno l'avrebbe messo in imbarazzo costringendolo a spiegare i perché della sua vita solitaria.

Michele cominciò a controllare che tutto fosse in ordine, tirò su i vetri dei finestrini rimasti aperti, ripulì i vagoni dai rifiuti, lucidò le maniglie cromate.

Quando raggiunse la locomotiva di testa, vi entrò. Raccolse alcune carte dal pavimento, un paio di bicchieri di plastica che odoravano di vino, un cartoccio unto che profumava ancora di cibo da rosticceria.

Poi si voltò verso la coda del treno e cominciò il suo viaggio di ritorno verso l'ultimo vagone. Passare in rassegna i posti a sedere era la parte finale del suo lavoro, quella che amava di più. I sedili morbidi conservavano impresse le sagome dei passeggeri. Immerso nella sua solitudine poteva esaminarli, con calma.

Giunto al terzo vagone, sul lato sinistro, al posto 24, vide qualcosa. Si avvicinò, con una leggera emozione, come gli accadeva sempre in questi casi.

Era una piccola bambola, grande quanto una mano, di gomma spessa leggermente consumata, il volto paffuto su cui spiccavano due occhi blu, grandi come lune. Indossava un vestito di cotone grezzo, il fondo verde punteggiato di fiori bianchi e gialli: margherite e girasoli.

Michele la prese tra le mani e sorrise.

«Bentrovata», sussurrò alla bambola, e la infilò nella tasca della giacca.

Erano ancora fermi al loro posto quando, qualche minuto dopo, Michele spalancò la porta di casa.

«Scusate il ritardo...» sussurrò con aria stanca. Poi accese le luci e la stanza si illuminò. Si avviò verso il tavolo, al centro dell'ambiente, sfilò la piccola bambola dalla tasca.

«C'è un nuovo arrivo», disse, mostrando la bambola e accarezzando con lo sguardo tutti gli oggetti che riempivano il salotto, ordinati lungo le pareti su scaffali e tavolini. Oggetti smarriti sul treno, che Michele aveva ritrovato nel corso degli anni e che ormai facevano parte della sua vita: dozzine di ombrelli, bastoni, occhiali da sole e da vista, libri di ogni genere, berretti e cappelli, orologi da polso, accendini cromati, svariati capi di abbigliamento di varie taglie e tessuti allineati su alcuni appendiabiti, radioline a transistor, vecchie macchine fotografiche, un piccolo registratore, quattro mangianastri, due vecchie autoradio, un cellulare col display rotto, alcuni gomitoli di lana con i rispettivi ferri da maglia, sei cacciavite, un guantone da boxe, alcune borracce, un vecchio clarino, dozzine di armoniche a bocca, fionde e pistole giocattolo, un manubrio di bicicletta, zaini e vecchie valigie vuote.

Michele si avvicinò a uno scaffale e poggiò la bambola accanto ad altri giocattoli che erano lì da tempo: un orso di peluche, un piccolo Pinocchio di legno, un vecchio Batman di gomma a cui mancava un braccio, un robot di metallo. Osservò l'insieme, in silenzio, poi il suo sguardo si posò su una foto incorniciata alla parete: ritraeva un uomo sui quarant'anni dallo sguardo triste, in divisa da capostazione, accanto a una giovane donna dai capelli castani che, completamente immersa nel chiaroscuro di un ottobre nuvoloso, teneva per mano un bambino dal sorriso raggiante e gli occhi neri come una pozza di petrolio. La foto era stata scattata davanti a una piccola casa che affacciava sui binari della stazione ferroviaria di Miniera di Mare.

All'interno di quella stessa casa, proprio in quell'istante, risuonò il *din-don* del piccolo orologio a pendolo. Michele si scosse, si voltò a guardare il quadrante. Erano le 20.30. L'ora della cena. Alle 22.00 in punto sarebbe andato a dormire, per poi svegliarsi alle 6.15 e farsi trovare pronto per la partenza del primo e unico treno. Aveva scandito la sua vita sui ritmi della stazione ferroviaria di cui era l'unico custode, una vita legata alle partenze e ai ritorni dell'interregionale che, ogni giorno alle 7.15, lasciava alle sue spalle la stazione di Miniera di Mare e attraversava l'intera mattinata per arrivare a Piana Aquilana alle 12.45. Durante il viaggio erano previste tre soste: Solombra Scalo alle 7.38, Prosseto alle 8.15 e Ferrosino alle 9.20. Alle 14.15 in punto, lo stesso treno si inoltrava nel primo pomeriggio per compiere il percorso inverso e tornare a Miniera di Mare alle 19.45.

Michele era lì, a vederlo partire nella luce del mattino per poi accoglierlo al tramonto, d'estate, o nel buio della sera, d'inverno. Poi se ne prendeva cura. E tutto ciò lo faceva sentire al sicuro.

Si diresse verso la cucina. Aprì il frigorifero, prese due uova e un piatto che conteneva degli spinaci già lessati. Mise a bollire un po' d'acqua sul fuoco, vi aggiunse mezzo dado di brodo vegetale.

Stese una tovaglia sul tavolo della cucina, vi dispose il piatto con gli spinaci, un bicchiere, una bottiglia d'acqua minerale, un tovagliolo di carta, forchetta e cucchiaio.

Poi ruppe le due uova in una ciotola, vi aggiunse del sale e cominciò a sbatterle con una forchetta. Quando l'acqua col dado iniziò a bollire, ci versò le due uova sbattute, rimestando appena.

Calcolò tre minuti di cottura per ottenere una stracciatella morbida, senza far evaporare troppo il brodo.

Mentre osservava le uova rapprendersi lentamente, accadde l'imprevisto. Si preannunciò con un suono leggero ma insistente: sembrava il ticchettio del becco di un uccello che batteva contro il vetro di una finestra. Non sarebbe stata la prima volta che un pettirosso cocciuto picchiettava contro i vetri, ma ciò accadeva sempre in pieno giorno, quando i riflessi del sole sulle finestre potevano confondere un uccello di passaggio e fargli intravedere, nel bagliore di luce, una pozza d'acqua o un varco da oltrepassare. Ma fuori era buio e i pettirossi, col buio, dormono. Su questo c'era poco da discutere. Oltre a ciò, l'insistenza dei volatili non durava più di pochi secondi. Invece il ticchettio non si interrompeva, anzi, diventava sempre più insistente, cresceva di volume, e sembrava quasi che, chiunque fosse a picchiettare, potesse sfondare da un momento all'altro il vetro. Infine, quando dall'esterno della casa risuonò una voce femminile, Michele ebbe la conferma che non si trattava di un pettirosso.

«C'è nessuno? Per favore… C'è nessuno?»

A quel punto sussultò: non era mai accaduto che qualcuno si avventurasse nella stazione a un'ora così tarda, né avrebbe mai ipotizzato che qualcuno potesse bussare alla sua porta di casa. Mentre gettava uno sguardo alla stracciatella che continuava il processo di cottura, si rimproverò per non aver chiuso gli accessi al pubblico come faceva ogni sera. Certo, era abituato a farlo dopo cena, prima di andare a letto, però magari avrebbe anche potuto anticipare l'operazione. La prudenza non è mai troppa, diceva suo padre. E a suo modo aveva ragione, anche se tutta quella prudenza non gli era servita a vivere a lungo, né a trattenere sua moglie, che era partita col treno in una tiepida mattina di novembre, quando Michele aveva solo sette anni, per non tornare mai più.

Si ripromise di chiudere gli accessi al pubblico prima di cena, dall'indomani in poi. Ma intanto la voce femminile si faceva sempre più insistente e magari, a forza di battere contro il vetro, l'avrebbe rotto davvero.

«C'è qualcuno? Lo so che c'è qualcuno, le luci sono accese…» continuò la voce aumentando di volume.

Michele sospirò, calcolò in un ulteriore minuto e mezzo il tempo di cottura della stracciatella, calcolò che in pochi secondi sarebbe arrivato alla porta d'ingresso, avrebbe spiegato all'intrusa che il primo e unico treno in partenza dalla stazione era previsto per le 7.15 dell'indomani, le avrebbe gentilmente indicato l'uscita in direzione della biglietteria automatica e, alla fine, avrebbe avuto a disposizione ancora qualche secondo per spegnere il fuoco. E poi nulla gli avrebbe impedito di gustarsi la sua cena in santa pace. Solo. E quindi al sicuro.

Attraversando la stanza degli oggetti smarriti si diresse velocemente verso la porta, la aprì e si trovò di fronte una ragazza in tuta da ginnastica. Non superava i venticinque anni, aveva i capelli lunghi e neri raccolti in una coda di cavallo, gli occhi rotondi, di un grigio inusuale che, alla luce delle lampadine, emanavano piccoli bagliori verdi, il viso dai lineamenti regolari, senza un filo di trucco. Non molto alta: gli arrivava appena all'altezza del mento, anche se comunque Michele sfiorava il metro e ottanta. Non era particolarmente bella, ma aveva un sorriso disarmante.

«Ciao... cioè, buonasera. Io sono Ele. Che poi sarebbe Elena», disse come se volesse scusarsi del suo stesso nome.

Michele tentò di anticipare qualunque altra cosa volesse aggiungere la ragazza.

«Non ci sono treni fino a domani alle sette e quindici», disse, «e...»

«Sì, lo so. Conosco gli orari del treno, visto che lo prendo ogni mattina», incalzò Elena, anticipandolo a sua volta.

Michele si sentì spiazzato. Aprì la bocca come a voler dire qualcosa, ma la ragazza lo anticipò di nuovo.

«Abbonata, terza carrozza, posto 24. Parto ogni giorno da Solombra Scalo e arrivo a Prosseto. Sai com'è, lavoro lì. Poi al pomeriggio stacco dal lavoro e ritorno a Solombra. Però magari questo non importa. Il fatto è che... cioè, forse tu mi puoi aiutare. Ho perso qualcosa sul treno, proprio oggi pomeriggio... e visto che questa è la stazione dell'ultima fermata, magari, mi chiedevo... insomma non è che qualcuno ha trovato una piccola bambola?»

Michele era sempre più allibito. In quasi dieci anni di lavoro, mai nessuno si era presentato in stazione a reclamare un oggetto smarrito. Si trattava quasi sempre di oggetti di poco conto e comunque la gente di solito rinunciava a recuperarli, a meno che non fossero di importanza fondamentale. E quella bambolina, tra l'altro consumata, non gli sembrava affatto un oggetto di importanza fondamentale.

«Allora? Sai qualcosa di Milù?» incalzò Elena.

«Milù?»

«Sì, la bambola... si chiama Milù.»

Michele esitò. La procedura non era proprio corretta: lui

aveva staccato dal lavoro, si trovava in casa sua e, anche se la casa era situata all'interno della stazione, non per questo si poteva considerare un ufficio della stazione stessa; l'indomani avrebbe dovuto catalogare l'oggetto e soltanto durante l'orario regolamentare avrebbe potuto restituirlo alla legittima proprietaria. Cercò di spiegare il tutto, velocemente.

«Ehm... sì, forse ho trovato una bambola ma...»

Non riuscì a completare la frase. Elena lo abbracciò di slancio, urlando di gioia. Gli stampò un bacio su una guancia, prima che lui potesse rendersi conto di ciò che stava accadendo. Era il primo abbraccio che riceveva da quando sua madre era andata via. Il primo bacio che riceveva da quando aveva sette anni. E come se non bastasse, era la prima volta in assoluto che riceveva un abbraccio e un bacio da una donna che non fosse sua madre.

Rimase paralizzato. Elena se ne accorse e si ritrasse, pur continuando a sorridere come se il mondo fosse davvero qualcosa di assolutamente meraviglioso.

«Scusami... sono troppo espansiva, lo so. Me lo dicono tutti. Ma quando sono felice non riesco a frenarmi. È... come ti posso spiegare? Mi prende una scossa. Elettrica. Ecco.»

Michele la fissò, imbambolato.

«Oddio, non sai quanto sono contenta... E dov'è?»

«Eh?»

«Milù. Dov'è? Me la posso riprendere?»

Michele intuì che forse era meglio fregarsene delle procedure e restituire la bambola al più presto, piuttosto che spiegare a quella specie di uragano che sarebbe dovuta tornare l'indomani, con tutte le conseguenze possibili e immaginabili.

Le fece cenno di attendere. «Vado un attimo a prenderla e procediamo col riconoscimento.»

E prima che Elena potesse replicare, le voltò le spalle e si diresse dentro casa.

Attraversò la stanza degli oggetti smarriti, raggiunse lo scaffale dei giocattoli, stava per prendere la piccola bambola quando sentì la voce di Elena alle sue spalle.

«Ommioddio!!!»

Michele si voltò di scatto, come un ladro colto sul fatto.

Elena era al centro del salotto e si guardava intorno, meravigliata.

«Ma questo è... l'Ufficio oggetti smarriti?»

"Esci immediatamente da casa mia", avrebbe voluto dire Michele, ma scoprì che non aveva il fiato per articolare le parole. Da quando era morto suo padre, dopo il funerale, nessuno aveva messo più piede in quella casa ed erano passati ormai quasi undici anni. Capì, proprio in quel momento, di non essere più abituato ai rapporti umani. E, soprattutto, non era più abituato ad altre presenze che non fossero i suoi oggetti inanimati all'interno della casa. Quando era successo? Da quanto tempo la solitudine aveva preso il sopravvento sulla sua vita? Da quanto tempo il silenzio, i gesti solitari, l'assenza di altre vite che non fossero la sua erano diventati la sua condizione di sopravvivenza?

Elena, intanto, cominciò ad aggirarsi per la stanza, osservando tutti gli oggetti e parlando a raffica. «Ma è possibile che la gente dimentica tutte queste cose? E non torna a riprenderle? Guarda qua... non vedevo dei mangianastri da quando ero bambina... Le autoradio! Mi ricordo che mio padre ne aveva una così e quando parcheggiava la macchina la nascondeva sotto il sedile. Una volta hanno rotto il vetro e gliel'hanno fregata lo stesso.»

Prese il guantone da pugilato e vi infilò dentro una mano.

«Grandioso!» esclamò, e cominciò a mimare un incontro di pugilato mulinando pugni nell'aria. «Sai che volevo fare pugilato? Poi ho avuto paura che mi rompessero il naso e allora ho preferito fare pilates. Poi ho smesso. Non sono costante. Dovrei trovare un obiettivo, qualcosa che mi appassioni davvero e fiondarmi solo su quello. Ma che ci posso fare? Mi piacciono troppe cose e allora le provo tutte. Poi alla fine non concludo niente. Bello questo giubbetto... lo posso provare?»

Michele sollevò una mano, come a volerla fermare, ma lei aveva già indossato il giubbetto per metà. L'altra metà non riusciva a indossarla per via del guantone da pugilato che ostruiva il passaggio del braccio nella manica.

«Mannaggia, che scema… prima dovrei togliere il guantone. Mi dai una mano… come hai detto che ti chiami, scusa?»

«Mi… Michele.»

«Oh, ciao, Michele. Cioè, piacere. Che mi chiamo Elena te l'ho detto, no? Bene. Mi sfili 'sto guantone?»

Si avvicinò a Michele porgendogli la mano imprigionata nel guantone. E lui scoprì che gli tremavano le dita. Cercò di mascherare quel tremore con gesti nervosi, decisi, e alla fine riuscì a sfilare il guantone. Lei sorrise e, finalmente, indossò il giubbetto. Era una giacchina leggera, di un verde autunnale che si intonava alla perfezione con i suoi occhi.

«Come mi sta?» gli chiese, compiendo una piroetta su sé stessa. E Michele pensò che mai avrebbe immaginato che quel giubbetto potesse essere così elegante.

«Se vuoi… lo puoi tenere», sussurrò. E mentre lo sussurrava, gli sembrò di ascoltare la sua stessa voce pronunciare quella frase. Se ne meravigliò ancora più di quanto potesse meravigliarsi Elena, che spalancò gli occhi e il sorriso illuminando l'intera stanza. Nell'attimo che precedette la successiva reazione di Elena, Michele riuscì a domandarsi come diavolo aveva fatto a dire quelle parole e a rispondersi che probabilmente le aveva pronunciate per togliersi dalle scatole prima possibile quell'intrusa e ritornare alla sua tranquilla solitudine. Poi se la ritrovò di nuovo con le braccia intorno al collo, in un abbraccio che esprimeva una gioia sincera, irrefrenabile.

«Michele, ma sei impazzito? È un regalo bellissimo!» esclamò Elena, prima di appioppargli un altro bacio sonoro su una guancia. Michele deglutì, mentre lei si rimirava nel giubbetto, felice, prima di assumere un'aria perplessa.

«Ma se qualcuno viene qui e lo rivuole? Come fai? Che t'inventi?»

«Non ti preoccupare… tanto ormai, non lo rivuole più nessuno», rispose lui, imbarazzato. E si voltò di spalle, verso lo scaffale dei giocattoli, prima che lei potesse di nuovo abbracciarlo. Prese la bambola, la mostrò a Elena.

«Milù!» esclamò lei. E la prese tra le mani, pettinandole con le dita i capelli sintetici. «Meno male che l'ho ritrovata… Milù ci sarebbe rimasta malissimo. Cioè, ti spiego, Milù è mia sorella. Non è la bambola, anche se però pure lei si chiama Milù, *la bambola.* Cioè, mia sorella si chiama Milù e pure la bambola è Milù. Insomma hanno lo stesso nome. Bambola e sorella. Comunque lei ci tiene tantissimo a Milù, lei mia sorella, voglio dire. E visto che l'ho presa senza dirglielo, se stasera tornavo a casa senza Milù andava a finire che Milù non mi avrebbe fatto dormire per tutta la notte. Milù *sorella.* Vabbè hai capito, no?»

Michele annuì, stremato. Le porse la mano, come a volerla congedare. Lei gliela strinse, entusiasta. Lo ringraziò ancora, poi assunse un'aria perplessa, annusando l'aria intorno.

«Michele, ma… non senti puzza di bruciato?»

Michele impallidì. Poi corse verso la cucina.

La stracciatella era un piccolo ammasso di carbone rinsecchito sul fondo del pentolino, immerso nel ricordo del brodo vegetale che si era trasformato in una nebbia nera densa di fumo. Michele afferrò i manici del pentolino, lo tolse dalla fiamma del fornello e si spostò verso il lavandino. Ma a metà strada si rese conto di quanto i manici scottassero. Masticò una bestemmia a mezza bocca e lanciò il tutto nel lavello. Poi sventolò le dita in aria, nel tentativo di raffreddarle.

«Ti sei fatto male?» chiese Elena, preoccupata, al centro della cucina.

Michele sospirò. Era evidente che quella ragazza non aveva la più pallida idea di cosa significasse entrare nelle stanze e nelle vite degli altri senza chiedere permesso.

«Non è niente», bofonchiò, «ora è meglio se vai e…»

«Fammi vedere.»

E prima che Michele riuscisse a replicare, Elena aveva già preso le sue mani e le osservava con aria attenta.

«Sì, ti sei scottato. Ustionato, se vogliamo essere precisi. Vedi questo dito? E quest'altro? Se non ci metti subito qualcosa, ti si gonfiano i polpastrelli.»

Michele ritrasse le mani.

«Li metto un po' sotto l'acqua...»

«Ma sei matto? L'acqua è peggio. Ci vuole una pomata per le ustioni. Ce l'hai?»

«No, ma non ti preoccup...»

«E allora un po' d'olio di oliva. Meglio se extravergine. Dove lo tieni?»

Lo sguardo di Michele andò istintivamente verso la credenza accanto al fornello. Elena colse quello sguardo e andò a stanare la bottiglia d'olio nel suo nascondiglio, afferrò il tovagliolo di carta che era sulla tavola apparecchiata e lo intrise d'olio. Poi invitò Michele a sedersi e si accomodò su un'altra sedia di fronte a lui.

«Ora ci penso io, dammi le mani...» disse sorridendo, dolcissima.

Michele sentì un senso di vertigine. Abbandonò le sue mani tra quelle di Elena, mentre il ricordo scivolava via, dentro una sera di maggio di tanti anni prima.

«Dammi le manine che curiamo la bua...» sussurra sua madre. E il piccolo Michele le porge le mani ferite. Mentre lei disinfetta le piccole escoriazioni sulle dita, gli racconta che gli antichi guerrieri andavano fieri delle loro ferite. E che mostravano le cicatrici in battaglia, così gli avversari potevano capire che quei guerrieri avevano combattuto mille altre guerre, ma non si erano mai arresi. Le lacrime del bambino si asciugano, il pianto sparisce, mentre la mamma lo invita a essere come un guerriero. A non nascondere le ferite. E a non arrendersi mai alla vita.

«Va meglio?»

Michele si scosse e si arrese di nuovo. Si arrese ritirando le mani e alzandosi in piedi. Si arrese, per l'ennesima volta nella sua vita, mentendo e dicendo che andava benissimo, che non sentiva dolore e che non era ferito. Si arrese sperando che Elena andasse via prima possibile. Prima che lui cominciasse a sperare nella possibilità di un ritorno. Perché nessuno ritorna, anche se lo promette. Soprattutto se lo promette.

2.

Quando la luce del primo mattino rischiarò la casa, anche gli oggetti smarriti, testimoni silenziosi di una notte insolitamente tormentata, sembravano stanchi e assonnati.

Michele li vide riflessi nello specchio del bagno, attraverso lo spiraglio della porta rimasta socchiusa, mentre si radeva. In quel momento si procurò un piccolo taglio sotto lo zigomo sinistro. Non sentì il dolore, ma vide una goccia di sangue scendere lentamente lungo la guancia e tingere di rosso la schiuma da barba all'altezza del mento non ancora rasato. Capì che le sue mani avevano conservato un po' del tremore della sera precedente.

Era andato a letto senza cenare e aveva trascorso una notte agitata. Di tanto in tanto si immergeva nel sonno e immediatamente dopo ne veniva catapultato fuori da improvvisi sussulti, soprattutto quando il volto di Elena affiorava dal territorio dei sogni.

L'aveva vista andare via, avvolta nel giubbetto verde che le aveva regalato, con la bambolina tra le mani. Prima di uscire dalla stazione ferroviaria si era voltata per salutarlo, ma lui si era ritirato di scatto, nascondendosi dietro le tende. Si era sforzato di provare un senso di sollievo. Aveva lavato il pentolino annerito dalla stracciatella bruciata, aveva rimesso in ordine la cucina, quindi, come ogni sera, si era dedicato agli oggetti che riempivano la casa, le uniche presenze di cui si fidava.

Aveva caricato gli orologi, lasciandosi avvolgere da quel ticchettio ritmato che gli ricordava il rumore della pioggia sui binari, quando attendeva il treno nelle serate d'inverno, dritto sulla banchina. Poi il suo sguardo era caduto sul guantone da pugilato che Elena aveva lasciato sul tavolo. Lo aveva preso per rimetterlo al suo posto, ma poi non aveva resistito all'impulso di calzarlo. La sua mano, all'interno dell'involucro tiepido, aveva trovato la mano di Elena. E allora l'aveva sfilato con rabbia, allontanandosi da un piacere che non poteva e non voleva concedersi.

Durante la notte si era alzato un paio di volte e intorno alle tre si era preparato una camomilla, nella speranza di prendere sonno. Attraverso i vetri della finestra aveva guardato la sagoma del treno che sembrava un enorme serpente addormentato. Era stato assalito dall'impulso di uscire di casa, raggiungere il binario, approfittare del sonno del treno per salire sul vagone in cui aveva trovato la piccola bambola e sedersi, infine, al posto che Elena occupava ogni giorno. Lo ricordava bene, era il 24, nella terza carrozza. Ma subito aveva scacciato quell'idea assurda e aveva immerso la bustina di camomilla nell'acqua bollente, sperando di riuscire a riacciuffare il sonno e a riparare quella crepa aperta all'improvviso nel muro delle sicurezze che aveva costruito durante gli anni, con pazienza e determinazione.

Aveva acceso il televisore, un vecchio modello a tubo catodico, e si era ritrovato a metà di *Harry ti presento Sally*, replica notturna di un film che aveva già visto altre volte. Sorseggiando la camomilla, si era accorto che le espressioni buffe di Meg Ryan gli ricordavano vagamente il modo di atteggiare il viso che aveva Elena. "Non deve diventare un'ossessione", aveva pensato. In fondo, Elena era solo la prima donna che gli aveva parlato dopo tanti anni di silenzio, la prima persona a entrare in casa e a infrangere, di colpo, la sua solitudine. Non doveva lasciarsi suggestionare, doveva solo cercare di dormire e dimenticare. Poi aveva spento il televisore proprio durante il culmine del finto orgasmo al ristorante. Il pensiero che le donne avessero il potere di fingere perfino il piacere lo gettava nello sconforto e rinforzava le sue difese. In fondo, sua madre non aveva finto di volergli bene, prima di andare via? E lui c'era cascato. "Non sono in grado di distinguere il vero dal falso", aveva pensato con amarezza mentre terminava la camomilla. Poi gli era tornata in mente la scena finale del film, quando Billy Crystal dichiara il suo amore a Meg Ryan. L'aveva vista almeno quattro volte. E ogni volta si era commosso quasi fino alle lacrime, come se fosse tutto vero. Morale: non riusciva a distinguere neanche una storia inventata dalla vita reale. Meglio tornare a letto, spegnere la luce e i pensieri.

Alle 6.15 il suono della sveglia l'aveva trovato ancora in piena lotta contro l'insonnia e lui aveva accolto quel suono con sollievo, alzandosi in fretta, impaziente di affrontare la nuova giornata e ristabilire le sue abitudini.

Nella luce del giorno, i primi viaggiatori si avviavano verso il treno che da lì a poco sarebbe partito. Erano quasi tutti pendolari che si recavano al lavoro, qualche sparuto turista occasionale, una scolaresca in gita con le maestre. Michele vide il macchinista salire sulla locomotiva, mentre il controllore, con aria svogliata, invitava i passeggeri a prendere posto sul treno. Alle 7.15 in punto, come ogni mattina, l'interregionale iniziò a snodarsi lungo le rotaie, poi, dopo il rettilineo iniziale, affrontò la prima curva fischiando contro il vento e si infilò nell'orizzonte delle montagne lontane, dal quale sarebbe riapparso verso sera.

Durante l'intera giornata, Michele assaporò una solitudine nuova. Sbrigò il suo lavoro al terminale informatico, controllò il corretto funzionamento della biglietteria automatica, fece un breve giro del mondo leggendo le notizie di cronaca sul vecchio computer dell'ufficio, respirò l'aria umida della sala d'attesa che, dopo il ridimensionamento del traffico ferroviario in transito a Miniera di Mare, era diventata del tutto inutile. Il tempo trascorse lento, lineare, vuoto. Fino al tramonto.

Immerso in questo vuoto programmato, Michele riprese fiducia. Sentì il ricordo delle emozioni della sera precedente sbiadirsi insieme ai contorni dei pioppi che circondavano la stazione e che, a mano a mano che la luce del sole compiva il suo arco nel cielo, allungavano la loro ombra sul selciato e sull'ennesimo pomeriggio di solitudine.

Il treno tornò. Giunse a destinazione in perfetto orario, insieme al buio. Michele vide la scolaresca allontanarsi frettolosa verso l'uscita della stazione insieme alle maestre, i pendolari guardarsi intorno con la solita aria da arrivo, il macchinista e il controllore tornare alle rispettive case dopo averlo salutato appena.

Poi, finalmente, salì a bordo. Cercò nell'aria l'odore di ferro e similpelle e quell'odore gli corse incontro, invadendo le sue narici, come un amico ritrovato.

Mentre procedeva verso la testa del treno, cominciò a raccogliere qua e là carte appallottolate e rifiuti di vario genere. Ma era distratto, avanzava lungo i vagoni più velocemente del solito e il motivo gli era chiaro, anche se cercava di negarlo perfino a sé stesso: aveva fretta di arrivare alla terza carrozza, al posto 24. Cercò di non fare caso al battito del suo cuore che accelerava a mano a mano che si avvicinava alla meta, poi, appena raggiunse il vagone e ne varcò la soglia, avvertì un profumo particolare che si insinuava tra gli odori del treno. Era il profumo della pelle di Elena. Michele si fermò. Il profumo era diventato quasi palpabile. Teso, incredulo, riprese ad avanzare e a quel punto intravide un'ombra, proprio in corrispondenza del posto 24. Sentì un brivido, quando scorse i contorni di una persona seduta di spalle. Trattenne il fiato. Avanzò ancora.

Poi la vide.

Era seduta al suo posto, con il giubbetto verde tra le mani, come se lo stesse aspettando. Quando i loro sguardi si incontrarono, Michele sentì le gambe cedergli e fu costretto a sedersi.

«Ma... che ci fai qui?» le chiese con un filo di voce.

Elena sospirò, sembrava voler radunare le parole di un discorso preparato a lungo. Poi gli porse il giubbetto. «Michele mi dispiace, ma questo te lo devo restituire», disse con tono ferito, quasi addolorato.

Lui la guardò, allibito. Sentì di non avere la forza neanche per prendere la giacca che Elena gli porgeva. Lei si fece coraggio, gli poggiò il giubbetto verde sulle gambe e iniziò a parlare a raffica, come la sera precedente.

«Cioè, tu sei stato molto gentile con me a regalarmi il giubbetto, ma stamattina ho fatto una ricerca su Internet. Chiariamo, mica l'ho fatta perché diffidavo di te o roba del genere. È che mi interessava capire come funziona il tuo lavoro. Insomma, tutti quegli oggetti smarriti che conservi e compagnia bella... Ecco. E allora ho scoperto che tu non puoi tenere tutte quelle cose che hai trovato sul treno. Cioè, le puoi tenere solo per quindici giorni, poi le devi consegnare alla polizia. E la polizia le spedisce all'Ufficio oggetti smarriti, che le tiene in consegna per un anno. Poi, se nessuno le richiede, le mettono all'asta. E chi vuole le può comprare.»

«Lo so», disse Michele, pallido.

«Ah, lo sai! E allora perché gli oggetti li tieni tu e non li consegni? Magari c'è gente che li sta cercando, magari non ha pensato di venire qui a chiedere come ho fatto io.»

«Infatti, tu sei stata l'unica a farlo...» annuì Michele, come ipnotizzato.

Elena sospirò, assunse un tono accorato, sincero. «Michele... senti, tu mi sembri una brava persona e proprio per questo io penso che li devi consegnare, tutti quegli oggetti. Magari se li porti alla polizia un po' per volta quelli non ti fanno domande, e tutto si risolve. Cioè, io mica ti denuncio, però non è giusto che li tieni tu. Ecco.»

Michele la fissò. Con la sua aria preoccupata sembrava ancora più bella. E ciò gli procurava un dolore insopportabile. Non voleva che lo giudicasse male. Non aveva messo in conto di dover dare spiegazioni circa gli oggetti che aveva in casa, ma a dire il vero non aveva messo in conto neanche che Elena gli potesse piombare all'improvviso in casa e nei pensieri. Era sempre più determinato ad allontanarla dalla sua vita così come aveva allontanato, nel tempo, qualunque fonte di illusione e di prevedibile, inevitabile, dolore. Pensò che se avesse mentito, se le avesse confermato che si era impossessato illegalmente di tutti quegli oggetti e non aveva la minima intenzione di restituirli, lei sarebbe immediatamente sparita dalla sua vita. Ma, in fondo al suo cuore, non voleva che sparisse in quel modo, non voleva che lo giudicasse per quello che non era. Quindi si fece forza. E parlò.

«Io... io li ho già restituiti. Tutti», disse in un fiato.

Elena lo guardò, sorpresa e contrariata. Poi si alzò di scatto.

«Ah, sì? Li hai restituiti? E quando? Stamattina? Voglio proprio vedere...»

Poi si avviò decisa verso l'uscita della carrozza. Michele la seguì, imbambolato, con il giubbetto tra le mani.

Elena entrò in casa e il salotto era pieno di oggetti, come la sera prima. Sospirò, poi guardò Michele, ferita.

«Ce li hai ancora tutti qui. Perché mi hai mentito? Perché mi hai detto che li hai restituiti? Ti piace prendere in giro le persone?»

Michele le fece cenno di attendere, si diresse verso un cassetto, estrasse un mazzetto di fogli di carta che porse a Elena.

«Guarda...» le disse con semplicità. Elena prese quei fogli, li esaminò. Erano ricevute rilasciate dall'Ufficio oggetti smarriti. Una ricevuta per ogni oggetto presente in quella stanza.

Elena si guardò intorno, stupita. A Michele sembrò che stesse facendo un veloce inventario, confrontando le ricevute con gli oggetti.

«Cioè... Tu... hai ripreso tutte queste cose dall'Ufficio oggetti smarriti?» chiese Elena. E sembrò che lo chiedesse più a sé stessa che a Michele.

«Solo gli oggetti che avevo trovato io sul treno», ammise Michele.

«Oddio, Michele, mi spieghi meglio, per favore?»

Michele sospirò, poi si fece forza. «Trovo gli oggetti, dopo quindici giorni li consegno alla polizia, come da regolamento, poi aspetto un anno... e se nessuno li ha richiesti... ecco, insomma, ho un conoscente all'Ufficio oggetti smarriti che me li spedisce qui prima che li smaltiscano...»

«Ma... dopo un anno gli oggetti smarriti non vanno all'asta?» domandò Elena, aggrottando la fronte.

«Solo quelli di un certo valore. Gli altri... li regalano, oppure li buttano. E allora io li recupero», rispose Michele.

Elena sorrise. Era un sorriso che sembrava una carezza. «Perché lo fai?» E gli si avvicinò, lo guardò come se volesse studiarlo.

«Non lo so», rispose Michele. E si accorse di non saperlo per davvero.

Si accorse anche che avrebbe voluto ricambiare l'abbraccio immediato di Elena, che lo strinse a sé con la solita foga irrefrenabile. Ma si obbligò a rimanere immobile, anche mentre lei gli schioccava un bacio sulla guancia.

«Lo dovevo immaginare. Faccio sempre il solito errore. Giudico troppo in fretta. Milù me lo dice sempre: pensaci bene prima di arrivare a una conclusione. E ha ragione, porca miseria. Ma si vede che questa cosa proprio non mi entra in testa. Insomma, scusami, ritiro tutto quello che ho detto. Ma sai com'è, mica potevo immaginare che tu sei così... così... speciale. Ecco.»

Michele non si era mai sentito speciale e, proprio per questo, il timore di essere preso in giro da Elena lo paralizzò ancora di più. Ma lei era un fiume in piena.

«E ora che si fa? Visto che arrivavo fin qui col treno, mi sono messa d'accordo con mio padre che mi venisse a prendere con la macchina appena avevo finito con te. Cioè, "finito con te" è un modo di dire. Diciamo appena ero pronta per tornare a casa. Comunque... Gli posso telefonare anche più tardi, così stiamo un po' insieme, se ti va. Ti va? Anzi, visto che ieri ti ho fatto bruciare la cena, adesso mi faccio perdonare. Preparo io e ceniamo insieme, va bene? So cucinare, eh? Me la cavo bene. C'è qualcosa che ti piace in particolare?»

Avrebbe voluto dirle che era lei a piacergli, in particolare. E che proprio per questo gli faceva paura. Una paura che non riusciva a vincere, né a sopportare.

Non disse nulla di tutto ciò e rimase in silenzio a guardarla mentre lei apriva il frigorifero per perlustrarlo, mentre rideva di cuore perché c'erano solo uova, dadi da brodo, un po' di verdura fresca e acqua minerale. Niente vino. Né liquori.

«Michele! Ma mica puoi mangiare come un vecchio pensionato! Ora ci penso io a te.»

Disse che c'era un supermercato lì vicino alla stazione, l'aveva intravisto dal finestrino del treno. Ci sarebbe arrivata a piedi in pochi minuti e avrebbe comprato tutto il necessario per preparare la cena. Michele cercò timidamente di dissuaderla, ma lei non volle sentire ragioni.

«Devo farmi perdonare...» disse sorridendo. «Tu aspettami qui, buono buono. Capito?»

Prese al volo il giubbetto verde, lo indossò e si avviò verso l'uscita. Poi esitò, si voltò e tornò indietro, fissando Michele con aria incuriosita.

«A proposito. Tu di che colore sei?»

Michele si sentì spiazzato.

«Che... che vuoi dire?»

«Voglio dire che ognuno di noi, se ci pensa bene, si sente di un colore. Che poi magari cambia a seconda delle giornate, o dei momenti. Faccio un esempio? Faccio un esempio. Mentre venivo qui, sul treno, mi sentivo viola scuro. Facile capire perché, non trovi? Ora mi sento... arancione. E anche questo è facile da capire, visto che sono felice e l'arancione è un colore felice. Almeno per me. Insomma, Michele, è importante sapere di che colore sei, così ti accosti solo ai colori che si intonano al tuo. Cioè... se ti senti blu, non ti accosti al marrone, ché insieme stanno proprio male. Quindi il giorno che ti senti blu eviti le persone che ti sembrano marroni. Semplice, no? Ora, il fatto è che non riesco a capire di che colore sei tu, per questo te lo chiedo. E questa cosa è strana, perché in genere mi riesce facile vedere i colori delle persone. Quindi... dimmelo tu, di che colore sei. Pensaci, se non lo sai. E quando torno me lo dici. E non te ne uscire col fatto che ti senti nero, perché il nero non è un colore, come il bianco, del resto. Sono solo contenitori di colori. Il nero è il buio. Il bianco è la luce. Ma i colori sono un'altra cosa... Una volta ho letto che in realtà qualunque cosa abbia un colore li contiene tutti, i colori della luce. E il colore che noi vediamo è solo il colore che quella cosa respinge. Cioè, questa giacca verde è fatta di tutti i colori, però respinge il verde e noi la vediamo verde. Buffo, no? Vabbè, vado se no mi chiude il supermercato e non posso prepararti una cena come si deve.»

Sorrise. E uscì.

Michele rimase solo. Riformulò mentalmente la domanda di Elena: "Di che colore sei?".

Non aveva una risposta. Si guardò intorno, immerso nel silenzio degli oggetti che lo circondavano. Scrutò le loro ombre e, per la prima volta, si rese conto che, proprio come lui, erano prive di colore. In fondo, pensò, tutti gli oggetti dei quali si era circondato non erano altro che sigilli apposti sopra serrature della vita che, una volta aperte, avrebbero dato accesso al dolore; piccole barricate che lui stesso aveva eretto intorno alla sua solitudine per renderla sopportabile e, quindi, più sicura. E ora tutto questo rischiava di sfaldarsi sotto i colpi micidiali del sorriso di Elena. La sua presenza l'avrebbe lasciato di nuovo senza difese, come quando era bambino. Perché l'amore fa sperare. E la speranza, come diceva suo padre, rende deboli, vulnerabili.

Sul tavolo della cucina, davanti al quale era rimasto seduto in attesa di Elena, si riaffacciò il timore. Era il timore che non sarebbe più tornata, che già quella sera stessa, o comunque prima o poi, lei l'avrebbe lasciato lì, ad aspettare invano che tornasse con la spesa per preparargli la cena, giorno dopo giorno, notte dopo notte.

Quando, col passare dei minuti, il timore diventò certezza, Michele si alzò e uscì di casa.

Percorse la banchina, accanto alla sala d'attesa, fino a raggiungere il cancello all'entrata della stazione. Sollevò il perno di sicurezza sull'anta destra della cancellata, poi si avvicinò al perno dell'anta sinistra, fece per sollevarlo, ma si rese conto che era incastrato. Tirò con forza, vincendo il leggero fastidio alle dita ustionate, ma il perno non si mosse di un solo millimetro. Sbuffò, imprecò, riprovò. Il perno sembrava inchiodato nel foro scavato nel ferro. E allora cominciò a sudare, teso. Il tempo passava, implacabile e, da un momento all'altro, Elena poteva apparire all'imbocco dello spiazzo e coglierlo sul fatto. Tirò con tutta la forza che aveva, invano.

"Forse è un segno", pensò. "Forse il perno incastrato, che non si era mai incastrato prima, *mannaggiallamiseria*, vuole farmi capire che non devo chiudere questo cancello e aspettarla. Forse tutto questo vuol dire che dovrei darmi una possibilità... magari darla anche a lei, una possibilità."

Lanciò un'occhiata lontano, verso la strada che portava al supermercato. Di Elena nemmeno l'ombra.

Provò un senso di delusione che lo mise ancora di più in allarme, perché somigliava a quel vuoto che avvertiva nello stomaco, da bambino, quando aspettava il ritorno del treno e su quel treno sua madre non c'era.

"Vedi come basta poco per illudersi e farsi del male?" pensò mentre osservava il perno che non voleva sollevarsi e metterlo in salvo.

Poi si accorse di non aver tolto la barretta di sicurezza al di sopra del fermo. La fece ruotare e il perno si sollevò, di nuovo docile.

Finalmente riuscì a chiudere il cancello.

Se Elena fosse tornata davvero, avrebbe trovato l'accesso al pubblico sbarrato.

E avrebbe capito che, in realtà, Michele le aveva sbarrato l'accesso alla sua vita.

3.

«Pronto, papà... mi vieni a prendere?»

«Sì, tesoro. Dove sei?»

«Davanti alla stazione di Miniera di Mare. Ti aspetto qui.»

«Va bene, amore mio. A tra poco.»

«A tra poco.»

Elena chiuse la comunicazione e infilò il cellulare nello zainetto. Poi si voltò di nuovo a guardare il cancello sbarrato della stazione ferroviaria, oltre il quale si intravedeva la sagoma del treno illuminato dalle luci artificiali. E provò una stretta al cuore. Immaginò Michele, chiuso in casa con i suoi oggetti smarriti e il suo silenzio. Michele che le aveva impedito di tornare, mentre lei acquistava vino bianco freddo e gamberoni rossi da cucinare per lui. Michele che diventava di ghiaccio quando lei lo abbracciava. Michele che nascondeva il tremore delle mani con gesti rapidi e bruschi. Michele che con la sua timidezza e il suo riserbo riusciva a farla sentire al sicuro come non le era mai accaduto prima. Michele che forse, quella sera, lei aveva perso per sempre.

Un'auto si fermò accanto a lei. Il ragazzo al posto di guida la fissò con un sorriso artificiale e le domandò se aveva bisogno di un passaggio, come un cacciatore che chieda alla sua preda come preferirebbe essere catturata. Elena scosse appena la testa, si scostò dal marciapiede e si avviò verso un vicoletto laterale. L'auto ripartì sgommando e lo stridore degli pneumatici sull'asfalto risuonò nel silenzio come un'imprecazione volgare.

Elena continuò a camminare; aveva ancora un po' di tempo prima che suo padre arrivasse e pensò che sarebbe stato più prudente non rimanere sul piazzale della stazione, illuminato ma deserto.

Fu in quel momento che sentì il rumore del mare. Capì che, avanzando ancora, l'avrebbe raggiunto. Distinse perfettamente il lento susseguirsi delle onde sulla scogliera, lo schiaffo dolce dell'acqua salata sulla pietra. Si fermò a pochi metri dalla riva e si lasciò investire dal vento che profumava di salsedine.

"Vieni mai a guardare il mare, Michele?" pensò. "Nella tua casa non arriva il suo richiamo? Forse hai dimenticato di averlo così vicino. Forse lo amavi tanto che hai smesso di cercarlo..."

Per la prima volta dopo tanto tempo, mentre versava nella fondina la sua stracciatella, Michele avvertì la vicinanza del mare. Un vento che profumava di salsedine lo colse di sorpresa entrando di soppiatto dalla finestra socchiusa. Da quanto tempo non andava in spiaggia? D'un tratto ricordò che da bambino, nelle sere d'estate, sua madre lo portava sulla riva. Passeggiavano, a piedi nudi, sulla battigia e si tenevano per mano. Poi si fermavano a guardare il lento susseguirsi delle onde sulla scogliera, lo schiaffo dolce dell'acqua salata sulla pietra. Lo sguardo della madre, nella penombra della sera, si perdeva dentro l'orizzonte, come se cercasse una risposta a una domanda misteriosa. E a quel punto, il bambino cercava nello sguardo di sua madre il suo orizzonte futuro.

Quando sua madre era andata via da lui, lui era andato via dal mare. Aveva smesso di cercarlo, come tutte le altre cose che amava. Così come ora avrebbe smesso di pensare a Elena che, in effetti, gli ricordava il mare. Quando lei l'aveva abbracciato non era stato, forse, come l'onda che avvolge la scogliera? E i suoi baci rumorosi, schioccati sulla sua guancia, non gli ricordavano, forse, lo schiaffo dolce dell'acqua salata sulla pietra?

Il primo sorso di brodo lo distolse dai suoi pensieri. E lui capì che la stracciatella gli faceva schifo, e che era ora di ammetterlo. La rimestò nel piatto, pensando che avrebbe mangiato volentieri dei gamberoni rossi, come quando era bambino e sua madre cucinava tante cose buone, ogni sera, prima di andare via con il treno.

Il treno!

Completamente preso dal suo incontro con Elena, non aveva terminato il suo lavoro. Metà del treno era ancora da pulire e sistemare. E le luci interne dei vagoni erano ormai spente. Ecco cosa accadeva a forza di stare appresso ai sogni e alle speranze: si perdeva il contatto con la realtà e col lavoro da sbrigare.

Prese una torcia elettrica e si diresse verso il treno.

Al buio, gli odori delle carrozze si avvertivano con maggiore intensità. Michele ricominciò a procedere tra i vagoni, illuminandoli con la sua torcia. Raccolse un paio di lattine di bibite dal pavimento, perlustrò i ripiani portabagagli, controllò che tutti i finestrini fossero chiusi.

Tornò verso la coda del treno e accelerò il passo quando giunse in corrispondenza del posto di Elena. Se ne allontanò in fretta, lasciandolo alle sue spalle, come riteneva fosse giusto fare.

Non-doveva-più-pensare-a-Elena. Punto.

Prima di arrivare alla coda del treno, nell'ultimo vagone, vide qualcosa che attirò la sua attenzione. Era un rilievo che spiccava su un sedile. Lo illuminò con la torcia mentre il fascio di luce, improvvisamente, diminuiva di intensità. Si avvicinò, la luce della torcia ormai paragonabile a un lumicino. L'oggetto smarrito, nella penombra sempre più lieve, sembrava un libro. O forse un quaderno. In quel momento, la torcia si spense. Michele cercò di riattivarla, ma ormai le batterie erano scariche. Immerso nel buio, cercò a tastoni sul sedile e trovò l'oggetto. Lo prese e lo infilò in tasca. Per fortuna era riuscito a terminare il suo lavoro. Ora poteva tornare a casa.

«Quell'uomo è un mistero...» sussurrò Elena, distesa nel suo letto, al buio. Appena tornata a casa insieme al padre aveva abbracciato la madre, poi aveva cenato in fretta sotto lo sguardo dei suoi genitori. Li aveva rassicurati dicendo di sentirsi bene, aveva raccontato qualcosa della sua giornata di lavoro, senza fare neanche un minimo accenno alla storia di Michele. La versione ufficiale era che si era offerta di arrivare fino a Miniera di Mare per consegnare alcuni documenti per conto del suo datore di lavoro, e che per questo aveva chiesto a suo padre di andare a prenderla con l'auto. Tutto il resto, la verità, voleva raccontarla a Milù, Milù *sorella*.

Anzi, gemella.

Erano nate insieme, ma Elena era la gemella anziana. Per sette minuti, dopo che era venuta al mondo, aveva atteso che Milù la raggiungesse in quello strano luogo appena conquistato, dove i suoni e le parole non erano più ovattati, ma sembrava si potessero toccare solo allungando le mani verso quelle luci mai viste prima. Quando Elena sentì il primo vagito di Milù, capì che non sarebbe mai stata sola. Erano l'una l'eco dell'altra, la domanda e la risposta, l'anima intercambiabile di due corpi identici.

Elena sentì la voce di Milù provenire dal buio della camera, come un rimbalzo elastico e flessuoso.

«Ti sei innamorata? L'hai visto due mezze volte e ti sei innamorata?»

Elena sorrise, pensando bene a cosa sentiva davvero. «Cioè, lui a stento parla... dice due parole e poi sta zitto. Però sai cosa c'è di strano? È che ho la sensazione che riesca a dire più cose Michele col suo silenzio di tutti quegli stronzi che conosco e che mi riempiono di chiacchiere senza dire niente... Parole inutili... scontate. Pensano solo a portarti a letto e sono pronti a dirti qualunque cazzata pur di metterti le mano addosso...» Elena chiuse gli occhi, sperando di essersi spiegata bene.

«Non hai risposto alla domanda», sentì sussurrare.

Elena sospirò, rassegnata a chiarire la questione. «Hai ragione. Cioè. Ecco. Non lo so se mi sono innamorata. Piacere mi piace, ha qualcosa che non riesco ancora a inquadrare, però quel qualcosa mi attira. Poi, chi lo sa... dovrei frequentarlo, magari mi sbaglio. Magari è solo una suggestione. Sì, sarà così: una suggestione. E visto che tanto non vuole essere frequentato, quello scemo, non lo saprò mai. Meglio così. Sì, meglio così. Ecco. Problema risolto.»

Ora avrebbe voluto dormire, senza dire né ascoltare altro. Ma Milù non era mai stata un tipo da mollare facilmente una discussione.

«Quindi ti stai rassegnando.»

«Non so proprio che altro potrei fare, visto che mi ha sbattuto la porta in faccia.»

«Sei triste?»

«Sì. Molto. Non lo posso negare...»

«Quindi stai per rompere un'altra volta il nostro patto?»

Elena tacque, colpita. Poi si voltò verso la sorella. Gli occhi non si erano ancora abituati al buio denso della notte, quindi tornò a chiuderli. «Sei arrabbiata con me, vero, Milù?» sussurrò. «Non lo rompo il patto, stai tranquilla. Ormai ho imparato», aggiunse, convinta.

Allungò la mano verso l'altro letto singolo, che era a pochi centimetri dal suo. Sentì la seta dei capelli neri e lunghi, così simili ai suoi, la curva della guancia, calda e morbida. Sentì il velluto della mano di Milù accarezzare la sua mano e assaporò quella carezza carica di amore. Poi tastò ancora nel buio e trovò la bambola, l'altra Milù.

«Prendo per un po' Milù, va bene? Poi te la ridò...» La prese, la strinse al petto. «Giuro che non me la porto più appresso, Milù. Dovessi perderla, non me lo perdonerei mai. E tu ti incazzeresti come una bestia, lo so.»

Nel buio, sentì il suono della risata della sua gemella. Si sentì rassicurata, portò le mani dietro la testa e aprì di nuovo gli occhi, fissando il buio che pendeva dal soffitto.

«A proposito... sì, vabbè, lo so che è ora di dormire e che domani ci dobbiamo alzare presto, come al solito. Ti dico solo questa cosa e poi non rompo più, lo giuro... Insomma, mo' che ci penso, sai qual è il colore di Michele? Non lo so se è proprio il suo colore, cioè, se lui è di quel colore, però più ci penso e più mi viene in mente... il rosso. Rosso, sì. Chissà perché. Vabbè, Milù, ho capito, sto zitta. Buonanotte.»

«Buonanotte.»

Michele rientrò in casa. Guardò i suoi oggetti allineati lungo le pareti, sorrise.

«C'è un nuovo arrivo», disse, e poi estrasse dalla tasca ciò che aveva trovato sul treno per mostrarlo come al solito ai suoi amici silenziosi. Ma prima lo osservò con curiosità: era un vecchio quaderno sgualcito. Ed era rosso.

Michele sentì un brivido, una sensazione di pericolo che non riusciva a decifrare. Posò il quaderno sul tavolo come se scottasse e fece un passo indietro, perché il suo istinto, senza un motivo apparente, gli consigliava di allontanarsene. Lo osservò, guardingo, mentre il respiro diventava pesante. Sentì che l'aria faticava a penetrare nei polmoni. Si accostò alla finestra e l'aprì, per fare entrare il fresco della notte. Poi, a passi lenti, dopo una lunga esitazione, si avvicinò di nuovo al vecchio quaderno rosso.

Lo prese tra le mani e il suo cuore iniziò a battere forte, come impazzito.

Guardò la copertina ormai scolorita e le sue mani furono scosse da un tremore inarrestabile. Col fiato sospeso, Michele aprì il quaderno e lesse la scritta sulla prima pagina, tracciata da una calligrafia incerta e infantile.

Miniera di Mare, 1° ottobre 1991
Diario segreto di Michele Airone

Un vento improvviso che profumava d'infanzia lo investì fino a stordirlo. Si guardò intorno e, per un attimo, gli sembrò che tutti i suoi oggetti fossero spariti, che la casa fosse tornata quella di un tempo, piena di luce e di fiori sul davanzale.

Rivide il volto di sua madre, il suo sorriso mentre accarezzava la testa di un bambino che era seduto a un tavolo e scriveva su un quaderno rosso.

Era lui, quel bambino.

Poi il ricordo si dileguò, inghiottito dal presente, insieme al profumo della sua infanzia.

Nella stanza riapparvero i suoi oggetti smarriti, ma quel quaderno rosso era ancora lì, poggiato sullo stesso tavolo.

Era il suo diario.
Era tornato a casa con lo stesso treno che lo aveva portato via, lontano, tanti anni prima.

4.

Miniera di Mare, 21 maggio 1992

Oggi sono finite le ferite che ci avevo sulle dita e non si vedono più. Ma però mi dispiace questo fatto perché mamma mi ha detto che i guerrieri antichi avevano le ferite che facevano vedere ai nemici così quelli capivano che quei guerrieri antichi sono forti perché non sono mai morti prima nelle guerre. Io prima le facevo vedere a tutti le ferite sulle dita così capivano che sono uno di quei guerrieri antichi, ma ora che sono guarito come faccio? Mi devo fare insegnare da mamma come si fa a diventare un guerriero antico anche senza le dita con le ferite da far vedere. Se lei me lo insegna io ci riesco. Forse lo posso chiedere anche a papà, ma lui dopo che ha lavorato tutto il giorno con i treni è stanco e vuole mangiare e poi vuole guardare la televisione sul divano. Forse anche lui prima di essere capostazione era un guerriero antico ma poi ha dovuto smettere per guadagnare lo stipendio. Però quando si arrabbia si vede che era un guerriero antico da come sgrida i controllori che gli devono ubbidire se no la ferrovia li licenzia.

Michele chiuse il quaderno rosso dopo averlo letto e riletto più volte. La sua calligrafia da bambino, i piccoli racconti quotidiani di episodi che ormai aveva dimenticato, l'avevano precipitato in un tempo indefinito, dai contorni ancora sfumati. Non era riuscito a riconoscersi in quelle poche pagine che lui stesso aveva scritto, più di vent'anni prima. Come se quel bambino, che aveva il suo stesso nome, che era vissuto nella sua stessa casa, non fosse mai esistito. Perché quel bambino aveva una madre accanto. E Michele, invece, ricordava solo l'incedere dei giorni, dei mesi e degli anni che erano seguiti alla partenza della donna che amava più di ogni altra cosa al mondo.

Masticò in silenzio un dolore profondo. Un dolore che lo aveva assalito mentre si rendeva conto, pagina dopo pagina, che quel diario profumava di una felicità perfetta.

Provò invidia per quel bambino che era stato e, allo stesso tempo, una pena profonda per tutte le speranze traboccanti da quelle frasi ingenue, sgrammaticate, spesso sconclusionate, ma che raccontavano un tempo immune dal dolore, mentre invece proprio in quei giorni, in quei mesi in cui il piccolo Michele annotava la sua felicità su quelle pagine, tutto il dolore del mondo era acquattato dietro l'angolo, pronto a colpire senza pietà.

Si alzò dal tavolo, guardò i suoi oggetti smarriti che sembravano fissarlo a loro volta, muti, immobili, ma con un'aria di rimprovero.

«Lo so, non vi ho presentato il nuovo arrivato. Ma stavolta è diverso. Questo era il mio diario.»

D'un tratto, Michele sentì che aveva voglia di piangere. E capì che non era più in grado di farlo. Sua madre aveva portato via con sé, oltre al suo diario, anche le sue lacrime. La piccola riserva personale che la donna non era riuscita a sottrarre, Michele l'aveva consumata subito, nei giorni successivi alla sua partenza. Poi, tutto era finito. La fonte del pianto si era inaridita, come la vita intorno. Ora, il diario era tornato a casa, ma non aveva restituito a Michele le sue lacrime.

Fece scorrere le dita sulla copertina rossa, chiuse gli occhi e, infine, accolse la domanda che aveva cercato a lungo di allontanare: come diavolo ci era finito il *suo* diario sul *suo* treno? E soprattutto, chi lo aveva lasciato lì? Qualcuno che se n'era impossessato nel tempo? Una persona che aveva il compito di riportarglielo per conto di sua madre? In tal caso, quella persona conosceva sua madre e, di conseguenza, aveva informazioni su di lei e...

Il pensiero si fermò. Lo sguardo di Michele andò verso la fotografia alla parete e incontrò la madre, immersa nel chiaroscuro di quell'ottobre lontano mentre lo teneva per mano, con quel sorriso così diverso dall'espressione dimessa, quasi sfinita, del padre.

Tutte le domande precedenti si dissolsero per far posto a un'unica domanda, quella che gli faceva più paura.

«C'eri tu sul treno, vero, mamma?»

Trascorse l'intera notte sveglio e impaziente. E alle prime luci del mattino, il macchinista e il controllore del treno lo trovarono sulla soglia della stazione ferroviaria, in attesa. Appena li vide andò loro incontro, con il diario tra le mani. I due lo guardarono, sorpresi.

«Che è successo, Michè?» gli chiese il controllore, ammiccando al macchinista con aria complice, come a dire: "Ora ci divertiamo alle spalle di questo idiota".

Michele esitò, poi mostrò loro il quaderno rosso. «Ho trovato questo sul treno...» disse, cercando di superare la sua ritrosia al dialogo, soprattutto con quei due figuri.

«Capirai...» lo interruppe il controllore, con aria infastidita. «Buttalo, no?»

«E se no devi segui' la prassi... quindici giorni a deposito e poi lo mandi alla polizia», aggiunse il macchinista e fece per allontanarsi, seguito dal controllore.

Michele si fece forza e li fermò. «No, è che... insomma... non è che avete fatto caso a chi aveva questo quaderno... ieri... sul treno?»

I due si guardarono, sorpresi e divertiti.

«Come no! Visto che non ci abbiamo un cazzo da fare, stiamo tutto il giorno a guarda' quelli coi quaderni in mano.»

Risero, sguaiati. Poi il controllore assunse un'aria sospettosa. «Aspetta un po'... ma a te che te ne frega di chi aveva 'sto quaderno? Come mai t'interessa tanto? Che ci sta scritto?»

E allungò una mano per afferrarlo. Michele ritrasse il diario appena in tempo.

«Niente», sospirò, «niente di importante.»

Poi si diresse velocemente verso casa, sotto lo sguardo dei

due uomini che si guardarono facendo spallucce, prima di avviarsi verso il distributore del caffè.

Non aveva molto tempo. Doveva agire prima che i passeggeri arrivassero alla stazione, prima che il macchinista e il controllore salissero sul treno.

Frugò tra i cassetti. Trovò ciò che cercava. Si diresse veloce verso il treno e, quando entrò nel vagone di coda, provò un senso di straniamento che non riuscì a decifrare. Gli sembrò che tutto fosse ribaltato, che i suoi punti di riferimento gli apparissero a rovescio, come riflessi in uno specchio. Non aveva tempo per decifrare quella sensazione: andò avanti, veloce, verso la terza carrozza.

Il suono della sveglia spinse lentamente Elena verso la superficie del lago caldo e buio nel quale si sentiva immersa. Aveva trascorso una notte densa di sonno e ora, aprendo gli occhi, si accorse di non avere sogni da ricordare. Eppure, la prima sensazione che provò fu il sapore amaro della delusione e della perdita. La ricollegò immediatamente a quel cancello sbarrato, a Michele che non avrebbe più rivisto, e provò un senso di vuoto. Poi si guardò intorno, incrociò lo sguardo di Milù che le sorrideva dal suo letto, come ogni mattina, e sentì una scossa elettrica.

«Buongiorno, sorellina...»

«Buongiorno, Elena... Cerca di alzarti, se no fai tardi al lavoro.»

«Agli ordini», rispose sorridendo.

Scacciò via la sua tristezza, si stiracchiò sbadigliando, si alzò dal letto, si immerse sotto il getto di una doccia tiepida. Poi si vestì in fretta.

Come ogni mattina, apparecchiò il tavolo della cucina per la colazione dei suoi familiari; caricò la moka col caffè macinato e la lasciò, pronta per l'uso, sul fornello spento, dispose i biscotti accanto al piatto con le marmellate, accese la radio sintonizzandola su una stazione che trasmetteva musica leggera, come piaceva ai suoi genitori e, soprattutto, a Milù. Poi, prima di uscire, sorseggiò il suo succo di frutta.

Nell'ingresso di casa, vide il giubbetto verde che pendeva nella penombra dall'attaccapanni. Provò di nuovo quel senso di vuoto, quel retrogusto di sconfitta nella gola. Poi decise di prenderlo e di indossarlo comunque.

La luce del mattino le regalò un sorriso. L'aria d'autunno era frizzante, leggera, e già le foglie degli alberi, lungo il viale di casa, si coloravano di giallo. Presto sarebbero cadute sul selciato, scricchiolando sotto le suole dei passanti. A passo veloce raggiunse la stazione ferroviaria di Solombra Scalo. E quando sopraggiunse il treno che proveniva da Miniera di Mare, vi salì con un piccolo balzo, come ogni mattina. Poi si diresse verso il «suo» posto. Quel treno, che prendeva ogni giorno da almeno due anni, le era ormai familiare. Conosceva i volti di alcuni dei viaggiatori abituali, con qualcuno di loro scambiava anche un sorriso o un saluto appena accennato. Eppure, quella mattina la familiarità che respirava attraversando i vagoni era più calda, quasi tangibile. Mentre percorreva il corridoio che collegava le carrozze, rallentò il passo, gli occhi fissi sul pavimento di linoleum, spesso e gommoso. Si rese conto che, con i suoi passi rallentati, cercava di ricalcare i passi di Michele, come se volesse seguire le sue impronte immaginarie, lasciate la sera prima mentre percorreva i vagoni per svolgere il suo lavoro.

Sorrise appena, sorpresa dal suo stesso atteggiamento, poi accelerò il passo.

Non-doveva-più-pensare-a-Michele. Punto.

Si mise a sedere al suo posto, trasse un lungo respiro. E quando il treno cominciò a muoversi sui binari, si voltò verso il finestrino. Fu in quel momento che il suo cuore cominciò a battere forte. Strabuzzò gli occhi, poi li chiuse per un attimo, nel timore di aver avuto un'allucinazione. Quando li riaprì, rivide distintamente la scritta sul vetro, tracciata con un pennarello rosso:

Elena ho bisogno di parlarti.
Michele

Per tutto il giorno, Michele invocò il tramonto e l'arrivo del treno. Ma lo scorrere del tempo gli sembrava immobile, come se la sua impazienza avesse eretto una diga al fluire naturale dei secondi. Anche il ticchettio degli orologi, infatti, gli sembrava rallentato, dilatato all'infinito.

Tic...

Tac...

Tic...

Tac...

Qualche minuto prima delle undici si piazzò all'ingresso della stazione e attese il garzone del supermercato, che ogni martedì mattina gli portava la spesa della settimana. Prese le due borse e pagò in contanti, come sempre. Poi, per la prima volta, quando il garzone gli fece il solito cenno di saluto frettoloso, sentì la voglia di parlargli, nella speranza di allentare un po' la morsa dell'attesa.

«Come ti chiami?» gli chiese all'improvviso, in pieno recupero, mentre il ragazzo si allontanava. La sua voce, allertata senza un preavviso, sembrò provenire dal gorgoglio di un lavandino.

Il garzone si voltò e lo guardò a bocca aperta. Era la prima volta che lo sentiva parlare, visto che quando Michele ordinava la spesa al telefono gli rispondeva il gestore del supermarket.

«Cataldo», rispose, dopo una breve esitazione. Poi lo guardò, perché, a quel punto, aspettava il resto di un discorso.

Michele, invece, si limitò ad annuire, come se la risposta avesse soddisfatto ogni sua curiosità. Era già un passo avanti, per lui. Andare oltre nel discorso e nella confidenza gli sembrava oltremodo impegnativo. Cataldo lo guardò, perplesso. Poi si allontanò fischiettando allegramente.

Michele rientrò in casa, raggiunse la cucina e sistemò la spesa in frigorifero.

L'orologio della stazione segnava le 11.12 e allora Michele ritornò nel suo ufficio, accese il vecchio computer, lo collegò alla rete e passò in rassegna i fatti di cronaca, le immagini di guerre lontane, i resoconti sui dibattiti dei politici.

Per far passare i minuti, si mise perfino a scorrere l'andamento dei mercati finanziari e le previsioni del tempo.

L'ora di pranzo arrivò con passo da bradipo e lo trovò col suo piatto di pasta al burro già pronto da mezz'ora e ormai freddo. Allo scoccare delle 13.00 in punto, si sedette a tavola.

Masticò lentamente, alternando un sorso d'acqua a ogni boccone. Sparecchiò la tavola, lavò il piatto, il bicchiere e la forchetta, insaponandoli molto più del necessario. Poi, invece di deporli, come al solito, nello scolapiatti, li asciugò con il canovaccio, a mano, uno per uno.

Preparò un caffè anche se non ne aveva voglia e attese, in piedi davanti al fornello, che il liquido nero gorgogliasse all'interno della moka. Bevve il caffè, dopo averlo zuccherato e mescolato girando il cucchiaino infinite volte nella tazzina.

Poi guardò l'orologio, carico di speranza: erano le 13.15.

Cercò di dormire. Caricò la sveglia sul comodino, nel timore di non svegliarsi entro le sette di sera. Si distese sul letto, ma la preoccupazione di non riuscire a sentire il trillo lo spinse ad alzarsi. Prese le altre sveglie che riposavano tra i suoi oggetti smarriti, le ricaricò, le puntò sulle 19.00, le dispose intorno al letto. Poi si distese di nuovo.

Si girò e rigirò più volte, immerso nel coro di ticchettii, fino a quando non si rese conto che in quel modo non sarebbe mai riuscito a prendere sonno.

E allora, si rialzò. Bevve il resto del caffè, ormai freddo, per aiutarsi a rimanere lucido e sveglio fino all'arrivo del treno. E di Elena. Poi entrò nella stanza degli oggetti smarriti, si avvicinò al suo diario e lo prese di nuovo tra le mani. Quante volte quel quaderno rosso era stato tra le mani di sua madre, durante questi lunghi anni di assenza? Quante volte l'aveva letto? Almeno una? E aveva mai sentito nostalgia di suo figlio? E di suo marito?

Si rimise a sedere, sfogliò le pagine lentamente, scorrendole con lo sguardo. Poi si fermò a rileggere per l'ennesima volta qualche riga...

Miniera di Mare, 24 dicembre 1991

Aveva da poco compiuto sei anni.

Stanotte arriva Babbo Natale e allora io dormo con mamma e papà. Così appena arriva loro mi svegliano e io vado a vedere se mi ha portato il liquidator e l'autorobot, così poi gli faccio vedere io a scuola chi sono io. Speriamo che il liquidator me lo porta rosso che è il mio colore preferito e mi piace moltissimo il liquidator rosso perché è molto potente...

D'un tratto, Elena oltrepassò la soglia e cominciò ad avanzare lentamente alle sue spalle. Quando lo raggiunse, posò le mani sulle braccia di Michele e accostò il viso al suo viso. Michele sentì il suo profumo e la seta delle sue guance sfiorare la sua pelle. Si voltò appena a guardarla e lei sorrise. Le loro bocche erano vicinissime.

«Michele! Ma che stai leggendo?» sussurrò lei, dolcissima. E Michele sentì il vento di roseto del suo alito. Fu scosso da un brivido. Elena se ne accorse e avvicinò la bocca alla sua bocca. Le labbra si sfiorarono, poi Elena si ritrasse.

«E allora? Cosa leggi? Mi fai vedere?»

Prima che lui potesse rispondere, Elena afferrò il quaderno rosso, lo sfogliò velocemente, poi guardò Michele, sorpresa. «È il tuo diario segreto?»

Michele annuì appena, tese una mano per riprendere il diario, ma Elena lo anticipò.

«Aspetta... Se ti prometto che non lo leggo, me lo fai tenere?» gli chiese, con un sorriso malinconico. E si diresse verso una valigia che era poggiata sul pavimento, accanto alla porta d'ingresso.

Michele si sentì mancare il fiato, mentre Elena infilava il diario nella valigia.

«Ma... parti? E dove vai?» le chiese. La sua voce era cambiata, era quella di un bambino di sette anni.

«Vado a trovare tua madre...» rispose Elena, chiudendo la valigia.

«Tu... tu sai dov'è la mamma?» chiese ancora Michele con la sua voce da bambino.

Elena annuì, afferrò la valigia e si diresse verso l'uscita. «Ti prometto che torno», disse, prima di uscire. E poi esplose in una risata sguaiata, oltraggiosa.

Michele sentì il gelo attraversargli la pelle.

Poi sentì una voce dietro di sé.

«Io te l'avevo detto...»

Michele si voltò di scatto e vide, al centro del salotto, il padre. Era in divisa da capostazione, i capelli brizzolati, arruffati, gli occhi acquosi, da ubriaco.

«Ti avevo avvisato. Te l'avevo detto di non fidarti mai delle donne... Solo degli oggetti, ti devi fidare. Solo degli oggetti. Perché non pensano, non parlano... e non tradiscono mai.»

Il fischio del treno in arrivo svegliò Michele di soprassalto. Era sudato, la bocca impastata. Si guardò intorno, come un pugile che ha appena preso un pugno in pieno viso e cerca di mantenersi in equilibrio, per inquadrare l'avversario prima di essere colpito di nuovo. Poi, in un attimo, realizzò di essersi addormentato e di aver sognato. Dopo tanti anni di oblio mattutino, quello appena fatto era il primo sogno che ricordava al suo risveglio.

Sentì il secondo fischio del convoglio che stava entrando in stazione.

Si alzò a fatica e si diresse verso l'esterno.

Alcuni passeggeri cominciavano già a scendere dai vagoni e si avviavano verso l'uscita. Michele li radunò con lo sguardo, per accertarsi che tra loro non ci fosse Elena, come un pastore che fa un veloce inventario mentale degli agnelli che si allontanano dal pascolo. Altri scesero dal treno e poi altri ancora.

Si ritrovò a elencarli in uno strano conto alla rovescia: più gli scorrevano davanti agli occhi e il treno si svuotava, più diminuivano le possibilità che su quel treno ci fosse Elena. Il sogno del pomeriggio aveva riportato a galla la paura di rivederla, ma era deciso a chiarire tutto: le avrebbe spiegato di aver lasciato quel messaggio sul finestrino solo ed esclusivamente per avere notizie sul suo diario e, soprattutto, per sapere se lei aveva visto la persona che lo teneva fra le mani. Nient'altro che questo.

Il treno si svuotò. Il controllore e il macchinista si allontanarono verso l'uscita, come due complici stanchi dopo una bravata. Il piazzale della stazione ritornò deserto. Michele respirò un senso di frustrazione e di vuoto, che subito cercò di cancellare. Poi si diresse verso il treno, con la speranza di trovare Elena seduta al suo solito posto, come già era accaduto.

Stavolta, percorse i vagoni, l'uno dopo l'altro, a passo veloce, dimenticando il lavoro, senza badare ai rifiuti disseminati sul linoleum, né ai finestrini rimasti aperti. Si ritrovò a scremare gli odori che correvano incontro al suo olfatto e li spazzò via uno per uno, con la speranza di isolare il profumo di Elena e andarla a stanare come un cane da tartufo.

Quando raggiunse il posto numero 24, sentì il peso della delusione piombargli sulle spalle, fino a incurvarlo. Il messaggio sul vetro del finestrino era stato cancellato.

Di Elena, su quel sedile in similpelle, c'era solo l'assenza.

5.

Durante il breve viaggio da Solombra Scalo a Prosseto, Elena aveva osservato quella scritta vergata col pennarello rosso come a volersi sincerare che fosse reale. Aveva cercato di studiare la calligrafia di Michele, quei tratti sottili che disegnavano un corsivo leggermente inclinato verso destra; li aveva ricalcati con un dito, come a volerli ribadire.

Dietro la scritta, il panorama scorreva veloce: il tratto di costa, col mare azzurro leggermente increspato; poi la curva dolce e lenta verso l'interno, con i primi campi seminati a grano, i vitigni dei contadini che producevano un vino bianco e leggero, da osteria, che profumava di spezie e melograno; quindi il lieve pendio che saliva in collina, col treno che sfrecciava tra filari di ulivi, castagni e ciliegi. Subito dopo, curvando ancora a destra, i binari proseguivano in linea parallela alla strada statale e la locomotiva ingaggiava la solita gara di velocità con le auto in corsa, fischiando a tutto spiano, quasi a voler ribadire l'orgoglio del ferro e dell'acciaio temprati per resistere a qualunque sforzo. Quando la periferia di Solombra Scalo era apparsa nella cornice del finestrino, Elena si era affrettata a cancellare il messaggio con un fazzoletto: non voleva lasciarlo alla vista degli altri, sentiva di dover proteggere un'intimità che apparteneva solo a lei e a Michele.

La mattinata al lavoro era trascorsa veloce, quasi frenetica. In piedi dietro il bancone del bar aveva servito centinaia di caffè e cappuccini, riscaldato cornetti e toast, versato bibite, vino, birra e liquori ai soliti clienti. Poi, durante la mezz'ora di pausa che le spettava, aveva raggiunto in fretta il piccolo giardino comunale a pochi passi dal bar, proprio nel centro del paese, per l'appuntamento quotidiano con Milù.

L'aveva trovata già seduta ad attenderla sulla loro panchina, di fronte alla fontana in pietra sotto il salice. Era il posto stabilito per il loro incontro, da quando Elena lavorava al bar.

Si era seduta accanto a Milù, e mentre le raccontava del messaggio di Michele aveva tirato fuori il panino con mozzarella e pomodoro dall'involucro di carta stagnola, osservandolo come a soppesarlo. Poi l'aveva riavvolto nella carta, sospirando.

«Niente, non ho fame. Cioè, voglio dire... sai quando lo stomaco si contorce e...»

«...e dentro ci senti svolazzare le farfalle, vero?» l'aveva interrotta Milù.

Elena aveva annuito, arrossendo leggermente.

«Sei cotta, sorellina. Cotta. Fatta. Presa.»

«Non incominciamo, Milù... non lo so se sono cotta, è che...»

Milù l'aveva di nuovo interrotta: «Ma dai... eri così convinta di non vederlo più... come dicevi ieri? "Problema risolto, problema risolto..." Poi basta un messaggio e ti si azzera la saliva e non vedi l'ora di correre da lui.»

«Sì, certo. Cioè, no. Cioè. Voglio dire... è solo che sono curiosa di sapere che diavolo ha da dirmi. Insomma per lasciarmi un messaggio sul vetro, dev'essere una cosa importante, no?»

«E che vuoi che ti dica... che s'è pentito di aver chiuso quel cancello e che vuole una seconda possibilità.»

«Dici?» aveva chiesto Elena, con gli occhi che traboccavano di speranza.

«Ma sì! Gli uomini sono fatti così... hanno paura e scappano. Poi si pentono. E tornano. Poi si ripentono. E riscappano. Finché qualcuna non li inchioda alle loro responsabilità. E a quel punto spariscono per sempre.»

Elena aveva riso. E ridendo aveva sentito tornarle l'appetito. Quindi aveva riesumato il panino, addentandolo con gusto.

«Quindi... dici che ci devo andare?» aveva chiesto con le guance piene di pane, mozzarella e pomodoro, continuando a masticare con euforia.

«Dico che se non ci vai sei una cretina», aveva risposto Milù. E in quel momento, la campana della chiesa aveva fatto risuonare due rintocchi. La piazza, il giardino, le strade antiche che si snodavano verso la periferia erano sembrate sospese nel tempo, in una pausa di attesa e di immobilità assoluta.

Quando l'ultima eco del secondo rintocco si era dileguata verso le colline, il paese aveva ripreso vita e anche il debole vento di tramontana aveva fatto risentire il suo soffio leggero tra le foglie del salice.

«Pausa finita, si torna al lavoro», aveva sospirato Elena. Riavvolto il resto del panino nella carta stagnola, l'aveva riposto nello zainetto. Un sorriso e un saluto a Milù, poi si era allontanata in fretta.

«Elena, che c'hai oggi? Non ci stai proprio, con la testa, eh?» l'aveva rimproverata Cosimo, il proprietario del bar, quel pomeriggio. Poi si era voltato verso un cliente abituale, commentando a bassa voce: «Vabbè che manco gli altri giorni ci sta tanto...».

Il cliente aveva riso sommessamente, annuendo, mentre Cosimo si era rivolto di nuovo a Elena: «T'avevo chiesto due caffè al vetro e un decaffeinato schiumato. E invece? Guarda qua...».

Elena aveva ritirato in fretta il vassoio con i tre caffè in tazzina e si era precipitata a eseguire l'ordinazione esatta. Ma ormai la sua mente era già in viaggio verso Miniera di Mare e le due pozze di petrolio che Michele aveva negli occhi.

Intorno alle sei del pomeriggio aveva ripulito il bancone, scaricato nel bidone dei rifiuti le cialde dei caffè preparati durante il giorno, lucidato i bicchieri e sistemato i vassoi per il turno successivo. Poi, nel retro del bar, si era cambiata in fretta, aveva indossato la sua maglietta di cotone blu, i jeans consumati all'altezza delle ginocchia e il giubbetto verde che le aveva regalato Michele.

Sul treno aveva telefonato a suo padre e gli aveva detto, come l'altra volta, che doveva tornare a Miniera di Mare per conto del signor Cosimo e che, una volta terminato il lavoro, gli avrebbe telefonato per farsi venire a prendere.

Poi aveva chiuso gli occhi, ripensando a Michele e a ciò che immaginava e sperava le avrebbe detto quella sera.

Il treno era in perfetto orario. Alle 18.45 era arrivato in stazione e ora stava divorando la distanza che lo separava da Miniera di Mare.

Ma, quando si fermò a Solombra Scalo, Elena cambiò improvvisamente idea.

Scese dal treno. E si diresse a piedi verso casa sua.

Non perlustrò i vagoni, non li pulì, né controllò se vi fossero oggetti smarriti. Quello che Michele voleva fare, e subito, era bruciare il diario. Poi si sarebbe dedicato al suo lavoro. Prima doveva cancellare ogni illusione, ogni distrazione e, soprattutto, ogni speranza.

Così, mentre la sera si distendeva sulla stazione ferroviaria, rientrò in casa, si avvicinò al camino, poggiò alcuni ciocchi di legno sulla griglia, li cosparse di diavolina liquida, sfregò un fiammifero sulla pietra ruvida dei piedritti, lo lanciò all'interno e osservò le fiamme che prendevano vita divorando l'essenza del legno. Poi prese il diario tra le mani, lo osservò ancora per una volta e fece scorrere le dita sul rosso sbiadito della copertina. Sospirò, lo sollevò appena, pronto a lanciarlo tra le fiamme, quando sentì la voce di Elena sopraffare qualunque altra cosa.

«Michele! Ci sei?»

Si voltò di scatto verso la finestra. Lei aveva il naso schiacciato contro il vetro e gli sembrava più bella di qualunque altra cosa si potesse immaginare.

Michele rimase col diario a mezz'aria, allibito.

Elena gli sorrise, sollevando con una mano una borsa di

plastica per mostrarla come un trofeo e, allo stesso tempo, come una giustificazione per essere arrivata in ritardo.

«Fatto la spesa!» urlò dall'altra parte del vetro e a Michele sembrò che urlasse dall'altra parte della realtà. «Ma prima sono passata da casa a prendere la macchina, così posso restare quanto mi pare. Cioè, quanto ti pare, volevo dire. Vabbè quanto ci pare, ecco. Insomma, mi fai entrare?»

Michele si voltò verso il fuoco come se volesse spegnerlo con lo sguardo, poi poggiò il diario sul tavolo e si diresse verso la porta.

Esitò un istante, prima di aprire; prese fiato, lo trattenne, poi afferrò la maniglia e, un attimo dopo, Elena entrava in casa come un vento di primavera abbracciandolo di slancio, senza mollare la borsa della spesa che roteò intorno al collo di Michele come una sciarpa pesante.

«Sono troppo felice, ma proprio che non sai quanto! Cioè, salgo sul treno e trovo il tuo messaggio, insomma, non mi sembrava vero. Geniale, eh, comunque, altrimenti non avevamo un altro modo per comunicare. Sì, però dopo ti lascio il numero di cellulare e tu mi dai il tuo: mica possiamo andare avanti a messaggi sui finestrini, anche se è stato divertente, devo dire.»

Michele annuì, cercò di prendere fiato, mentre lei gli sfilava la spesa dal collo e si dirigeva, decisa, verso la cucina.

«Ho trovato delle ostriche fresche… è il bello di abitare vicino al mare, lo trovi sempre, il pesce fresco, anche al supermercato. Ah, e ho preso un altro paio di cose che poi vedrai», annunciò, euforica.

Le ostriche le erano sembrate l'ideale per festeggiare la serata. Una serata che Elena credeva, e sperava, avrebbe incluso una dichiarazione d'amore da parte di Michele…

«…Così recuperiamo la cena di ieri. Vabbè ieri avevo trovato dei gamberoni rossi, ma… lasciamo perdere, non ne parliamo, okay? Ah… ho preso un prosecco, anzi due. Erano già in fresco, per fortuna. Guarda. Li metti in frigo, per favore? Anzi, uno stappiamolo, così lo beviamo mentre preparo la cena.»

Michele prese le due bottiglie, ne ripose una in frigo, poi

stappò l'altra. E da quel momento entrò in un vortice dal quale non poté più uscire. Brindarono, bevvero il prosecco. Poi Elena aprì le ostriche e preparò un'insalata di songino, pere, scaglie di parmigiano e noci.

Michele, in silenzio, cominciò ad apparecchiare la tavola in cucina.

«No, aspetta», disse Elena, mentre mescolava l'insalata. «Ho un'idea. Visto che stasera non fa tanto freddo, prendiamo quel tavolo e portiamolo fuori.»

Michele guardò il tavolo, perplesso. Era fermo, come se avesse le radici nel pavimento, da almeno vent'anni, e non gli era mai venuto in mente che si potesse spostare, come ogni altro mobile della casa, del resto. Gli unici cambiamenti nel piccolo appartamento erano stati, nel corso del tempo, gli oggetti smarriti che, a mano a mano, si ammassavano lungo le pareti e sugli scaffali del salotto. Quando Elena afferrò il bordo del tavolo e invitò Michele ad aiutarla, a lui sembrò di profanare tutte le regole della sua vita che già, comunque, stava cambiando troppo in fretta, dandogli una strana vertigine. Trasportarono il tavolo all'aperto e, mentre lo sostenevano a mezz'aria, Elena si guardò intorno, poi indicò un punto preciso, accanto al treno.

«Mettiamolo lì», esclamò, decisa e felice. Michele la seguì, privato ormai di ogni volontà e incapace di prevenire ciò che sarebbe successo in seguito.

Lo appoggiarono, cercando una posizione che non lo facesse traballare, poi Elena gli fece cenno di attendere e corse verso la cucina. Lui rimase a guardare la superficie del tavolo che rifletteva il vetro di un finestrino del treno, il quale rifletteva a sua volta la luna che, di conseguenza, si stagliò sul ripiano del tavolo come un centrino rotondo e luminoso.

Poi lei arrivò come un vento leggero alle sue spalle e sventolò nel fresco della sera una tovaglia bianca che si adagiò morbidamente sul tavolo, cancellando il riflesso della luna.

Michele si voltò a cercarla nel cielo, come a rassicurarsi che fosse ancora al suo posto.

Poco dopo si guardava intorno, seduto alla tavola apparecchiata da Elena. L'aria fresca della sera rendeva tutto più irreale e, allo stesso tempo, gradevole: il tavolo e le due sedie sistemati a pochi metri dal treno, sullo slargo della banchina; il fruscio delle foglie dei pioppi, che filtravano la luce della luna; l'odore del mare, che si mescolava al profumo delle ostriche fino a impedire di distinguerli l'uno dall'altro. E il sorriso di Elena, che iniziò a mangiare con gusto come se stare insieme così, seduti a tavola al centro di una stazione ferroviaria deserta, in quella stagione, fosse la cosa più naturale del mondo.

«E tu non mangi?» gli domandò, mentre gli versava altro prosecco nel bicchiere. Poi, senza attendere risposta, afferrò un'ostrica, la condì con alcune gocce di limone e si sporse in avanti offrendola a Michele.

«Senti che buona...»

Michele esitò, poi chiuse gli occhi come un bambino, dischiuse la bocca e sentì l'ondata di sapore e profumo invadergli l'anima. Le sue papille gustative si risvegliarono all'improvviso dal letargo delle stracciatelle e dei pasti frugali e balzarono sull'attenti come soldati richiamati da un allarme. Infine si spalancarono verso l'infinito.

«Piaciuta? E ora senti l'insalata...» disse Elena, indicando il piatto che Michele aveva davanti a sé. Lui eseguì, obbediente. Masticò in silenzio quel miscuglio di sapori che riuscivano ad amalgamarsi in maniera naturale, fino ad assumere un'identità precisa e unica.

Elena lo fissava, in attesa che lui le parlasse. Ma lui continuò a mangiare, in silenzio, diviso tra il piacere dei sapori e l'imbarazzo.

«Sei proprio timido, vero, Michele? Ancora più di me», disse infine Elena, sorridendo.

«Tu... tu non sei timida», rispose Michele. E per poco l'insalata non gli andò di traverso.

«Ma sì che sono timida. Solo che io combatto la timidezza parlando a raffica, al contrario di te. Per questo poi mi dicono che sono strana... cioè, non è che me lo dicono proprio, ma io me ne accorgo che mi guardano strano quando parlo. Però chi se ne frega, no? Apri la bocca...»

E gli porse un'altra ostrica, che lui inghiottì senza commentare.

«Sai cos'è la timidezza? Ho letto su una rivista che non è la paura di fare brutte figure, cioè, per essere precisi, non è la paura di perdere. Non ci crederai, ma c'era scritto che la timidezza è la paura di vincere. Pazzesco, no? Lì per lì ho pensato che fosse una cazzata, invece poi ci ho ripensato e in fondo può essere vero, sai? Se ci pensi bene, Michele, quando sei triste... quella tristezza è tutta tua. È come... come una corazza, non so se mi spiego. Te la tieni addosso e speri che prima o poi qualcuno te la tolga. Insomma, non vedi l'ora di liberartene. Invece... ecco, invece quando sei felice hai paura del contrario. Perché la felicità non ci riesci a mettertela addosso come una corazza. Mica la puoi afferrare come la tristezza, la felicità. E quindi sai che la puoi perdere da un momento all'altro. Ecco», ripeté scandendo, «la felicità fa paura perché la puoi perdere da un momento all'altro. Perché ti dicevo questo? Ah, sì... perché quindi chi è timido ha solo paura di essere felice. Te l'ho detta in sintesi, ma il succo è questo. Pensa che una mia amica si era messa con uno, timidissimo, che però stava andando dallo psicologo per allontanarsi dalla madre che lo controllava e gli diceva tutto quello che doveva e non doveva fare. Per questo lui era timido e andava dallo psicologo. Be', sai che ha fatto questo qui? Quando ha capito che stava riuscendo a staccarsi dalla sottana di mammà, ha smesso di andare dallo psicologo. Paura, no? Paura di vincere, di essere felice. Che storia, vero, Michele? Mi versi un po' di prosecco, per favore? Ho la gola secca. Parlo troppo.»

Michele annuì. Le versò il prosecco. Elena lo sorseggiò lentamente, come se cercasse nel vortice delle bollicine l'ispirazione e il coraggio per arrivare al punto cruciale di quella serata. Infine, guardò Michele con un sorriso che voleva mascherare una forte emozione.

«Bene... e adesso tocca a te. Mi hai scritto che avevi bisogno di parlarmi e io sono qui. Ti ascolto...» disse. E l'espressione del suo sguardo era un sì anticipato alla dichiarazione d'amore che attendeva e sognava.

Michele deglutì, si schiarì la voce con un leggero colpo di tosse. «Io... ti ho cercato perché avrei bisogno di un favore. E forse solo tu mi puoi aiutare», disse d'un fiato, con lo stesso sforzo di un atleta all'ultimo scatto dei cento metri nella finale olimpica.

Elena annuì, in silenzio. Cercò di sorridere per nascondere la delusione. E il dolce vento leggero che, fino a un attimo prima, sfiorava i suoi capelli e le foglie dei pioppi, le sembrò improvvisamente gelido. Incrociò le mani sul petto e indossò la corazza di una tristezza improvvisa.

Michele le fece cenno di attendere, si alzò e si diresse in fretta in casa.

Elena rimase sola. Si guardò intorno, mentre tentava di frenare le lacrime e un senso di vuoto che non sentiva da molto tempo. Si riempì il bicchiere e bevve un lungo sorso di prosecco, con la speranza che un inizio di sbronza le addolcisse la serata.

Poi vide Michele tornare verso il tavolo.

Aveva tra le mani un vecchio quaderno rosso.

6.

Miniera di Mare, 4 aprile 1992

Oggi abbiamo studiato che Cristoforo Colombo ha trovato l'America e allora lo voglio fare pure io. Voglio trovare una America che non hanno ancora visto e poi ci metto la bandiera così poi è tutta mia. Però poi voglio partire un'altra volta e trovare altri posti per diventare l'esploratore più famoso del mondo che ha trovato più Americhe di tutti. Però mi porto anche mamma con me così mi aiuta a trovare perché quando perdo i giocattoli lei li trova sempre e così siamo in due a trovare le Americhe.

Elena chiuse il diario. Era entrata, grazie a quelle poche pagine, nel cuore del piccolo Michele, aveva respirato la sua vita, aveva sorriso con lui ed era tornata a sua volta bambina. Prima di darle il permesso di leggerlo, Michele le aveva spiegato tutto con poche parole sofferte: la partenza di sua madre quando lui aveva solo sette anni, il diario che lei aveva portato con sé e il ritrovamento dello stesso diario sul treno, la sera precedente. Era la prima volta che parlava di sé, che raccontava la storia del suo dolore. Lo aveva fatto in un sussurro, con gli occhi bassi, come chi ammette una colpa. Poi, erano rientrati in casa e, mentre Elena leggeva il diario, aveva sentito uno strano sollievo, come se i nodi della corda che imprigionava la sua vita si fossero leggermente allentati. Gli aveva fatto bene, parlare. Non poteva negarlo.

Quando Elena sollevò lo sguardo dal diario, vide Michele che la osservava in quel suo modo strano, fingendo di non guardarla, gli occhi puntati altrove verso un rifugio immaginario, ma in realtà attenti a lei, alla sua reazione. Lo vide come un bambino nel corpo di un adulto, smarrito tra i suoi oggetti smarriti, quegli oggetti che aveva trovato sul treno e che poi aveva riacquistato, a distanza di tempo, dopo aver seguito il loro percorso, vegliato sul loro destino.

Elena pensò che Michele aveva regalato a quegli oggetti un lieto fine. Ma aveva smesso di cercarlo e sperarlo per sé stesso. E in quel momento lo sentì entrare nel suo cuore.

"E ora mi dici come faccio, io, a non pensarti più, Michele? Mi dici cosa ne faccio, io, di questa voglia di starti accanto e di curare le tue ferite? Mi spieghi come farò a non regalarti mari e cieli di baci e carezze per ogni bacio e per ogni carezza che ti è stata negata? Mi dici come farò a rassegnarmi all'idea che tu mi hai cercata solo come un'amica a cui chiedere un favore? Mi spieghi come farò, io, se non mi consentirai di starti accanto, a non sentirmi un oggetto smarrito?"

Questo avrebbe voluto dirgli Elena. Invece si alzò e gli andò vicino, catturò i suoi occhi, li imprigionò dentro ai propri e lo afferrò per le braccia, decisa.

«Michele, tu devi andare a cercare tua madre. E devi farlo subito. Non puoi più restare qui ad aspettare», gli disse.

«Ma come faccio? Dove la cerco?»

Elena non rispose, andò verso la foto appesa alla parete, la prese, la guardò con attenzione.

«È questa tua madre?» gli chiese, indicando la donna in penombra che teneva per mano il bambino.

Michele annuì, perplesso.

«Quanti anni aveva in questa foto?»

Michele le rispose che aveva ventinove anni e che quella foto risaliva al 1992. Poco prima che andasse via.

«Quindi ora ha più di cinquant'anni, tua madre. Ma non dovrebbe essere molto diversa da questa foto. Certo, invecchiata, magari ingrassata, ma sicuramente riconoscibile...»

Elena osservò ancora con attenzione il volto della donna, i contorni un po' sbiaditi dal tempo.

«Non mi sembra di averla mai vista... cioè, sicuramente

non è una di quelle persone che prendono il treno ogni giorno, se no me ne ricorderei.»

Michele annuì, rassegnato. «Non fa nulla», disse.

Elena lo guardò, sorpresa. «Non fa nulla? Che vuol dire non fa nulla, Michele? Io non ho mai visto tua madre, però il tuo diario c'era, sul treno. E se il diario ce l'aveva tua madre, vuol dire che tua madre era su quel treno. Su questo non ci piove. Allora sai cosa farei io al posto tuo? Prenderei quel treno e scenderei a ogni fermata della tratta per cercarla. A costo di chiedere a tutta la gente che incontro, a costo di cercare casa per casa. Alla fine, qualcuno troverai che l'ha vista. E ti dico un'altra cosa, Michele, schiaffatela in testa bene, perché questa cosa è importante. Anche se non dovessi trovarla, tua madre, almeno l'avrai cercata. Almeno non avrai niente da rimproverarti.»

Elena si fermò, sorpresa: Michele tremava. La sola idea di salire su quel treno e lasciare il suo mondo sicuro lo terrorizzava.

«Michele... non puoi continuare a stare qui dentro ad aspettare chi sa cosa e a mangiare stracciatelle. Tu hai il diritto di sapere perché tua madre è andata via e non è più tornata. Ma non capisci? Potresti parlare con lei, potresti farti spiegare tutto. Sicuramente ha tante cose da dirti. E tu devi ascoltarla, prima che sia troppo tardi. È importante per te. E forse anche per lei. Lo capisci?»

Michele scosse la testa, non voleva ascoltare. «Vattene, per favore», disse in un soffio.

Elena si gelò, chiuse gli occhi sotto il peso della delusione. Michele andò verso la finestra, per non guardarla. Poggiò la fronte contro il vetro, in silenzio. Immersa nello stesso silenzio, Elena si strinse nel giubbetto e si avviò verso l'uscita.

«Scusami», sussurrò Michele.

Elena si fermò, sospesa in bilico su un filo sottile, teso tra l'addio e il ritorno.

«È solo che... che ho paura», aggiunse Michele, guardando il treno al di là del vetro.

«Lo so. Questo l'ho capito. Cioè, scusa, eh, ma tu hai paura di tutto, Michele. Però a questo punto devi scegliere cosa vuoi fare della tua vita. Tutto qui», sussurrò Elena, sincera. Poi sobbalzò per lo schianto del vetro che esplose improvvisamente, colpito con un pugno da Michele.

Elena si precipitò accanto a lui, gli prese la mano che si era ferita e sanguinava. In silenzio, con delicatezza, tolse le piccole schegge di vetro dalle dita di Michele, che era pallido, immobile come una statua di ghiaccio. Le tamponò con il disinfettante e applicò sulle ferite dei cerotti trovati in bagno.

Sorrise. «Hai visto? Ora hai di nuovo le ferite del guerriero...»

Michele annuì appena. E un debole sorriso fiorì sulle sue labbra. Si guardò le mani appena medicate, come a cercare le mani del bambino che era stato tanti anni prima.

Elena lo fece sedere in cucina, frugò nella credenza, trovò, sul fondo di un angolo buio, una vecchia bottiglia di cognac ancora sigillata. L'aprì, riempì due bicchieri e andò a sedersi di fronte a lui.

«Ecco, bevi un sorso, ti farà bene...»

«Quella bottiglia era di mio padre», disse Michele, osservando il bicchiere che gli porgeva Elena.

«Be', era ora di aprirla, direi. Guarda quanto è vecchia. Ancora un po' e sarebbe stata imbevibile», rispose lei, sorridendo.

Michele annuì, sorseggiò un po' di cognac e si inarcò all'indietro, trattenendo il fiato. Il fuoco dell'alcol gli attraversò il torace e poi si trasformò in un tepore benefico. Immerso in quel tepore, Michele comprese cosa cercasse suo padre, tanti anni prima, sera dopo sera, all'interno di quei bicchieri che riempiva e svuotava nella sua gola, l'uno dopo l'altro, seduto al tavolo della cucina, davanti a un piatto fondo pieno di avanzi del suo dolore silenzioso.

Elena prese coraggio, decise che era giunto il momento per affondare le parole in quel piccolo varco che si era aperto.

«Insomma, Michele, se vuoi ti posso aiutare io. Cioè, ti spiego. Ci provo. Dunque. Tu ogni giorno controlli il treno e vedi le persone che salgono e scendono, giusto? Quindi, se tua madre fosse scesa dal treno quando hai trovato il diario, l'avresti vista, no? Ecco. Quindi escluderei che tua madre si trovi qui, a Miniera di Mare. Anche perché, a questo punto, sarebbe già qui con te. Se no che torna a fare proprio qui se poi non si fa viva? Giusto? Andiamo avanti. Solombra. Io vivo a Solombra da quando sono nata, lo sai, no? Giusto, come fai a saperlo? Vabbè, te lo dico ora. Ecco, a Solombra saremo ottocento abitanti. Si può dire che ci conosciamo tutti, almeno di vista. Se ci fosse tua madre, lo saprei. Cioè, non lo saprei che è tua madre, però mi ricorderei di una che le assomiglia. Che assomiglia alla foto, voglio dire. Insomma, io non l'ho mai vista, una che le assomiglia. Ecco. Poi... poi passiamo a Prosseto. Io lavoro a Prosseto da due anni, in un bar. Anche questo non te l'avevo ancora detto, scusami. Però tu non me l'hai chiesto, cioè, se me l'avessi chiesto te l'avrei detto, ma non è che voglio farti una colpa di questa cosa. Non è che uno è obbligato a chiedere che lavoro fa una persona. Vabbè, non so manco io che sto dicendo, comunque a Prosseto ci saranno al massimo cinquecento abitanti più quelli di passaggio o che ci lavorano, il bar dove lavoro io è accanto alla piazza principale del paese e ai giardinetti. Passano tutti di là: piazza e giardinetti. E neanche a Prosseto ho mai visto una signora che assomiglia a tua madre. Questo non vuol dire essere sicuri che non ci sia, lo so. Però posso chiedere in giro, insomma, la ricerca a Prosseto te la faccio io, se tu ti fidi. Magari mi fai una fotocopia della foto e comincio a chiedere a tutti. C'è il maresciallo dei carabinieri che prende il caffè da noi e magari lo chiedo anche a lui. Perché ti dico questo? Michele, te lo dico perché a questo punto ti restano solo due posti dove andare a cercare. Le ultime due fermate del treno. Ferrosino e Piana Aquilana. Non è una ricerca impossibile. Almeno puoi dire che ci hai provato. E poi, scusa eh? Ma da bambino volevi fare l'esploratore, scoprire le Americhe, e ti spaventi per due fermate di treno? Aspetta, bevo un sorso di cognac. Ne ho bisogno. Non so più che devo dire per convincerti, magari un sorso mi aiuta e...»

«Se vado a cercare mia madre, dovrò chiedere le ferie...»

la interruppe Michele. E la guardò negli occhi, per un istante. Poi abbassò lo sguardo, imbarazzato. Ma era chiaro che Elena era quasi riuscita a convincerlo.

Lei sorrise. Frenò un urlo di gioia e la voglia di saltare in piedi e abbracciarlo. Ormai cominciava a capirlo e sapeva che, in quel momento, anche un piccolo fiato, un gesto, una sola parola avrebbe potuto fargli cambiare idea.

"Ora ti vedo, Michele", pensò Elena, "vedo il colore che ti ostini a nascondere. Sei rosso. Rosso, come immaginavo. Rosso come il tuo diario. Rosso come le ferite che avevi sulle dita da bambino. Come il sangue che hai appena versato. Come il colorito che sta tornando sulle tue guance. Rosso."

Bevvero insieme un altro goccio di cognac. Poi raggiunsero il piccolo ufficio della stazione ferroviaria, di fianco alla sala d'aspetto. Su una scrivania bianca c'era un computer da tavolo, vecchio di almeno una decina d'anni; accanto alla scrivania, due sedie, uno scaffale ingombro di faldoni, una fotocopiatrice. Un orario ferroviario era affisso alla parete, accanto alla fotografia incorniciata del presidente della repubblica. Michele accese la fotocopiatrice, che si risvegliò con un sussulto meccanico e sembrò riprendere fiato dopo una lunga apnea. Il rollio del motore e del toner produsse, dopo pochi secondi, la fotocopia della fotografia che ritraeva la madre di Michele insieme alla sua famiglia. Michele porse la fotocopia a Elena, che la ripose nel suo zaino. Come un patto d'alleanza.

«A proposito, ora mi dai il tuo numero di cellulare?» disse Elena, estraendo dallo zaino il suo smartphone per memorizzare il numero.

«Non ho un cellulare.»

Elena lo guardò sorpresa. Michele se ne accorse.

«Chi vuoi che mi chiami? Non conosco nessuno. E per le telefonate di lavoro c'è il telefono fisso della stazione», disse indicando l'apparecchio telefonico sulla scrivania. «Lo uso pure per ordinare la spesa. Me la portano qui, così evito di uscire...» aggiunse, come a rivelare un segreto terribile.

«Cioè... non esci proprio mai?» domandò Elena, perplessa. Poi sorrise: Michele sembrava davvero al di fuori del tempo e della realtà. Ma l'impressione era che stesse, pian piano, uscendo dal guscio nel quale si era rintanato dal giorno della partenza di sua madre.

Stabilirono che se Elena fosse riuscita ad avere qualche notizia sulla madre di Michele gliel'avrebbe comunicato l'indomani, di persona, al ritorno dal lavoro.

«A proposito… come si chiama tua madre?»

Michele esitò. Era da una vita che non pronunciava quel nome. Nei suoi pensieri, quella donna, che ormai riusciva a ricordare nei tratti del viso solo guardando l'unica foto che gli era rimasta, non aveva più un nome e un cognome. Era solo: «mamma».

«Laura», disse alla fine. «Laura Puglia.»

«Laura Puglia…» ripeté Elena, come se quel nome fosse la formula magica per svelare la misteriosa storia che quella donna nascondeva.

«Hai mai provato a cercarla su Internet?» domandò Elena. «Ormai si può trovare chiunque, se fai una ricerca come si deve…»

Michele annuì, disse di aver provato moltissime volte, ma senza alcun risultato. Elena cercò di incoraggiarlo, poi si diedero appuntamento per il tardo pomeriggio del giorno dopo, con l'arrivo del treno a Miniera di Mare, e si salutarono. Elena si limitò a stringergli la mano, costringendosi a non abbracciarlo e baciarlo come avrebbe voluto.

Si diresse verso l'uscita, ma Michele, stavolta, l'accompagnò fino al cancello, poi si fermò e la seguì con lo sguardo mentre lei raggiungeva la sua auto. Quando Elena si voltò verso la stazione, fu sorpresa nel vederlo lì, davanti al cancello, mentre la guardava in silenzio. Gli rivolse un cenno di saluto con una mano prima di entrare in macchina e lui rispose allo stesso modo.

L'auto di Elena illuminò lo spiazzo con i fari appena accesi, poi il motore si avviò e le luci rosse dei fanalini di coda, allontanandosi, scomparvero lentamente nel buio.

Michele restò fermo sulla soglia del cancello e respirò con forza. Poi decise di fare qualcosa di inusuale: mosse un primo passo verso la strada. Poi un secondo. E un terzo. Si fermò di nuovo, per assaporare quella piccola distanza che in quel momento, dopo lunghi anni trascorsi all'interno del recinto della stazione ferroviaria, lo separava dal suo mondo. Sentì un brivido, quasi una vertigine. Non varcava la soglia di quel cancello da quando era morto suo padre. Poi si fece forza e si allontanò ancora in direzione del mondo esterno. Un altro passo. Un altro. E un altro ancora. Voleva abituarsi al distacco dal suo involucro, visto che, molto probabilmente, presto sarebbe partito alla ricerca di sua madre. Puntò con lo sguardo un lampione acceso, fisso sul marciapiede, al lato opposto dello spiazzo che si allargava davanti alla stazione. Decise di raggiungerlo, di arrivare almeno fino a quella fonte di luce. Quindi mosse un ulteriore passo in avanti. E in quel momento sentì il richiamo disperato del recinto, che lo implorava di tornare indietro. Fu come se, al centro della sua schiena, si tendesse un elastico che lo teneva ancorato alle sbarre del cancello. Si fece forza e mosse un altro passo. La tensione dell'elastico aumentò ulteriormente e la forza che dovette imprimere ai suoi passi, per procedere ancora verso il lampione, quasi gli mozzò il fiato. Quando giunse a circa un metro dalla meta, Michele si fermò: ebbe la sensazione che, se avesse mosso un solo altro passo in avanti, l'elastico si sarebbe spezzato. L'idea dello strappo definitivo lo terrorizzava e, allo stesso tempo, gli faceva assaporare una strana ebbrezza. Decise di essere prudente, ancora per una volta. Quindi si sporse in avanti senza spostare i piedi dalla loro posizione e sfiorò con la punta delle dita il metallo fresco del lampione. Chiuse gli occhi e assaporò quella piccola vittoria nei confronti delle sue paure. Poi lasciò che l'elastico lo risucchiasse all'indietro, verso casa.

Dopo aver percorso pochi chilometri con la sua auto, Elena vide le luci di Solombra Scalo stagliarsi nella cornice del parabrezza. La testa le girava leggermente e aveva lo sguardo appannato. Proprio all'ingresso del paese, lungo il viale che conduceva alla sua casa, vide Milù che le veniva incontro, a piedi. Elena rallentò fino a fermarsi, lasciò che Milù si sedesse accanto a lei.

«Quanto hai bevuto?»

«Un po'...» ammise Elena con un leggero sorriso.

«Un po' troppo, direi, sorellina.»

Elena sospirò, come a minimizzare.

«Non è andata come volevi, eh?» incalzò Milù.

«Non importa.»

«Come no. Hai una faccetta delusa...»

«Passerà», rispose Elena.

Frugò nello zaino e prese la fotocopia della foto che ritraeva la madre di Michele.

«Ora la cosa più importante, ma proprio più... importantissima è trovare questa donna...» disse, decisa. «Tutto il resto non conta.»

Poi spalancò la portiera, scese dalla macchina e si accostò a un muretto per vomitare.

Sentì la mano fresca di Milù sorreggerle la fronte.

«E meno male che hai bevuto solo un po'...»

Elena si tirò su, tossì, poi pulì la bocca con un fazzoletto di carta.

«Ne avevo bisogno... cioè, in quel momento bere un po' mi era sembrata una buona idea...»

«Certo, come no», commentò Milù, ironica.

«Non sono perfetta, ecco. Anzi, non sono mai stata neanche un minimo vicina a qualunque tipo di perfezione. E tu lo sai bene.»

«Non è un buon motivo per ridursi in questo stato.»

Elena si avviò di nuovo verso l'auto. «Hai ragione. E poi domani devo essere in forma... Devo cominciare a cercare la madre di Michele.»

«Lo devi fare tu?»

«Do una mano a Michele, per quello che posso.»

«Ah, ecco! Non solo ti chiude fuori dal cancello, non solo ti richiama solo per chiederti un favore... tu lo aiuti pure?»

«Lui si fida di me. E io... io non posso deluderlo.»

L'auto ripartì. Elena sentì lo sguardo di Milù fisso su di lei.

«Sei così innamorata?»

Gli occhi Elena si riempirono di lacrime. «Lui mi piace, da morire. Forse potrei anche innamorarmi, ma non mi vuole. Questa è la verità. Per lui sono solo... una specie di amica o roba del genere. Ma io lo aiuto lo stesso. Ecco.»

«Almeno l'hai ammesso. È già qualcosa...»

«Dici che mi farà bene, ora che l'ho ammesso?»

«Questo dipende da te... Sei tu che devi sapere se sei in grado di reggere la cosa o se continuare a vederlo ti farà ancora più male.»

Elena non rispose. Parcheggiò l'auto al solito posto, spense i fari, socchiuse gli occhi. «So solo quanto mi fa male non vederlo», rispose infine.

Le due sorelle scesero dall'auto e si diressero verso casa. In silenzio.

7.

La mattina seguente, Michele attese con impazienza l'orario di apertura dell'ufficio del personale.

Durante la notte aveva pensato a lungo alle ferie da chiedere. Quanti giorni gli sarebbero serviti? Cosa avrebbero pensato di lui alla direzione centrale? In dieci anni di lavoro non si era mai assentato un solo giorno, neanche per malattia. E poi, a cosa gli sarebbero servite le ferie se aveva deciso di non mettere mai più piede fuori dal suo mondo? Detestava le domeniche, quando il treno era a riposo e la giornata scorreva piatta, senza lavoro, senza altre occupazioni che non fossero la quotidiana manutenzione dei suoi oggetti, qualche film da vedere in televisione e i due pasti principali da preparare.

Alle 7.15 vide partire il treno, poi si recò al terminale informatico per controllare che l'avvenuta partenza fosse stata comunicata in automatico alla centrale. Preparò un altro caffè e lo sorseggiò senza neanche rendersene conto.

Poi, finalmente, alle 8.30 in punto, telefonò alla sede centrale e, vincendo ogni esitazione e timidezza, scavalcò il muro del senso di colpa e comunicò che intendeva prendere alcuni giorni di ferie.

«Di quanti giorni ha bisogno?» gli chiese l'impiegato dall'altro capo del telefono.

Michele esitò, calcolò mentalmente che avrebbe avuto bisogno di almeno una giornata intera per cercare sua madre a Ferrosino e di ulteriori due giorni per la ricerca a Piana Aquilana, se a Ferrosino non avesse ottenuto alcun risultato. Piana Aquilana era una cittadina molto vasta e non sarebbe bastato un solo giorno, seppur intero, per portare a termine una ricerca accurata. Aggiunse altri due giorni che avrebbe dedicato, se l'avesse trovata, a sua madre, per parlare con lei e capire tutto ciò che c'era da capire. Due giorni, in cambio di più di vent'anni di solitudine e tormento.

«Avrei bisogno di... cinque giorni», disse alla fine, e incassò il collo nelle spalle, come in attesa di un rimprovero.

«Cinque giorni?» chiese l'impiegato con voce assente.

«Sono... sono troppi?» replicò Michele, guardingo.

«Signor Airone, qua vedo che lei ha talmente tanti giorni di ferie non godute che potrebbe starsene in vacanza almeno per un paio d'anni...» ridacchiò l'impiegato.

«Allora non ci sono problemi?»

«Da quando vuole andare in ferie?»

«Da domani...»

Seguì un silenzio che preoccupò Michele.

«Dovevo avvisare prima?»

«No, no... stavo solo controllando per la sostituzione.»

Michele si gelò: a questo non aveva pensato. Una sostituzione... Qualcuno sarebbe venuto a prendere il suo posto? Avrebbe dovuto cedergli la sua casa? I suoi oggetti? Il suo mondo costruito così a fatica in tanti anni?

«Ehm... sostituzione?» chiese con il fiato sospeso.

«Sì, nessun problema... ogni sera manderemo un addetto alla manutenzione dei vagoni.»

«E poi?»

«Poi cosa?»

«La... la persona che mi sostituisce resterà anche a dormire?»

L'impiegato rise. Gli spiegò che il sostituto avrebbe fatto le pulizie come da regolamento e poi se ne sarebbe tornato a casa sua o da dove diavolo proveniva entro un paio d'ore.

Michele trasse un sospiro di sollievo. Ma, allo stesso tempo, provò un senso amaro di delusione. Due ore al giorno, solo due ore affidate a un sostituto per fare tutto il lavoro che lo impegnava da sempre.

"Forse non sono così indispensabile..." pensò per un attimo.

«Qui vedo che lei è un caso atipico, signor Airone... si occupa delle pulizie del treno e della stazione... e ha anche l'alloggio a disposizione... niente male, coi tempi che corrono...» aggiunse l'impiegato, con una punta d'invidia nella voce.

«Io... sì... io ci sono nato qui...» balbettò Michele.

«Ah, ecco sì... lo vedo dalla scheda... suo padre era capostazione, ha usufruito dello scivolo, è andato in pensione un anno prima e così lei è stato assunto... è stato fortunato perché a quei tempi si facevano ancora certi favori. Oggi non sarebbe più possibile.»

Michele deglutì, nel timore che il suo interlocutore potesse ripensare alla sua posizione privilegiata e farla annullare dalla direzione generale per fargli un dispetto. Si guardò intorno, respirò l'aria leggermente impregnata di umido dell'ufficio e fu tentato di rinunciare ai cinque giorni di ferie per rimanere avvinghiato al suo mondo e al suo lavoro.

«Si goda tranquillo le sue ferie, signor Airone... visto che ne ha una montagna di arretrate!» concluse l'impiegato, come se gli avesse letto nel pensiero. E riattaccò senza attendere risposta.

Michele sospirò e riprese fiducia, quanta ne bastava per rientrare in casa e aspettare il ritorno del treno.

Miniera di Mare, 29 giugno 1992

Mamma è un po' dispiaciuta perché papà non vuole fare le vacanze per colpa delle responsabilità che stanno dentro al lavoro del treno e poi per colpa dei soldi che non sono mai abbastanza. Insomma non è colpa sua ma però tutti gli altri ci vanno in vacanza e solo noi restiamo a casa. Ma io non lo so se mi dispiace, perché mamma mi porta al mare e mi insegna a nuotare senza il salvagente e poi facciamo i castelli con la sabbia che però lei dice che le mettono tristezza perché pensa che poi i castelli cadono come la vita. Io questa cosa non la capisco ma lei dice che la capirò quando sarò più grande. E allora ho fretta di essere grande per capire questa cosa anche se mamma dice che non c'è fretta e che è meglio se non la capisco mai. Io l'ho chiesto a papà cosa vuol dire e lui ha detto che cer-

te volte neanche lui la capisce a mamma quando dice certe cose che capisce solo lei.

Michele richiuse il diario sui rintocchi che segnavano l'ora del pranzo e vide la sua vita come un enorme castello di sabbia che si era sgretolato dopo la partenza della madre. Si domandò se lei ne avesse costruiti altri, durante il lungo tempo dell'assenza, e quali e quanti di quei castelli fossero rimasti in piedi; quali e quanti, invece, le onde della vita avessero portato via. Si chiese se era sola, se era felice o triste e cosa sarebbe accaduto se l'avesse ritrovata. C'erano ancora castelli da costruire insieme? Oppure la sabbia, lungo il cammino, era scivolata via per sempre tra le loro dita?

Ripose il diario e mise l'acqua a bollire sul fuoco. Poi pensò a Elena e alla ricerca che aveva promesso di iniziare appena arrivata a Prosseto. Provò una nuova tenerezza nei suoi confronti. E un senso di gratitudine. Se avesse potuto, avrebbe costruito per lei un castello in grado di resistere a qualunque tempesta o mareggiata. Ma non sapeva neanche come cominciare, né se valesse la pena farlo. Scelse un avanzo di penne rigate da condire con olio e parmigiano. Poi, in silenzio, aspettò che l'acqua bollisse.

Sin dalla mattina, appena salita sul treno, Elena aveva chiesto a ogni passeggero se avesse mai visto la donna ritratta nella fotografia fotocopiata. Chiese anche al controllore che, dopo aver dato un'occhiata alla foto, aveva scosso la testa, perplesso. Elena, comunque, aveva evitato di dare spiegazioni ad alcuno: le sarebbe sembrato, se avesse divulgato la storia di Michele, di tradire il suo segreto.

Quando giunse a Prosseto, prima di arrivare al bar, entrò nell'unica tabaccheria del paese e fece fare tre altre copie della foto. Ne affisse una alla vetrina della stessa tabaccheria, un'altra all'entrata del giardinetto pubblico e un'altra ancora sulla vetrina del bar dove lavorava. Corredò le fotocopie con una scritta vergata a mano con un pennarello blu:

Chi ha visto questa donna o ha sue notizie è pregato di rivolgersi al bar di Cosimo. PS: la foto è del 1992.

Le fotocopie attirarono l'attenzione di moltissime persone. E quasi tutte fecero una visita al bar, non per fornire informazioni, che del resto non avevano, ma per chiedere cosa fosse capitato a quella donna e per quale motivo la cercassero. Ciò comportò un rilevante aumento delle consumazioni e Cosimo, il proprietario del bar, ne fu soddisfatto al punto da chiedere a Elena di lasciare la fotocopia in vetrina almeno per qualche altro giorno. Anche il maresciallo dei carabinieri fu incuriosito dalla foto e chiese spiegazioni. E solo a lui Elena accennò, sinteticamente e a bassa voce, la storia della donna partita col treno da Miniera di Mare e mai più tornata.

«È stata fatta una denuncia, a suo tempo?» chiese il maresciallo, con rigore professionale. Elena rispose che non lo sapeva. E aggiunse che si sarebbe informata.

Altri curiosi arrivarono nel bar. E altri ancora. Ma nessuno di loro fu in grado di dare una benché minima informazione sulla donna scomparsa.

Elena terminò il suo turno e corse subito alla stazione, salì sul treno e poi, quando arrivò a Solombra, saltò in fretta sulla sua auto e la lanciò al massimo della velocità verso Miniera di Mare.

Michele l'attendeva sulla soglia del cancello, impaziente, teso.

Quando lei scese dall'auto, gli bastò guardare la sua espressione scoraggiata per capire che la ricerca a Prosseto non aveva dato frutti. Elena gli riassunse l'andamento della giornata, gli raccontò delle fotocopie affisse in paese e, alla fine, gli riportò la domanda del maresciallo dei carabinieri.

«Michele, ma quando tua madre è partita, ti ricordi se tuo padre ha denunciato la sua scomparsa?»

La domanda colse Michele di sorpresa. Solo in quel momento, infatti, si rese conto che suo padre non aveva mai sporto denuncia per la scomparsa della moglie. E che, oltre a ciò, non l'aveva mai cercata. Come se quel distacco fosse stato qualcosa di ineluttabile. Come se non l'avesse affatto sorpreso. E allora gli tornarono in mente i lunghi silenzi tra suo padre e sua madre, quel salutarsi appena, al mattino, dopo la colazione, come se il guardarsi negli occhi fosse vietato. A quel tempo non aveva fatto caso a tutto ciò, ma ora capiva che erano segnali evidenti di qualcosa che si era rotto tra di loro.

«No, nessuna denuncia...» sussurrò, distogliendosi dai suoi pensieri.

Elena annuì, perplessa. Poi volteggiò nell'aria e si diresse verso la casa all'interno della stazione.

«Dai, che ci dobbiamo organizzare per domani. Hai chiesto le ferie, vero? Bene. Hai preparato i bagagli? Guarda che a Piana Aquilana fa freddo, è alta montagna. Devi portarti almeno un giaccone pesante.»

Michele non aveva pensato ai bagagli. Del resto, aveva solo gli abiti da ferroviere: due divise estive e due invernali, compresi i cappelli. Una mezza dozzina di camicie bianche e tre cravatte delle Ferrovie che gli aveva lasciato suo padre. Lo spiegò a Elena, vergognandosi un po'. Elena si coprì gli occhi con una mano, divertita e sorpresa.

«Michele, ma... ma mica puoi partire vestito da ferroviere! Ora ti organizzo io il guardaroba.»

Quindi entrò in casa e si diresse verso gli appendiabiti carichi di indumenti smarriti.

«Allora, scegliamo un po' di cosette, qui, che potrebbero servire...» esclamò, entusiasta.

Michele la vide mentre guardava gli indumenti, li toccava, li tastava, li soppesava. L'ordine stabilito delle cose se ne andava al diavolo in pochi secondi. Provò, per un attimo, un leggero senso di gelosia: quelle mani sembravano impadronirsi dei suoi oggetti, strapparli al loro riposo. Mentre li toglieva dagli appendiabiti, Elena stravolgeva il catalogo, l'ordine di arrivo dei vestiti nella casa, ma, soprattutto, li destava dal sonno e li costringeva a partire, a seguirlo in un'avventura dagli esiti imprevedibili.

Scelse per lui un maglione blu e un altro celeste, ambedue a girocollo; un giaccone imbottito, anch'esso blu scuro; due camicie a quadri; una felpa rossa, un giubbotto di pelle; alcune magliette bianche. Poi scorse una maglietta nera con il volto di Freddie Mercury stampato sul petto e l'afferrò, convinta.

«Questa è uno schianto! Ti starà benissimo...»

Riuscì a trovare due paia di jeans che sembravano della misura adatta per Michele. Li guardò, perplessa.

«Cioè... capisco le magliette, le giacche... ma mi spieghi, Michele, come fa un tizio a dimenticarsi i jeans sul treno? Se li toglie durante il viaggio e poi va via in mutande senza accorgersene?» chiese ridendo di gusto.

Michele sorrise, le spiegò che alcuni capi di cui era in possesso erano contenuti in valigie e zaini dimenticati sul treno e mai più richiesti. Lui li aveva solo tirati fuori e catalogati.

Elena annuì, rassicurata. Scelse uno zaino rosso con i tasconi verdi e cominciò a riempirlo con i capi di vestiario appena scelti. Lasciò fuori un paio di jeans, il giubbotto di pelle e la maglietta di Freddie Mercury, che Michele avrebbe indossato l'indomani per la partenza. Poi porse lo zaino a Michele.

«Ecco... manca solo la biancheria intima, spazzolino, rasoio eccetera, ma ci pensi tu, vero?»

Michele annuì, ancora perplesso.

Elena frugò nel suo zaino ed estrasse un cellulare. Lo porse a Michele. «E questo è per te. Così possiamo comunicare.»

Lui prese il telefono, sorpreso. «Ma...»

«Tranquillo. Ho due cellulari e uno te lo presto volentieri.»

Poi gli mostrò il funzionamento. Aveva cancellato tutti i contatti, «tanto ce li ho nell'altro», e aveva lasciato un solo numero di cellulare in memoria.

«È il numero del mio cellulare, cioè, di quell'altro che rimane a me. Così, quando mi vuoi chiamare, ti basterà premere questo pulsantino, vedi? Questo. Sì questo. Prova. Dai.»

Michele fissò il cellulare tra le sue mani, poi spinse il pulsante indicato e il suono di un altro cellulare risuonò all'interno dello zainetto di Elena.

«Visto? Semplice!» esultò lei, sorridendo. Poi tirò fuori il cellulare dallo zaino e rispose.

«Ciao, Michele! Come stai?»

«Bene», rispose lui, completamente in bambola, col cellulare tra le mani. Elena gli fece cenno di portarlo all'orecchio. Michele eseguì.

«Mi senti?»

Michele annuì.

«Se ci parli, lì dentro, è meglio.»

Michele sorrise e parlò al cellulare. «Ti sento. Ma ti sento anche senza cellulare, visto che sei qui.»

«Sì, vabbè… però intanto questa è la nostra prima telefonata. Abbiamo rotto il ghiaccio», disse lei divertita. Poi staccò la comunicazione e Michele fece altrettanto.

«Grazie…» sussurrò Michele. E nella sua voce, Elena sentì una sincerità e una dolcezza infinite quanto improvvise. Ne rimase turbata. Abbassò lo sguardo, poi lo rialzò puntandolo nei suoi occhi.

«Non mi devi ringraziare. Lo faccio con piacere…»

«Sei… sei davvero un'amica», sussurrò Michele, arrossendo un po'.

Ed Elena inghiottì un senso di amarezza e di rassegnazione. Prima di andare via, gli medicò le ferite che si era procurato la sera precedente. Tolse i cerotti: i tagli non si erano ancora del tutto rimarginati, alcuni erano profondi, ancora umidi di siero. Li pulì per bene, li disinfettò, li ricoprì con nuovi cerotti. Il tutto si svolse in un silenzio assoluto.

Terminata l'operazione, Elena prese altri cerotti e li infilò nello zaino col quale Michele sarebbe partito, insieme al disinfettante. Gli raccomandò di cambiare i cerotti e pulire le ferite per almeno un paio di giorni ancora. Poi si salutarono con una stretta di mano. Elena gli dette appuntamento per l'indomani, sul treno.

«A proposito… hai fatto il biglietto?»

«Non ne ho bisogno. Viaggio gratis.»

«Be', almeno questo…» concluse lei.

Si avviarono insieme verso il cancello e lui si fermò sulla soglia, come la sera prima. La vide montare in auto e partire, lentamente. Nella penombra, da lontano, Michele colse gli occhi di Elena, riflessi nel rettangolo dello specchietto retrovisore.

Fu solo un attimo. Ma gli sembrò che lo guardasse con amore.

8.

Dalla finestra della cucina, spalancata sul fresco, proveniva l'ondeggiare del mare e il fruscio delle foglie dei pioppi, agitate dal vento leggero. La notte era trascorsa quasi insonne e ora si apprestava ad accogliere l'aurora. All'interno della casa risuonarono dei passi, poi le ombre degli oggetti, illuminati all'improvviso dalla luce di una lampadina, si delinearono lungo le pareti e i giocattoli sulla mensola sembrarono guardarsi tra loro, in silenzio, come se si domandassero cosa stesse accadendo. Quasi a disagio per quegli sguardi che riusciva a percepire, Michele preparò il caffè. Lo sorseggiò in silenzio, lavò la tazzina e la mise ad asciugare sul fondo del lavandino. Andò a lavarsi in bagno, sotto il getto della doccia, si rasò con cura la barba, pulì i denti con spazzolino e dentifricio, quindi cominciò a vestirsi. Indossò i jeans e la maglietta col volto di Freddie Mercury che gli aveva preparato Elena. Poco dopo chiuse la finestra, indossò il giubbotto di pelle, raccolse il suo zaino e si avviò verso l'uscita. Si fermò in salotto, si guardò intorno e provò un'emozione insolita: era la prima volta che abbandonava la sua casa, anche se solo per pochi giorni. Pensò che per gli oggetti smarriti il tempo si sarebbe fermato fino al suo ritorno, perché in fondo era lui a mandarlo in avanti con il sonno e i risvegli al mattino, con i passaggi quotidiani tra un ambiente e l'altro, con le pause per pranzare e cenare. Come se i suoi passi scandissero il fluire dei secondi e spingessero in avanti le giornate. Partendo, portava via con sé anche il tempo degli oggetti e, quindi, la loro sensazione dell'attesa. Si sentì più tranquillo, alleggerito da ogni responsabilità, e li salutò con uno sguardo circolare, che avvolse l'intera stanza come un abbraccio. Poi sospirò, aprì la porta di casa e uscì, senza voltarsi indietro. Chiuse la porta con tre mandate, ruotando lentamente la chiave nella serratura. Poi si diresse verso la sala d'attesa. Accanto all'entrata c'era uno sportello Bancomat. Vi introdusse la tessera e prelevò il massimo consentito dal conto corrente che suo padre gli aveva cointestato poco prima di morire; la banca gli permetteva di ricevere con la posta le nuove carte e, quindi, di non uscire neanche per approvvigionarsi dei contanti necessari per pagare la spesa. Intascò le banconote, poi si avviò verso la banchina della stazione e vide il treno, immobile e immerso nella penombra. Mancava ancora molto tempo all'orario di partenza e a quel punto il timore di partire si era tramutato in impazienza. Poggiò lo zaino su una delle panchine e vi si sedette accanto, lo sguardo verso il cielo scuro, punteggiato di stelle. Un cielo che, a poco a poco, cominciò a inghiottire il buio e a tingersi lentamente di rosso. Un rosso venato di azzurro e di bianco, che si espanse nell'aria come un liquido impalpabile. Michele accolse l'aurora dentro i suoi occhi, la respirò a pieni polmoni, la benedisse mentre si trasformava e il rosso spariva, lasciando spazio all'azzurro del mattino e ai primi raggi del sole autunnale.

Aprì il cancello della stazione, fissò le barre di sicurezza delle ante nei perni.

Poi salì sul treno e inspirò, soddisfatto, il profumo di pulito e di fresco del suo lavoro. Riconobbe le note floreali del deodorante spruzzato la sera precedente, ammirò le cromature delle maniglie tirate a lucido e si augurò che il suo sostituto fosse in grado di fare altrettanto. Ma quando voltò lo sguardo sulla prospettiva dei vagoni, provò di nuovo quel senso di straniamento della mattina precedente. Stavolta mise a fuoco quella sensazione e gli sembrò di avere alle spalle la locomotiva che all'arrivo del treno era in testa, mentre era sicuro di essere salito sul treno dall'estremità opposta. C'era qualcosa che lo disorientava. Poi capì che era solo una questione di luce. I fasci luminosi che al tramonto, quando iniziava il suo lavoro di perlustrazione, illuminavano il treno con tagli di luce trasversale, provenivano dal mare che lentamente inghiottiva il sole. Era la luce dell'ovest. Di mattina, invece, il sole illuminava l'interno del treno dal lato opposto al mare. I sedili che al tramonto erano in ombra adesso erano, invece, inondati di luce, e viceversa. In quel momento, Michele capì che le abitudini fissano il mondo e la vita in un fermo immagine. E che gli era bastato salire su un treno in un orario diverso dal solito per capire che, invece, tutto è in movimento. Cos'altro gli avrebbe fatto capire quel viaggio che non era ancora iniziato?, si domandò. Dove lo avrebbe condotto? Stava partendo con la speranza di ritrovare pezzi del passato e riannodarlo con il suo presente, per ricongiungerlo poi a quale futuro?

Percorse i vagoni deserti e andò a sedersi accanto al posto di Elena. Chiuse gli occhi e attese i primi rumori: lo scorrere sull'asfalto degli pneumatici delle auto che sfrecciavano davanti alla stazione al mattino, i passi dei primi viaggiatori che arrivavano sulla banchina per prendere l'interregionale, le loro voci, la musica che proveniva, ovattata, dalle cuffie collegate ai cellulari. In poco tempo, il treno prese vita. Michele vide entrare i passeggeri che ogni giorno, mese dopo mese, anno dopo anno, aveva osservato, fermo davanti a casa, mentre salivano sui vagoni. Ora poteva osservarli da un nuovo punto di vista e si sentì emozionato nel guardare i loro volti e nel sentire le loro voci mentre riempivano il suo treno. Nel guardarli si sentì come un padrone di casa che accoglieva i suoi ospiti e, con una punta di orgoglio, si domandò se anche loro sentissero la fragranza di pulito che si avvertiva ancora nel treno. Poi li vide mentre si sedevano ai loro posti, mentre sistemavano i bagagli e si scambiavano saluti assonnati. Accennò un timido saluto quando incrociò lo sguardo di qualche viaggiatore e provò l'ebbrezza di essere ricambiato con lievi cenni del capo o delle mani. Quando tutti ebbero preso posto, li osservò con attenzione e capì che, finalmente, stava dando un volto alle varie vite immaginarie che, ogni sera, ritrovava impresse sui sedili. L'uomo magro, dai capelli bianchi e lunghi, lasciava sul pavimento le briciole dei cornetti; la donna elegante, dagli occhiali spessi, seminava le pallottole di carta argentata delle gomme da masticare; la coppietta di ragazzi sulla ventina accartocciava e gettava sotto il sedile quelle buste unte che profumavano di pizza al pomodoro. E il quarantenne in giacca e cravatta aveva già pronte le sigarette che avrebbero impregnato di fumo fino a sera, insieme a tante altre fumate di nascosto, il corridoio di servizio del treno.

Quando il macchinista gli passò accanto, Michele si preparò a rispondere alle sue domande, a fronteggiare la sorpresa che l'uomo avrebbe provato nel vederlo, per la prima volta, in partenza. Ma il macchinista proseguì il cammino senza riconoscerlo, senza degnarlo neanche di uno sguardo. E allora provò una strana sensazione di benessere: si sentì parte di un tutto, una piccola tessera di quel mosaico che rappresentava la normalità quotidiana. Era un senso di appartenenza che fino a quel momento gli era sconosciuto. Si trovava, all'improvviso, in mezzo alla gente, ai passeggeri del suo treno, come se fosse uno di loro. Uno tra i tanti e non più un uomo solitario tra gli oggetti smarriti. Si rimirò nei panni del viaggiatore, vestito in jeans e maglietta, col suo zaino rosso e verde sistemato sul portabagagli, sopra la testa. E, per un attimo, non si sentì più solo.

Poco dopo, il treno sussultò e la locomotiva cominciò a scaldare i motori. Altri passeggeri continuarono a prendere posto nei vagoni e, alla fine, il convoglio si mosse. Seduto al suo posto, vide, attraverso il finestrino, la sagoma della sua casa che si allontanava e in quel momento fu assalito dall'angoscia, da un pentimento improvviso. Sentì l'elastico al centro della schiena tendersi con forza e il dolore fu lancinante. Per un attimo fu tentato di alzarsi e correre verso una delle porte per saltare giù dal treno e tornare a casa, tra i suoi orologi, i suoi strumenti musicali, gli abiti mai indossati, Pinocchio e il Batman senza un braccio, le autoradio e i gomitoli di lana.

Uno dopo l'altro, i pioppi che si ergevano ai lati della stazione sfrecciarono via, come risucchiati all'indietro, nel rettangolo del finestrino. Sentì il respiro farsi affannoso, un leggero tremito gli percorse le gambe e le braccia. Poi, il suo sguardo si posò sulle mani che artigliavano le ginocchia e vide le ferite delle dita, ricoperte dai cerotti. "Le ferite del guerriero antico", pensò. Ricordò il sorriso di Elena mentre gli medicava le mani. E quel sorriso si sovrappose, ancora una volta, al sorriso di sua madre. Sentì la voglia di sapere, di ritrovare le sue tracce, la sua storia, le ragioni del suo abbandono. Quindi chiuse gli occhi e lasciò che l'elastico si spezzasse.

Emise un gemito e il suo respiro ritornò, a poco a poco, a farsi regolare.

Quando riaprì gli occhi, vide il mare. Scorreva parallelo al treno, calmo, silenzioso, con le onde basse che si allungavano lentamente sulla sabbia per poi ritrarsi verso l'orizzonte. Sorrise, come quando riconosci un amico che non vedevi da molto tempo. Abbassò leggermente il finestrino e inspirò l'aria salmastra. Poi, il treno curvò verso l'interno e si infilò nel centro abitato di Miniera di Mare, sfiorò i palazzi e le case, le finestre con i panni stesi ad asciugare, le vetrine dei negozi. Quando la locomotiva superò la piazza principale con la chiesa antica, Michele vide, in lontananza, la sua scuola. Era una costruzione degli anni Cinquanta, rettangolare e bassa. Un unico, enorme pianterreno che conteneva più di venti aule divise tra classi delle scuole elementari e delle medie. Rivide il cortile che separava l'entrata della scuola dalla strada e gli sembrò molto più piccolo di quanto ricordasse. Si rivide bambino, mentre attraversava di corsa quel cortile per ritrovarsi tra le braccia di sua madre che lo aspettava all'uscita della scuola. E, per un attimo, rivide quel volto sorridente che ormai credeva di non riuscire più a ricordare senza l'aiuto dell'unica fotografia che aveva in casa e che ora riposava all'interno dello zaino rosso e verde, accanto al diario. Di fianco alla scuola, rivide il campetto di calcio e riprovò l'ebbrezza di inseguire un pallone per poi colpirlo e lanciarlo lontano, verso la porta avversaria. Ricordò un volto fra tanti altri. «Antonio...» sussurrò. Era un coetaneo conosciuto a scuola. Il più simpatico di tutti. Spesso, durante la ricreazione, si fermavano insieme a chiacchierare, a fantasticare sul futuro o a progettare tattiche di gioco per vincere un torneo di calcio che non fu mai organizzato. Antonio aveva i capelli biondi e ricci, un incisivo rotto che gli permetteva di emettere fischi acuti e prolungati, e sembrava già un adulto. Sognava di sposare una bambina della terza C e di costruire navicelle spaziali per esplorare l'universo. «Però le costruisco solo, io non ci vado», diceva. Voleva rimanere a Miniera di Mare per tutta la vita, «perché qua ci sto troppo bene». Invece, a metà del quinto anno, partì con la sua famiglia per il Nord, perché suo padre aveva trovato un buon lavoro in una fabbrica di tegole e mattoni. La madre di Michele, in quel momento, era già andata via da tempo e, senza Antonio, la solitudine si era tinta di un nero ancora più profondo.

Il ricordo di Antonio svanì quando il treno si snodò lungo una doppia curva prima di imboccare il rettilineo che conduceva, parallelo alla costa, a Solombra Scalo. Uno stormo di uccelli in volo disegnò un arabesco nel cielo prima di calare in picchiata verso il verde selvatico della macchia che si allargava verso l'interno, a ridosso delle colline punteggiate di alberi e vigneti. D'un tratto un uomo robusto dai capelli brizzolati, in tuta da operaio, tirò fuori dalla sua borsa un thermos. Anche stavolta, Michele riconobbe il profumo di caffè misto ad anice che tante volte aveva avvertito mentre perlustrava il treno e, senza rendersene conto, sorrise. L'uomo colse il suo sguardo e ricambiò il sorriso, riempì un bicchierino di carta con quel liquido bollente e profumato e lo offrì a Michele, che fu sorpreso da quel gesto spontaneo. Accettò con timidezza l'offerta e accennò un «grazie». Prese il bicchierino dalla mano destra dell'uomo e si accorse che gli mancavano due dita: l'anulare e il mignolo. Cercò di distogliere lo sguardo da quella mano, per non mettere in imbarazzo il suo dirimpettaio, e sorseggiò il caffè bollente. Ma l'uomo, dopo aver bevuto a sua volta, cominciò a massaggiarsi, con la mano sana, le due dita mancanti, come se potesse davvero toccarle. Ancora una volta, l'anziano operaio colse lo sguardo di Michele, fisso sul suo gesto.

«S'addormentano, le dita, pure se non ci stanno più», sussurrò con un mezzo sorriso.

Michele annuì appena, arrossendo.

«'Na martellata sbagliata», continuò l'operaio, come se si sentisse in dovere di spiegare l'assenza delle due dita. «Stavo a inchioda' una trave al cantiere, e all'improvviso è uscito il sole. Prima era tutto nuvolo, no? Arriva il vento, 'na nuvola si sposta e m'arriva 'sta botta di sole proprio dentro agli occhi. Ormai la martellata era partita... mi so' distratto e *bam*! Un dolore che manco te lo voglio di'... Pensa che so' svenuto, de botto. So' pure caduto dalla scala, ma per fortuna che non ho sbattuto co' 'a capoccia, se no era un casino. E comunque, nun c'è stato niente da fa'... pronto soccorso, medici, infermieri... alla fine m'hanno tagliato tutto, perché se no era peggio. E tu che hai fatto, invece?»

L'uomo aveva indicato le medicazioni sulle mani di Michele, che le guardò come se le vedesse per la prima volta. Se n'era quasi dimenticato e ora gli sembravano piccole ferite di poco conto.

«Niente...» farfugliò. «Ho rotto un vetro...»

«Ah, e quello passa...» incalzò l'operaio, con un sorriso solidale. «Invece a me è diverso, che deve passa'? Comunque, dicevo... io certe volte me le sento ancora, 'ste due dita... A volte s'addormentano, a volte fanno male... M'hanno detto che 'sta cosa si chiama... aspe', come si chiama? Ah, sì... memoria dell'arto fantasma. A me me vie' da ride... ci ho du' fantasmi al posto delle dita. Però si sentono, eh? È 'na cosa incredibile...»

L'uomo scosse la testa, poi si appoggiò contro lo schienale e chiuse gli occhi con un sorriso a fior di labbra, e in breve tempo passò al sonno.

Michele ripensò alla memoria dell'arto fantasma, a quelle dita che facevano sentire ancora la loro presenza. E capì che, in fondo, funziona così anche con le persone. Spariscono, muoiono o, semplicemente, vanno via. Eppure la memoria, molte volte, le rende ancora presenti, come fantasmi. Gli era successo con sua madre, i primi tempi, quando sentiva la sua mano sfiorargli la fronte, di notte, se aveva la febbre. Oppure intravedeva i suoi occhi dietro di lui, dentro uno specchio, per mesi e mesi dopo la sua partenza. E tutto ciò gli procurava dolore, mai piacere o sollievo. Poi era svanito anche il dolore. E forse, allora, l'aveva persa davvero. Come una parte di sé tagliata via, come un arto fantasma che non ha più dimora neanche nella memoria. E lei, invece? Durante quegli anni, aveva mai sentito dolore in quella parte del cuore che non aveva più? Aveva mai ritrovato memoria di quel figlio lasciato alle spalle come un arto amputato? E aveva mai immaginato un ritorno? Aveva mai pronunciato il suo nome, di notte, all'improvviso, strappandosi via da un sogno?

Guardò ancora l'espressione tranquilla dell'uomo che dormiva, di fronte a lui, poi rivolse gli occhi verso il mare che continuava a scorrere, calmo e silenzioso, nel riquadro del finestrino.

D'un tratto, sentì una voce familiare.

«Michè...»

Si voltò di scatto verso il controllore che era in piedi di fronte a lui, come apparso dal nulla.

«E tu che ci fai qui?» domandò l'uomo, sorpreso.

Michele ci pensò un istante, prima di rispondere: voleva evitare qualunque spiegazione.

«Viaggio», disse alla fine, impassibile.

«E dove vai?» insistette il controllore.

Michele sollevò le spalle, come a dire: "Non lo so...".

«Vabbè... meglio tardi che mai. Ce stavi a fa' la muffa in quella stazione...» rispose l'uomo. E, per la prima volta, gli sorrise. Poi continuò a controllare i titoli di viaggio dei passeggeri.

Il treno rallentò mentre si infilava nella stazione ferroviaria di Solombra Scalo. I freni della locomotiva artigliarono il metallo dei binari e con grande stridore il convoglio si fermò. Dal finestrino, Michele vide Elena che attendeva l'apertura delle porte e lo cercava con lo sguardo. Quando lo scorse, attraverso i vetri, gli fece un cenno di saluto. Poi salì sul treno e andò a sedergli accanto. Lo guardò, ammirata.

«Stai benissimo, vestito così. Lo sapevo...» disse a bassa voce, con aria complice.

Michele sentì il suo profumo di bagnoschiuma e, prima che potesse rispondere, si ritrovò la bambola Milù tra le mani.

«Ho pensato che ti porterà fortuna», continuò Elena, sorridendo.

Michele guardò la bambola, sorpreso. Un po' si vergognava per gli sguardi degli altri passeggeri che lo fissavano.

«Grazie, ma... so che tua sorella ci tiene tanto...» disse, cercando di restituirla a Elena.

«Milù mi ha dato il permesso di prestartela... è contenta se la tieni per un po', non ci sono problemi», replicò Elena, respingendo la bambola.

«Le hai parlato di me?» chiese Michele, sorpreso.

Elena annuì, arrossendo leggermente. E Michele colse al volo quel rossore. Il treno, il viaggio, il mare all'orizzonte, il caffè con l'anice, lo strappo dell'elastico, le prime parole scambiate con un estraneo avevano acceso nel suo animo una nuova sensibilità, una capacità di attenzione che fino a poco prima era sopita. Fece coincidere il rossore sulle guance di Elena con la prima domanda personale che le aveva rivolto. Da quando l'aveva conosciuta, non aveva fatto altro che lasciarsi travolgere dalla sua curiosità, dai suoi discorsi torrenziali, a volte apparentemente sconclusionati, ma che invece riuscivano a spalancare davanti ai suoi occhi nuove prospettive. Prima di conoscere Elena, i passi di Michele si replicavano sempre uguali all'interno del recinto che aveva eretto intorno alla sua vita, e scavavano solchi di dolore. Ora, invece, percorrevano strade impreviste. Elena aveva disteso, davanti al suo cammino, un tappeto colorato che forse l'avrebbe accompagnato verso una nuova vita. E lui cosa le aveva dato in cambio? Una richiesta d'aiuto e una sola domanda personale. Capì di non sapere nulla di lei. Aveva nascosto la curiosità di conoscerla meglio dietro la paura di legarsi a lei e di perderla. Guardò la piccola bambola tra le sue mani e sentì il contatto della spalla di Elena contro la sua.

«Hai solo una sorella?» le chiese, con un soffio di voce.

Elena annuì appena, sorpresa.

«E... i tuoi genitori?» aggiunse Michele. «Li vedi spesso?»

«Vivo con loro», rispose Elena. E lo guardò come se lo vedesse per la prima volta, colpita dalla sua curiosità.

«Andate d'accordo? Stai bene con la tua famiglia?» continuò Michele, imbarazzato a sua volta, ma deciso a sapere qualcosa in più sulla sua vita.

«È come in ogni famiglia. Si va d'accordo, qualche volta si litiga. Ma si sta insieme. Come tutti, insomma. Niente di speciale», rispose Elena.

«A me sembra speciale...» sussurrò Michele, sincero e disarmato.

Elena arrossì di nuovo. Capì di aver considerato «niente di speciale» ciò che per Michele era un sogno infranto.

«Scusami. Hai ragione...» disse, guardandolo negli occhi.

Lui fece un cenno come a dire: "Non preoccuparti", poi le sorrise ed Elena sentì sgretolarsi la rassegnazione a non poterlo amare. Sentì di appartenergli e si domandò se un giorno o l'altro sarebbe riuscita a fare breccia nel suo cuore blindato.

Il treno cominciò a inerpicarsi lungo il lieve pendio che saliva in collina, tra i filari di ulivi, i castagni e i ciliegi. I pastelli dell'autunno ricoprivano già qualunque altro colore. Solo il cielo, sgombro di nuvole, ribadiva il suo azzurro prepotente. Poi, il convoglio raggiunse in parallelo la strada statale e accelerò impetuosamente, superando le auto e i camion col suo urlo di battaglia. Pochi minuti ancora e sarebbero arrivati a Prosseto.

«Ti chiamerò per sapere come va...» disse Elena.

Michele non rispose. Sentì di nuovo quel brivido che conosceva a memoria: era il timore che Elena non chiamasse, quella paura dell'attesa disillusa che non riusciva a scrollarsi di dosso.

«No, ti chiamo io», replicò alla fine.

Elena annuì, pensò di essere stata invadente e, allo stesso tempo, ebbe la conferma che Michele voleva tenerla a distanza.

Alle 8.15 in punto, il treno rallentò fino a fermarsi nella stazione di Prosseto.

«In bocca al lupo», sussurrò Elena, prima di alzarsi e stringergli la mano.

Michele pronunciò il suo «crepi il lupo» con un tremore nella voce. Sentì la mano di Elena immergersi nella sua e ne assaporò il contatto finché lei non la ritrasse lentamente, come un rimpianto a cui si cerca di non pensare più. Poi la vide allontanarsi e scendere dal treno insieme a una dozzina di passeggeri, subito sostituiti da altri viaggiatori che salirono sui vagoni e andarono a occupare i posti lasciati liberi.

Elena si fermò sulla banchina, gli occhi rivolti verso Michele che le fece un cenno di saluto. Poi, le porte si richiusero e il treno ripartì. Elena salutò ancora e Michele inchiodò il suo sguardo nei suoi occhi. A mano a mano che il treno si allontanava, la figura di Elena diventava sempre più piccola nel riquadro del finestrino. Quando sparì, Michele si sorprese a stringere Milù tra le mani, come un bambino che ha paura.

Il posto di Elena fu occupato da una signora anziana e corpulenta, con i capelli tinti di un viola metallico che dichiarava guerra al mondo. Si accasciò sulla poltrona con un sospiro possente, emanando effluvi di acqua di colonia e lacca da messa in piega. Michele la osservò con la coda dell'occhio, la donna adagiò la testa contro lo schienale e in pochi minuti si addormentò, emettendo strani sibili ogni volta che espirava.

Alle 9.20 il treno sarebbe arrivato a Ferrosino. Fuori, a mano a mano che si procedeva verso l'interno, il paesaggio cominciava già a trasformarsi, come un presagio della montagna. I castagni e i ciliegi lasciarono spazio ai primi lecci e ai pini. Il treno si addentrò nel territorio montano, arrancando e sbuffando sul falsopiano, e il verde diventò più cupo. Anche l'aria si fece più tersa, le case si diradarono e il territorio dei cinghiali e delle lontre prese il sopravvento sulle zone abitate, con i grovigli di rovi, le piante selvatiche di mirto, ginepro e biancospino. In lontananza, si intravidero i primi monti della catena appenninica.

Michele si strinse nel giubbotto per allontanare i brividi di freddo che iniziavano a scorrere sotto la sua pelle. Ma il calore della giacca non bastò ad attenuare quella frenesia delle fibre nervose che lo scuoteva nel profondo. Quindi capì che l'unico modo per smettere di rabbrividire era passare all'azione e fare, finalmente, ciò che aveva deciso di tentare prima di arrivare a Ferrosino. Non era facile per lui rivolgersi alle altre persone con naturalezza, attaccare discorso trovando le parole giuste, capire chi fosse disposto al dialogo e chi, invece, l'avrebbe allontanato, rifiutato con fastidio, magari mortificandolo davanti a tutti. Si fece forza, si alzò, prese lo zaino dal portabagagli, vi infilò la bambola e poi tirò fuori la foto che ritraeva sua madre insieme a suo padre e a lui stesso da bambino, davanti alla loro casa. La osservò in silenzio, raccolse tutto il suo coraggio, poi si guardò intorno, in cerca di un volto rassicurante. Dopo una lunga esitazione, si diresse verso il primo dei passeggeri che erano saliti sul treno alla stazione di Prosseto. Era un uomo sui quarantacinque anni, dal viso paffuto e rubizzo; i capelli appena brizzolati e ricci si arruffavano sulla sommità della testa, evidentemente ribelli a qualunque colpo di pettine. Indossava un abito grigio chiaro, in gabardine, camicia bianca e cravatta celeste, ma sembrava portasse gli indumenti che qualcun altro gli aveva prestato per un'occasione speciale. Era chiaramente a disagio, imprigionato in quella maldestra e innaturale eleganza da matrimonio di paese. Nel vedere Michele che gli si avvicinava, l'uomo si aggiustò il nodo della cravatta, con un gesto impacciato. E a Michele ispirò immediatamente una simpatia istintiva che gli confermò di aver fatto la scelta giusta.

«Mi scusi...» esordì Michele, tentando un sorriso.

L'uomo annuì, guardingo. Michele gli mostrò la foto che aveva tra le mani, allungando in avanti le braccia. Sembrava quasi un guerriero che tendesse lo scudo verso i colpi di spada del nemico.

«Ha mai visto questa donna? Magari... su questo treno?» aggiunse. E tossì leggermente per coprire l'imbarazzo del momento.

L'uomo corrugò le sopracciglia e socchiuse gli occhi castani, come a voler mettere a fuoco le immagini della foto. La osservò a lungo, in silenzio, mentre Michele rimaneva in piedi davanti a lui, le braccia tese e gli sguardi degli altri viaggiatori, incuriositi dal suo atteggiamento, fissi su di lui.

Infine, l'uomo sospirò e scosse la testa.

«Mi dispiace ma... *nun la so' vist' maie...*» disse infine, in un dialetto stretto dell'entroterra.

«Grazie lo stesso...» sussurrò Michele.

«*Ma pecché la staje a cercà?*» incalzò l'uomo. «*Chi è 'sta femmena?*»

Michele esitò, imbarazzato. Cercò il coraggio per raccontare la sua storia, come aveva già fatto con Elena, ma quell'uomo era uno sconosciuto. La diffidenza, mista alla sua timidezza, gli impediva di aprirsi come avrebbe voluto. Rivedeva con chiarezza tutto il suo passato, ne aveva un quadro preciso, luminoso, ma era come se le parole per raccontarlo si fossero nascoste dietro la faccia in ombra di quel quadro e provò la paura irrazionale di accecarsi a forza di cercarle, proprio come quando si cerca di scrutare il sole.

«Non fa nulla...» rispose infine.

Poi si allontanò dall'uomo, dopo aver abbozzato un sorriso. Si guardò intorno: i passeggeri erano tutti immersi nei loro pensieri, qualcuno leggeva un libro o un quotidiano, qualcun altro era impegnato a digitare messaggi sul cellulare o ad ascoltare musica con le cuffie. Si sentì solo, circondato da esistenze e vite alle quali sentiva di non poter accedere. Sul pavimento, sotto i suoi occhi, vide una carta appallottolata e si chinò a raccoglierla, la gettò in un piccolo contenitore dei rifiuti e gli sembrò di aver fatto, oltre al proprio dovere, anche un favore anticipato al collega che lo sostituiva. Respirò a fondo, riprese coraggio e si diresse verso un altro passeggero. Era una donna sui trentacinque anni, indossava un vestito modesto ma dignitoso ed era intenta a leggere un libro.

«Mi scusi...»

La donna sollevò lo sguardo dal libro e lo guardò con diffidenza.

«Ha mai visto questa donna?» chiese Michele, mostrandole la foto.

«No. Mi dispiace», replicò lei, decisa, dopo aver fissato per pochi secondi il volto della madre di Michele. Poi rifugiò di nuovo lo sguardo tra le pagine del romanzo.

Michele pensò bene di non insistere oltre e si rivolse a un gruppo di ragazzi seduti poco distante. Mostrò anche a loro la foto e formulò la stessa domanda. Ma anche stavolta il risultato fu negativo.

Ma in poco tempo, quello che accadde lo riempì di meraviglia. Tutti gli sguardi dei viaggiatori, a poco a poco, furono rivolti verso di lui e tutti, uomini e donne, giovani e anziani, sembravano ormai attendere con impazienza il proprio turno, desiderosi di vedere quella foto e rispondere alle domande di Michele.

Qualcuno si alzò dal suo posto per raggiungere Michele e sbirciare la foto, fare qualche domanda, per poi tornare a sedere. Ma nessuno fu in grado di riconoscere sua madre. Nessuno, sul treno, l'aveva vista. E a nessuno Michele riuscì a raccontare la sua storia o a dare spiegazioni sul perché della sua ricerca.

Tornò a sedere accanto alla donna dai capelli viola che dormiva ancora. Strinse la foto sul petto e si sentì scoraggiato. Forse, una volta arrivato a Ferrosino, avrebbe potuto aspettare il pomeriggio per salire sul treno del ritorno e rientrare a casa, alla sua vita tranquilla, alle sue sicurezze. Eppure, qualcosa dentro di lui lo spingeva a non arrendersi: era quella strana ebbrezza che aveva provato nel momento dello strappo dell'elastico. Sentirsi in pericolo e, nello stesso tempo, libero. Come se libertà e pericolo coincidessero per qualche motivo che gli era ancora oscuro. La sua mano andò istintivamente verso il taschino del giubbotto, tastò il cellulare che gli aveva dato Elena. Lo prese e lo guardò, in silenzio. Non aveva mai posseduto un cellulare: l'aveva sempre considerato un oggetto inutile. Ora, invece, quel rettangolino di plastica rappresentava il filo che lo collegava direttamente all'unica persona che fosse riuscita a entrare nella sua vita durante gli ultimi dieci anni. Era entrata di prepotenza, Elena, col suo passo leggero, il suo sorriso e la sua incapacità a chiedere permesso. Michele conosceva davvero poco del mondo, eppure Elena gli sembrava un essere unico e speciale. Sentì l'impulso di telefonarle, di ascoltare la sua voce e di rassicurarla. Poggiò il pollice sul tasto che avrebbe fatto squillare, automaticamente, il cellulare di Elena.

«Permette?»

Michele si voltò verso la donna dai capelli viola, che si era svegliata e ora fissava la fotografia che lui aveva in grembo.

«Ho una certa passione per le vecchie foto...» si giustificò la donna. «Mio figlio è fotografo, sa?»

Michele, perplesso, le porse la foto.

In quello stesso istante, Elena aveva tra le mani il suo cellulare. Spalle al bancone, cercava il coraggio per telefonare a Michele. Nel bar c'era un momento di tranquillità. Aveva già servito gli unici due clienti, e Cosimo era impegnato a vidimare le schedine del Superenalotto per un vigile urbano con la passione del gioco. Sentiva la mancanza di Michele; saperlo in viaggio, lontano, le dava un senso di smarrimento e di solitudine. Inutile girare intorno all'argomento: ormai le stava entrando nel cuore. Esitava, incerta se telefonargli, quando sentì la voce di Cosimo.

«Elena!»

Si voltò di scatto.

«Con calma, eh? Quando decidi di lavorare me lo dici...»

Solo in quel momento Elena si accorse che altri tre clienti attendevano di essere serviti, mentre lei fantasticava col suo cellulare tra le mani. Lo infilò velocemente in tasca, e guardò i tre clienti con un sorriso imbarazzato.

«Un caffè...»

«Caffè al vetro, schiumato.»

«Marocchino senza cacao, grazie.»

Mentre si apprestava a eseguire le ordinazioni, vide con la coda dell'occhio Cosimo che sospirava, fissando il vigile. Il proprietario del bar, alludendo a Elena, fece un gesto rassegnato, ruotando l'indice della mano destra accanto alla tempia, come a dire: "È un po' svitata".

Elena era abituata a quel gesto, a essere considerata fuori dalle righe, eppure, anche stavolta, sentì riaprirsi una ferita antica. Non si era ancora abituata a quel tipo di commento, anche se tutti, sia a Solombra che a Prosseto, la consideravano «strana» per il suo modo di parlare a raffica, per i suoi discorsi sconclusionati, per il suo modo di fare irruente ed entusiasta. Per la felicità irrefrenabile che dimostrava quando qualcosa o qualcuno la sorprendeva in maniera positiva. Ma quella felicità proveniva da molto lontano.

Quando era ancora bambina, i suoi genitori l'avevano condotta, insieme a Milù, in una zona montana del Centro Italia per un breve periodo di vacanza. Un giorno, mentre passeggiavano sui sentieri per raggiungere un rifugio, le due gemelle si erano allontanate da sole. Si erano arrampicate lungo una salita scoscesa che tagliava il bosco, poi avevano raggiunto un altopiano e avevano iniziato a correre tra gli aceri e gli abeti. Dopo un po', avevano raggiunto una piccola radura. C'era un ruscello che scorreva veloce a valle e formava, lungo il percorso, piccole cascate d'acqua argentata, l'una successiva all'altra. Si erano fermate, sorprese, riempiendo i polmoni di aria fresca e gli occhi di tutto l'incanto che avevano intorno.

D'un tratto, videro una piccola ombra precipitare leggera dalla cima di un acero. Era un piccolo passero, probabilmente caduto dal nido. Si avvicinarono a passi lenti, esitanti, tese, preoccupate. Il passero era fermo, immerso nell'erba umida, sembrava respirare a fatica. Elena tese una mano verso il piccolo volatile, che ebbe un fremito e sbatté le ali. Le due bambine si accorsero che aveva un'ala piegata in maniera innaturale, forse era spezzata. Elena riuscì a prenderlo tra le mani e sentì il battito del cuore del passerotto pulsare all'impazzata. Poi lo porse a Milù, che gli accarezzò delicatamente il capo. Si guardarono negli occhi, poi, a turno, parlarono al piccolo passero; lo incoraggiarono a volare con le parole ingenue dei bambini. E quando le mani di Milù si schiusero, l'uccellino spiccò improvvisamente il volo. Lo videro salire verso la cima degli alberi, ancora incerto e fluttuante. D'un tratto sembrò ricadere verso il suolo, ma poi si librò nell'aria, deciso, fino a fare ombra al sole nel centro esatto del cielo. Nello stesso istante, Elena e Milù lanciarono all'unisono un forte grido verso le vette innevate. Era un urlo di gioia primordiale, acuto e stridulo. Intorno a loro, tutto era perfetto: il volo del passero, la luce del sole che filtrava tra gli alberi, il bosco, il ruscello, lo scroscio dell'acqua... e loro due, Elena e Milù, l'una accanto all'altra.

Le due sorelle, così simili, così legate da sempre, decisero di siglare un patto: riuscire a urlare verso il cielo quella voglia di vivere, anche quando sarebbero diventate adulte. Si promisero a vicenda di non perdere mai l'entusiasmo infantile. E battezzarono questo come «il patto della felicità».

Ma Elena, molto tempo dopo, aveva dimenticato quel patto e si era immersa nel dolore. La sua voglia di vivere si era fermata, all'improvviso, dentro un'estate che non avrebbe mai più dimenticato. L'estate in cui si era immersa in una notte improvvisa. Nulla aveva più senso e il mondo aveva smarrito i colori. Rinchiusa nella sua stanza, Elena sentiva la voglia di chiudere gli occhi e morire.

Erano passati molti mesi, fino a un pomeriggio di maggio, sulla panchina dei giardini, in cui Milù era tornata a parlare con Elena di quel giorno nel bosco. Le ricordò il loro patto e la ferì con parole taglienti per non averlo rispettato. Il dolore che Elena provò fu l'inizio della sua rinascita. Promise a sua sorella che, da quel momento in poi, sarebbe uscita dal buio che la circondava. Respirò l'aria che profumava di gelsomini, sentì la terra vibrare sotto i suoi piedi, ascoltò il suono del vento tra le foglie degli alberi e, d'un tratto, lanciò un urlo verso il cielo. Era lo stesso urlo lanciato insieme a Milù, tanti anni prima. In quel momento, sentì che le sue ali spezzate erano in grado di volare ancora. E battezzò quel 18 maggio come il giorno della sua rinascita.

E quando aveva incontrato Michele, Elena aveva intuito il

dolore che si annidava nei suoi occhi neri e riconosciuto in lui un altro passero dalle ali spezzate che doveva spiccare il volo.

Ora, mentre serviva il caffè al vetro schiumato per il secondo cliente in attesa, Elena sorrise. Forse la fonte dell'amore che provava per Michele dipendeva proprio da questo: due dolori che si incontrano, si riconoscono e cercano, insieme, di diventare un'unica speranza. Un volo verso il cielo di due passeri dalle ali spezzate. E cosa le importava se la gente la considerava «un po' svitata»?

La signora anziana dai capelli viola, seduta accanto a Michele, osservò a lungo la fotografia. Poi indicò il bambino che vi era ritratto.

«Questo sei tu, vero? Gli stessi occhi...» chiese a Michele.

Michele annuì, sorpreso. La donna aveva deciso di passare al «tu» con estrema naturalezza.

«E questi sono i tuoi genitori...» continuò, indicandoli con l'indice della mano sinistra. «Somigli a tua madre», disse infine, fissando Michele.

Lui non rispose. La signora gli confidò di averlo visto qualche minuto prima, nel dormiveglia, mentre mostrava a tutti la fotografia, chiedendo a ciascuno se avesse mai visto quella donna. Gli chiese di raccontarle brevemente cosa fosse accaduto, il motivo della sua ricerca. Aveva un tono di voce dolce, calmo, suadente, che strideva col suo aspetto buffo e col suo profumo intenso, quasi respingente.

Michele si sentì rassicurato da quella voce, da quel sorriso impercettibile che aveva accompagnato la richiesta della sconosciuta e, soprattutto, dal suo sguardo che conteneva una compassione e una consapevolezza della vita quasi tangibili. Capì che, se voleva essere aiutato, doveva rassegnarsi a raccontare la sua storia ogni volta che glielo avessero chiesto, perché bisogna dare per ricevere, pensò, senza riuscire a ricordare in quale film o in quale libro avesse sentito o letto quella frase. Quindi si fece coraggio e riuscì a scandire lentamente le parole, mentre il treno percorreva l'ultimo tratto che li separava da Ferrosino, con le montagne innevate che iniziavano a farsi intravedere dentro un orizzonte verticale e lontano che anticipava l'inverno.

Quando Michele ebbe terminato il suo racconto, la donna aveva gli occhi lucidi, ma non cedette alla commozione. Guardò Michele e lo pregò di accompagnarla a casa, perché aveva qualcosa da mostrargli.

Michele sentì aumentare il battito del cuore. Forse quella donna aveva notizie di sua madre. Ma lei sembrò leggergli nel pensiero.

«Non so nulla di tua madre. Ma c'è qualcosa che vorrei farti vedere. Te lo chiedo come un favore personale. Poi potrai continuare la tua ricerca.»

Michele la guardò fisso negli occhi. Provò a resistere alla tentazione di seguirla, alla curiosità di sapere cosa volesse mostrargli. Fece appello alla prudenza per aiutarsi a diffidare di una perfetta sconosciuta. Ma poi sentì, in quella parte misteriosa che si chiama istinto, che quella donna non avrebbe mai potuto fargli del male.

E annuì.

Il treno si fermò alla stazione di Ferrosino.

«Casa mia è vicinissima, non ti preoccupare. Non ti faccio perdere troppo tempo», disse la signora dai capelli viola. Michele prese il suo zaino e la seguì, silenzioso. Il timore di perdere tempo era mitigato dalla curiosità di sapere cosa avesse da mostrargli la donna.

Varcarono l'uscita della stazione e Michele si rese immediatamente conto di trovarsi in una dimensione diversa rispetto a Miniera di Mare. Ferrosino era una cittadina che nulla aveva a che vedere con un piccolo paese costiero. Contava più di diecimila abitanti e si adagiava su un altopiano incastonato tra gli Appennini, a quasi mille metri di altitudine. L'aria, infatti, era leggera, frizzante e soprattutto fredda, anche se il cielo era terso e il sole risplendeva a mezza altezza, sul lato orientale dell'altopiano. Michele benedisse il suo giubbotto di pelle, tirò su la lampo e attraversò lo slargo sul quale si affacciava la stazione ferroviaria. Il traffico era sostenuto, autobus e autovetture procedevano lentamente, gli uni dietro le altre, e formavano una sorta di bruco metallico che avanzava sinuoso, con i metameri che si snodavano lungo le strade e procedevano a piccoli scatti in avanti, separandosi e riunendosi dopo ogni minimo avanzamento. I passanti erano abbigliati con indumenti già invernali, l'espressione assorta e l'atteggiamento frettoloso di chi ha impegni urgenti da sbrigare. I negozi che si vedevano lungo le strade erano di svariata natura: alimentari, casalinghi, abbigliamento sportivo, qualche agenzia per il disbrigo di pratiche e documenti; ma soprattutto abbondavano i ristoranti e i bar.

Michele seguiva la signora dai capelli viola che procedeva a passo svelto, silenziosa. Si infilarono in una stradina laterale costeggiata da alberi e, dopo una ventina di metri, a Michele sembrò di oltrepassare la soglia di un'altra dimensione: il traffico era quasi sparito, insieme ai negozi e ai passanti frettolosi. Tante piccole case, contornate da giardini fioriti e ben curati, si susseguivano in fila su entrambi i lati della strada. Il rumore dei clacson e dei motori si dissolse lentamente, fino a lasciarsi sostituire dal fruscio del vento e dai rari cinguettii dei fringuelli che dimoravano tra gli alberi. La donna si fermò davanti al cancello di un villino a un solo piano. Aprì il cancello e con un semplice gesto invitò Michele a seguirla. Attraversarono un giardino adornato da piante di rose e da un piccolo abete, calpestando un sentiero di sassi bianchi e grigi che punteggiavano un sottile strato d'erba e di trifogli. La donna aprì la porta di casa, si fece da parte e lasciò entrare Michele, poi chiuse la porta alle loro spalle.

«Questa è casa mia», disse, come se fosse un'informazione assolutamente necessaria. Michele si guardò intorno: le pareti del piccolo soggiorno erano interamente occupate da fotografie ritagliate da riviste e giornali, poi incorniciate ed esposte come trofei. Raffiguravano paesaggi di ogni parte del mondo, scorci di città famose, territori di guerra, case e città devastate, volti di bambini e di anziani di ogni razza e paese. Michele provò una sensazione strana: era come se quelle pareti tappezzate di fotografie gli ricordassero la sua casa piena di oggetti smarriti.

La donna poggiò la borsa sul tavolo che era al centro della stanza, poi si voltò verso Michele, con uno sguardo fiero.

«Sono tutte fotografie che ha scattato mio figlio», disse. «È un bravissimo fotografo, non è vero? Si chiama Marco, come mio padre.»

Michele annuì, continuando a osservare le foto. Erano quasi tutte in bianco e nero, fissavano attimi di esistenze e di luoghi lontani e li dilatavano in un racconto infinito di dolore, gioia, paura, speranza, bellezza e degrado.

«Mio marito sarebbe fiero di lui...» continuò la donna, affiancandosi a Michele. «Ma purtroppo non ha fatto in tempo a godersi il successo di nostro figlio: è morto quando Marco faceva ancora il liceo. È la vita... ti leva e ti dà, a seconda di come gira la ruota.»

La donna indicò a Michele una fotografia che ritraeva un ragazzo sulla trentina, con una Reflex a tracolla, seduto sul cofano di un fuoristrada arrugginito. Indossava un giaccone mimetico, pantaloni scuri multitasche e un berretto da pesca.

«Eccolo, mio figlio. Vi assomigliate, sai?» aggiunse, guardando Michele con una vena di malinconia. Poi, volle offrirgli un caffè.

«Tanto che ci metto a farlo? Ho la macchinetta con le cialde, come al bar...» disse prima di sparire in direzione della cucina.

Michele controllò l'ora: erano le 9.25. Aveva fretta di andare via e iniziare la sua ricerca. Iniziò a fremere d'impazienza e sentì un sottile senso di irritazione: cominciava a sospettare che quella donna l'avesse trascinato fino a casa sua solo perché lui le ricordava il figlio; magari si sentiva sola, ne aveva nostalgia e voleva illudersi di stare un po' in compagnia del suo Marco. E oltre a questo, tutti quei volti raffigurati nelle foto appese alle pareti sembravano osservarlo in silenzio, come se volessero giudicarlo.

Lei tornò con un vassoio che conteneva due tazzine di

caffè e alcuni biscotti al cioccolato. Sorrise e lo invitò ad accomodarsi. Michele obbedì, teso.

«Fa un po' freddo, qui, non è vero?» disse la donna, come a volersi scusare. «Ma è da tre giorni che ho la caldaia rotta e nessuno ha tempo di ripararla... Sembra quasi che tu gli dia fastidio, se chiedi che facciano il loro lavoro. Tutti impegnati... Tutti. Quanto zucchero?»

«Uno, grazie», disse Michele.

Sorseggiò il caffè e mangiò due biscotti per accontentare la donna, che pretendeva assolutamente che li assaggiasse. Poi accennò ad alzarsi per congedarsi.

«Aspetta un momento», disse lei, alzandosi a sua volta, «dovevo farti vedere una cosa, non ricordi? Vieni, vieni con me...»

Si avviò verso una porta secondaria, sul fondo della stanza, e la aprì rivelando a Michele un altro giardino, posto sul retro della casa.

Era molto più ampio del piccolo giardino d'ingresso, e circondato da siepi di alloro. Al centro si ergeva una pianta di ulivo di bellezza assoluta. Sembrava una mano che sbucava dal terreno: il tronco aveva le sembianze di un avambraccio che si allargava fino a formare il palmo di una mano e i rami parevano dita robuste e nodose, aperte verso il cielo come ad accoglierne la caduta.

Michele lo guardò, sorpreso e incantato.

«Era questo che volevo farti vedere...» disse la donna, avvicinandosi all'albero e facendo cenno a Michele di fare altrettanto.

«Guarda qui...» sussurrò indicando un punto vicino alla sommità del tronco. C'era uno squarcio profondo, a forma di mezzaluna, che solcava il fusto appena sotto lo slargo del palmo da cui salivano, a formare la chioma, i rami. Se l'ulivo sembrava una mano rivolta verso il cielo, quello squarcio appariva come una ferita profonda all'altezza del polso.

La donna sorrise, annuendo.

«Questo ulivo lo piantò mio marito quando Marco aveva appena un anno. Era un fuscello sottile, che si piegava al vento», disse la donna.

Poi raccontò che suo figlio, quando aveva appena imparato a camminare, aveva iniziato a essere attratto da quel piccolo ulivo. Sembravano due fratelli che crescevano e giocavano insieme. Il bambino correva verso l'albero e gli girava intorno, cantando le filastrocche dei girotondi che gli avevano insegnato. Poi, un giorno, il piccolo aveva piantato un'unghia nel tronco ancora tenero, mentre lo stringeva con forza e lo agitava. Quando l'aveva estratta, sul tronco era rimasta l'impronta della sua unghia, come una ferita.

«Vedi? L'impronta dell'unghia è ancora qui... è cresciuta insieme all'ulivo», continuò la donna. E accarezzò lo squarcio, come se potesse ancora portare sollievo all'albero. «Ma non per questo, l'albero ha smesso di crescere», disse fissando Michele.

«Ecco perché volevo farti vedere questo ulivo... perché è come te. Ha una ferita profonda che gli hanno inferto quando era bambino. Però è cresciuto lo stesso. E continua a crescere, anche se, crescendo crescendo, la ferita diventa sempre più profonda.» La donna voltò lo sguardo verso Michele. «Anche tu sei cresciuto», disse, «nonostante la tua ferita. E ora hai deciso di cercare tua madre. Ma dimmi una cosa... così speri di cancellare la ferita?»

Michele la guardò, sorpreso. Non sapeva cosa rispondere. Non sapeva se, ritrovando sua madre, la sua ferita sarebbe scomparsa. Anzi, temeva che incontrarla potesse renderla ancora più dolorosa e profonda. Si limitò a scuotere la testa, silenzioso.

La donna dai capelli viola gli sorrise. «Io non vedo mio figlio da sei anni», disse, «e neanche ricordo quando mi ha telefonato l'ultima volta. Forse tre mesi fa. Forse quattro. Ha seguito il suo sogno... e mi ha dimenticata. Mi concede l'elemosina di una telefonata, solo una telefonata quando ha tempo, forse quando non sa cos'altro fare. È giusto così. Ma il fatto è che anch'io porto una ferita... la tua stessa ferita... quella dell'abbandono. Come vedi, non sempre sono i genitori a ferire i figli; anche i figli possono ferire un genitore. Sai qual è la differenza, però?»

Michele scosse la testa, colpito.

«La differenza è che le ferite inferte ai bambini sono visibili, a occhio nudo, per tutta la vita. Perché i bambini sono com'era quell'ulivo molti anni fa: teneri, indifesi. Se ci pianti un'unghia, rimane l'impronta... e cresce insieme a loro.»

Michele sentì un'emozione profonda. La donna si asciugò la prima lacrima che si era concessa fino a quel momento.

«Se invece pianti l'unghia su un tronco antico», continuò, «non resta alcun segno apparente. E hai l'impressione di non averlo neanche scalfito, quel tronco, perché continui a vederlo forte e robusto. Intatto. Ma non è così... quell'unghia lascia comunque una ferita. È una ferita che all'esterno non si vede... ma fa invecchiare prima del tempo le radici.» La donna allungò una mano e carezzò delicatamente la guancia di Michele. «Ti auguro di trovare tua madre, ragazzo mio. Ma ti prego... se e quando la troverai, non ferirla anche tu. Perché quando si diventa vecchi, è difficile guarire dalle ferite. E sai qual è la ferita più dolorosa? Non avere più un motivo per andare avanti. Ascolta prima le sue ragioni, Michele. Ascoltala. E poi potrai decidere se vendicarti del male che ti ha fatto e ferirla a tua volta... oppure perdonarla. E solo a quel punto la tua ferita si potrà rimarginare.»

Michele non capì quale forza lo spingesse a stringere in un abbraccio la donna dai capelli viola. Ma l'abbracciò di slancio, immergendosi nel suo profumo dolciastro e penetrante. Se avesse avuto ancora con sé la sua riserva di lacrime, forse l'avrebbe usata. Non pianse, ma per la prima volta, dopo tanti anni, si sentì protetto senza dover ricorrere alle sue abitudini, alla solitudine blindata o ai suoi oggetti smarriti.

Rientrarono in casa e Michele riprese il suo zaino, pronto ad andare via. La donna rabbrividì, cercò con lo sguardo uno scialle e se lo avvolse sulle spalle.

«Dov'è la caldaia rotta?» le chiese Michele.

Lei lo guardò, perplessa. «È sul retro della cucina...»

Michele sospirò, tolse il giubbotto e si fece accompagnare fino alla caldaia.

«C'è una cassetta degli attrezzi?»

Il sorriso della donna lo ripagò del ritardo che avrebbe accumulato. Senza tante cerimonie, lei corse a prendere la cassetta degli attrezzi.

Michele aprì la caldaia, studiò la situazione, poi cominciò a ripararla come gli aveva insegnato suo padre e come, di tanto in tanto, era costretto a fare con la caldaia di casa, ormai vecchia e bisognosa di continua manutenzione.

Dopo tre quarti d'ora, il guasto fu riparato. Con uno sbuffo, il gas riprese a circolare nei tubi e lo scatto del pulsante rosso provocò la fiamma. Poi, l'acqua bollente invase i termosifoni, riscaldandoli.

La donna dai capelli viola si tolse lo scialle e preparò un altro caffè che bevvero insieme, mentre controllavano che la caldaia continuasse a funzionare senza problemi.

Poi insistette per dare a Michele un cartoccio pieno di biscotti al cioccolato e lo accompagnò verso l'uscita.

Si salutarono con un altro abbraccio e Michele si incamminò verso l'ignoto.

Lei lo seguì con lo sguardo e, anche se lui non si voltò mai indietro, continuò a salutarlo con la mano fino a quando la sua figura snella e alta scomparve, svoltando l'angolo.

9.

Una nuvola grigia e densa, spinta dal vento, oscurò per qualche secondo il sole e Michele ritrovò la piazza della stazione ferroviaria, piena di traffico e di negozi. Gli sembrò ancora più vasta di come l'avesse recepita al primo sguardo e si sentì smarrito. Il treno, in fondo, faceva parte della sua vita come un prolungamento della sua casa; vi era salito ogni giorno, da più di dieci anni a questa parte, e conosceva a memoria ogni particolare, dai sedili ai corridoi, dai piccoli bagni ai finestrini difettosi. Durante il viaggio, Elena gli era stata accanto e l'aveva fatto sentire meno solo, poi la donna dai capelli viola l'aveva accompagnato come un angelo custode e gli aveva fatto dimenticare l'impatto con una nuova città, l'aveva portato a casa sua e l'aveva coccolato come un figlio. Ora, solo ora, si trovava davvero di fronte all'ignoto, estraneo alla vita che gli girava intorno: volti sconosciuti che lo sfioravano con passo affrettato, voci che non aveva mai sentito prima e spandevano nell'aria intonazioni che gli sembravano dissonanti, stonate. Si sentiva goffo e inadeguato mentre muoveva i passi di una nuova danza, difficile da eseguire. Intrappolato, chiuso all'interno di quella strana coreografia, era lo straniero, l'ultimo arrivato, il figurante scaraventato sul palco di una recita che non conosceva. Tutto sembrava ruotargli intorno, come una roulette impazzita. E lui era la pallina bianca presa nel vortice di quel gioco imprevedibile. Cercò di rilassarsi, di modulare il respiro sulla frequenza del coraggio e, infine, la pallina bianca si fermò nella casella dell'edicola. La raggiunse, poi, finalmente, decise che era il momento di darsi da fare. Tirò fuori la fotografia dallo zaino e la mostrò all'edicolante, chiedendogli se avesse mai visto quella donna.

L'uomo fissò, sorpreso, la fotografia, poi scosse la testa. «No, non l'ho vista...» disse con tono apatico.

«Si chiama Laura Puglia. Non ha mai sentito questo nome? Ora avrà più di cinquant'anni...» precisò Michele. «La deve immaginare invecchiata...»

L'edicolante sembrò accendersi d'interesse. «Ma che è 'sta storia?» chiese con una punta di diffidenza.

Michele si fece forza e gli spiegò in poche parole la sua situazione.

L'uomo si sorprese. «Ma tu ci hai mai pensato a qualche programma televisivo?» domandò.

Michele scosse la testa, sempre più perplesso. Confessò di non capire a cosa si riferisse l'edicolante.

«Non mi dire... Che, non la guardi la televisione?» chiese l'uomo, sorpreso.

«Sì, qualche volta... ma guardo i film, il telegiornale...»

L'edicolante sospirò, come se provasse compassione per Michele. «Mo' fanno tutti così con le persone scomparse: vanno ai programmi», incalzò. «Allora ti spiego, tu mandi una lettera alla redazione del programma, ci racconti tutta la storia, loro si mettono a cercare tua madre... e poi, quando la trovano, vi fanno incontrare dentro alla televisione. Ci sta il pure il pubblico, dal vivo...»

Mentre l'uomo continuava a descrivere i vari format televisivi, Michele sentì crescere un senso di disagio. Non avrebbe mai permesso che la sua storia fosse resa pubblica, che sua madre potesse essere giudicata dal pubblico presente e dagli estranei che guardavano la trasmissione alla TV, mentre ingurgitavano la cena o riposavano sul divano. Sentì lievitare, lentamente, un sentimento di protezione nei confronti di sua madre, il bisogno di tenerla al riparo dalle conseguenze del suo abbandono. E capì di amarla ancora, nel profondo del suo animo. Nonostante tutto.

«Hai capito come devi fare, se la vuoi trovare?» concluse l'edicolante, con tono vagamente ricattatorio.

Michele annuì, assicurò che ci avrebbe pensato seriamente, poi salutò e si rimise in cammino. L'aria si era leggermente intiepidita, anche se all'ombra continuava a fare freddo. Raggiunse il marciapiede di fronte all'edicola e si infilò in un bar, per acquistare una bottiglia d'acqua. Mostrò la foto al barista e ai due clienti che sorseggiavano il caffè, poi alla cassiera, che gli regalò uno sguardo di compassione mentre ascoltava la sua storia. Ma anche stavolta non riuscì ad avere notizie su sua madre.

Le risposte negative si ripeterono durante il corso dell'intera mattinata. Entrò in una cinquantina di negozi, fermò decine e decine di persone lungo le strade del centro di Ferrosino, attese i clienti all'uscita dei supermercati con la fotografia bene in mostra, chiese ai posteggiatori nelle piazze e a due vigili urbani. Intorno alle due cominciò ad accusare la stanchezza e i morsi della fame. Passò di nuovo davanti alla trattoria che al mattino era chiusa e la trovò aperta. Guardò l'insegna e sorrise: GRAN GOURMET. CUCINA CASERECCIA. L'incongruenza lo spinse a entrare. Il profumo della cucina lo investì appena aprì la porta, sfacciato e penetrante. Era un miscuglio di aromi che si mescolavano tra loro e turbinavano nell'aria, come un tornado di ricordi ancora confusi. Tra i sentori di funghi porcini, di ragù e brasato, di selvaggina e arrosti, di salumi e formaggi stagionati, colse la violenza del basilico fresco che troneggiava nei vasetti sui davanzali delle vetrine. Senza quella sinfonia di aromi, il Gran Gourmet sarebbe stato un locale modesto: pochi tavoli, coperti da tovaglie a quadri bianchi e verdi; alle pareti vecchie stampe che ritraevano Ferrosino durante gli anni Venti, ricoperta di neve, quasi deserta.

Una giovane cameriera gli passò davanti, reggendo un cestino con del pane a fette che andò a poggiare su un tavolo occupato da una coppia di anziani clienti.

Michele si guardò intorno, poi prese posto a un tavolo appartato, accanto alla vetrina coperta da una tenda ricamata ormai ingiallita dal fumo delle pietanze e dal tempo. La cameriera gli si avvicinò, gli sorrise e gli porse il menu. L'ultima volta che si era ritrovato in un ristorante aveva sei o sette anni ed era insieme ai suoi genitori. Due cuscini sulla sedia gli permettevano di superare il piano del tavolo e, mentre suo padre e sua madre leggevano il menu, lui aveva detto al cameriere che voleva tante patatine fritte. La risata della mamma era risuonata cristallina nel locale, più limpida del vino bianco e freddo versato nei bicchieri.

«Patate fritte ne ha?» chiese ora alla giovane cameriera, che lo guardò con aria sorpresa.

«Le possiamo fare, certo...» rispose lei perplessa. «E poi? Cosa le porto?»

Michele non era abituato a ordinare da mangiare, annaspava alla rincorsa di un piatto da scegliere tra le decine e decine di offerte del menu.

«Non saprei...» sussurrò infine.

«Faccio io?» propose la cameriera, dopo un'ulteriore attesa.

Michele non capì se la proposta era dovuta alla fretta o alla gentilezza della ragazza, ma annuì senza pensarci oltre, felice di liberarsi della responsabilità di scegliere. Acconsentì quando lei gli chiese se volesse dell'acqua minerale e le concesse perfino di portargli mezzo litro di vino rosso della casa.

La cameriera si allontanò e Michele afferrò una fetta di pane dal cestino. Ne staccò un pezzo e lo masticò, pensieroso. Poi si accorse che i due coniugi anziani lo fissavano di tanto in tanto, mentre sbocconcellavano a loro volta il pane. Forse erano incuriositi da quel ragazzo solitario, dall'aria smarrita e stanca. Michele prese coraggio, tirò fuori la fotografia dallo zaino e si avvicinò al loro tavolo. Mostrò la foto e rivolse ai due le domande di rito. L'uomo e la donna osservarono a lungo il volto di sua madre, mentre Michele, timidamente, metteva insieme i brandelli della sua storia anche a favore della cameriera che, nel frattempo, era tornata in sala e si era avvicinata al tavolo, incuriosita.

Tutti e tre gli interpellati si guardarono come a consultarsi, poi risposero negativamente, con evidente dispiacere.

«Ma come si fa ad abbandonare un figlio così piccolo?» disse l'anziana, guardando suo marito.

«Marta... non mi sembra carino fare queste domande», rispose il marito con dolcezza, indicando con lo sguardo Michele.

La donna guardò il ragazzo, in leggero imbarazzo. «Mi scusi...» sussurrò, «ma io certe cose non riesco proprio a capirle.»

«Me lo sono chiesto tante volte anch'io», rispose Michele. «E proprio per questo vorrei trovarla... per avere una risposta.»

Si stupì di aver pronunciato quelle parole con naturalezza. Forse, a forza di parlare – pensò – ci si prende l'abitudine e si impara a non aver paura di raccontare ciò che si prova. Si sentì risollevato, intimamente fiero dei piccoli progressi che stava facendo già a poche ore dalla partenza.

I due coniugi, intanto, annuirono, assorti.

«Vuole sedersi con noi?» propose l'uomo.

Michele esitò, poi accettò l'invito e la cameriera aggiunse un altro coperto al tavolo della coppia.

«Dio manda il pane a chi non ha i denti. L'avessi avuto io, un figlio...» disse l'anziana come parlando a sé stessa.

Il marito annuì, con aria amareggiata.

«Colpa mia, giovanotto. Sparo a salve», disse improvvisamente a Michele, con una strana ironia autoaccusatoria. «E ai nostri tempi non c'erano ancora tutte queste diavolerie di oggi, che ti permettono di fare un figlio con... con l'autosemina, là... come si chiama...»

«Autoinseminazione», suggerì Michele, trattenendo a stento un sorriso.

«Ecco appunto, quella cosa là. Noi facevamo quello che si doveva fare, poi se la cosa non andava in porto, oltre a chiedere la grazia al Padreterno, che altro potevi fare? E guardi che ci abbiamo provato, eh? Modestamente, non è che mi mancavano le forze, anzi, io ci davo dentro che...»

«Luciano!» lo rimproverò la signora, arrossendo leggermente.

Luciano si interruppe e ammiccò verso Michele, come se fosse un vecchio amico. Poi arrivò la cameriera, servì ai due coniugi due piatti di fettuccine al pomodoro e calò sul tavolo una piccola fiamminga di patatine fritte per Michele.

«Gliele ho fatte fare come antipasto...» sussurrò la ragazza, quasi materna, ormai conquistata dalla storia del figlio abbandonato.

«Buon appetito...» disse Luciano, prima di affondare i colpi di forchetta nelle fettuccine.

E Michele si sentì risucchiato dentro un passato più che remoto, che più volte gli era stato raccontato.

«Buon appetito...» sussurra sua madre, scandendo bene le sillabe. «Buon ap-pe-ti-to», ripete ancora. E il bambino cerca di imitarla. «Ptì...» dice alla fine. E lei ride, ride e sorride. E il bambino, col bavaglino annodato al collo, si sente un eroe, al centro del mondo. «Ptì...» ripete lei, dolce e commossa. E sancisce, con la sua voce, l'esistenza di quella parola al cospetto del linguaggio universale.

Ptì...

Ptì...

Ptì...

È il suono lontano che riaffiora alla mente, mentre assaggia la prima patatina fritta. È leggera, croccante e salata all'esterno e morbida e calda all'interno.

Morbida come la curva della schiena della mamma, china sul tavolo mentre sbuccia le patate, poi le affetta e le riduce a sottili bastoncini, tutti uguali e gialli. Sul fornello, l'olio attende silenzioso, pronto a esplodere e gorgogliare non appena le patatine cadranno nella padella.

Il bambino osserva e attende. Sa che il foglio di carta da cucina che la mamma ha adagiato nel piatto servirà per assorbire l'olio delle prime patatine pronte. Sa che la mamma fingerà di non vederlo mentre lui ne ruberà qualcuna e ci soffierà sopra per raffreddarla, prima di nasconderla in bocca e masticarla in fretta...

«Mastichi piano, giovanotto...»

La voce dell'anziana donna riportò Michele al presente.

La fiamminga era già vuota e il leggero senso di sazietà lo aiutò a sentirsi più a suo agio. Sorseggiò un po' di vino rosso, poi guardò i due commensali.

«Siete sposati da molto?» domandò mentre sentiva il tepore avvampare in superficie, sulle guance.

«Trentacinque anni...» rispose Luciano, con tono fiero. «E mai un giorno lontani. Mica come oggi che basta uno starnuto per divorziare e...»

«Tesoro...» lo interruppe la moglie, sorridendo, «abbiamo capito che oggi è tutto diverso. Ma il mondo è così, cambia. E noi non ci possiamo fare niente...»

«È un brontolone», aggiunse la donna rivolta a Michele, con un sorriso bonario. «Non gli va mai bene niente...»

«Mi vai bene solo tu», disse Luciano come una sentenza, una dichiarazione d'amore ribadita ancora una volta, come se non bastasse mai.

Michele assaporò quella tenerezza, quell'amore che si era radicato nel corso del tempo tra i due anziani coniugi e provò un sottile senso di invidia e ammirazione, poi sentì riaffiorare la speranza.

"Allora esistono amori così forti, legami che non si sciolgono mai..." pensò. "Allora non è follia fidarsi, credere in un'altra persona, in una vita migliore, in qualcosa che non cambia anche se non dipende solo da te?"

Poi si sentì catapultato, dal profumo in arrivo alle sue spalle, dentro un settembre lontano. Poco dopo, davanti ai suoi occhi esplose la visione di un piatto pieno di pasta fatta a mano, spessa e corta, condita con un sugo denso e cremoso.

«Strozzapreti al sugo di castrato e rape rosse», annunciò la cameriera.

Michele ringraziò con un filo di voce, poi prese la forchetta e affondò delicatamente i rebbi nel maccherone sodo e irregolare. Lo portò alla bocca e si ritrovò nel sole tiepido delle domeniche di fine estate, con la radio accesa, in cucina, e le canzoni a tutto volume; sua madre cantava sulle voci dei cantanti e ripeteva le loro strofe, mentre impastava le uova con la farina, l'acqua e il sale. Nel forno, intanto, la carne di castrato si indorava e si rivestiva di una crosta fine, insieme alle barbabietole tagliate a pezzettini che si dovevano sciogliere lentamente, come burro e oro fusi tra loro. Dov'era finita quella serenità così spietata? Che cosa aveva spezzato quel legame che li teneva uniti, stretti, annodati alla felicità? E per quale motivo Michele aveva perso il gusto del buon cibo, negli anni successivi alla partenza di sua madre? Come aveva fatto a dimenticare quei sapori e a negarseli con ostinazione, giorno dopo giorno? Si rese conto di aver coltivato un senso di espiazione volontario, come se il costringersi a una vita vuota di emozioni e di sapori, di qualunque tipo, fosse il prezzo da pagare per sopravvivere ma soprattutto per sotterrare ogni imprevisto futuro. Luciano e Marta si tenevano per mano, in un silenzio carico di amore, mentre lo osservavano masticare.

«Dovresti chiedere alla polizia, giovanotto, se proprio vuoi ritrovare tua madre», disse d'un tratto l'anziano, come colto da un'ispirazione improvvisa. «Chi ne può sapere di più della polizia?»

Sua moglie annuì, come a voler confermare le parole del marito.

Michele prese in considerazione quel consiglio, anche se Elena l'aveva già avvisato che, in mancanza di una denuncia, le forze dell'ordine avrebbero potuto fare poco o niente. Ma pensò che, forse, valeva la pena fare un tentativo; magari la polizia del luogo era in possesso di informazioni che altri commissariati non avevano, soprattutto se sua madre era vissuta o viveva ancora in quelle zone.

«C'è il commissariato, qui vicino...» aggiunse Luciano, e gli fornì le indicazioni per raggiungerlo.

Michele ringraziò, e raccolse il sugo avanzato nel piatto con dei pezzetti di pane che poi gustò in silenzio.

Ormai era sazio e pronto a ricominciare la sua ricerca. Rimase ancora un po' a chiacchierare con i suoi nuovi amici e con la cameriera. Non riuscì a evitare che Luciano gli offrisse il pranzo («Se no si offende» assicurò sua moglie), lo ringraziò più volte, e poi arrivò il momento di andare via. Raccolse il suo zaino, lasciò una mancia per la cameriera e si avviò verso l'uscita, lasciandosi alle spalle i profumi della trattoria e la leggera sonnolenza che minacciava di impigrirlo.

Dopo dieci minuti di marcia veloce raggiunse il commissariato di polizia. Era una costruzione in cemento, rettangolare, grigia. Vi entrò e si guardò intorno, incerto sul da farsi. Alla sua sinistra vide una piccola sala d'aspetto occupata da una donna grassa con due bambini, da un uomo sulla cinquantina con un braccio ingessato e da un signore elegante, dall'aria indignata, che controllava di continuo il suo orologio al polso. Sulla destra scorse un gabbiotto occupato da un giovane agente che, evidentemente, era l'addetto allo smistamento del pubblico. Davanti al gabbiotto, tre persone in fila aspettavano il loro turno. Michele attese, paziente, che la fila si smaltisse. Dopo qualche tempo si trovò, finalmente, di fronte al giovane agente. Esitò. Il poliziotto lo guardò con espressione interrogativa.

«Che deve fare? Una denuncia?» chiese, sbrigativo.

Michele si sentì soffocare all'interno dell'aria viziata che opprimeva il piccolo ambiente. Non era preparato a rispondere. Cosa avrebbe potuto dire? Come spiegare? Intuì che una denuncia, dopo più di vent'anni dalla sparizione di sua madre, sarebbe apparsa ridicola, quasi offensiva.

«Io... io volevo informazioni per trovare una persona», disse alla fine, impacciato.

L'agente lo guardò con aria perplessa, poi gli chiese ulteriori spiegazioni. Michele gli mostrò la foto di sua madre, disse il suo nome, illustrò brevemente la sua situazione. Il giovane chiamò un collega anziano, che arrivò ciondolando dopo qualche minuto. E Michele fu invitato a ripetere la sua richiesta. I due agenti si consultarono a vicenda. Alla fine, dopo un veloce colloquio telefonico, indicarono a Michele una porta in fondo al corridoio dietro la quale, dissero, lo attendeva un ispettore.

Michele si incamminò verso l'ufficio dell'ispettore. Bussò timidamente alla porta, poi entrò.

La stanza era densa di fumo. Sulla scrivania, carica di faldoni, un posacenere pieno di sigarette fino all'orlo testimoniava il tabagismo compulsivo del funzionario. Era un uomo dall'aria simpatica e accigliata allo stesso tempo, sui quarant'anni, capelli folti e neri, un inizio di pinguedine appena evidente. L'uomo fece cenno a Michele di accomodarsi, si presentò come ispettore Sonnino e accese l'ennesima sigaretta, tossendo nel frattempo e scacciando il fumo dinanzi al suo viso, come se lo subisse suo malgrado.

«In che cosa le posso essere utile?» esordì, dopo aver tossito di nuovo. Michele trasse un sospiro, sfinito ma, allo stesso tempo, rassegnato a ripetere per l'ennesima volta la sua storia. Mostrò la fotografia, raccontò i motivi della sua ricerca, fornì le sue generalità e quelle di sua madre.

L'ispettore lo squadrò da capo a piedi, pensieroso. Fissò a lungo i cerotti e le medicazioni sulle mani di Michele, con aria perplessa, come se quelle ferite indicassero una scarsa affidabilità della persona che aveva di fronte a sé.

«Lei sa che non posso darle informazioni, signor Airone? C'è una legge sulla privacy che me lo vieta. Sua madre, a suo tempo, è andata via di sua spontanea volontà, era già adulta e vaccinata e nessuno della sua famiglia ha mai sporto denuncia di scomparizione», disse. Poi sembrò riascoltare il suo discorso in uno strano replay mentale e si corresse: «Scomparsa, volevo dire».

Michele annuì, silenzioso.

«Il vero problema, signor Airone», proseguì l'ispettore, «non è solo la privacy. Mi spiego... Poniamo il caso che io riesca a sapere dove si trova sua madre, e poniamo il caso, sempre per assurdo, che le dia il suo indirizzo. Lei ci va, la trova, magari ce l'ha con lei, anche giustamente, perché l'ha abbandonato da bambino, comincia a rinfacciarle le sue colpe, poi litigate... e lei, signor Airone, fa un gesto inconsulto, che so... le spara. Poi la responsabilità è mia, visto che le ho detto dove si trova.»

«Ma io non voglio sparare a mia madre», provò a obiettare Michele. «Neanche ho la pistola...»

«Questo lo dice lei, ma chi me lo assicura? Se si vuole vendicare di sua madre, mica me lo viene a dire a me. E se ha una pistola, mica se la porta appresso qui dentro», disse l'ispettore. E accese un'altra sigaretta.

Michele sospirò, rassegnato e perplesso. «Ho capito», si arrese, «ha ragione. Grazie lo stesso.»

A quel punto, l'ispettore sembrò ammorbidirsi e assunse un tono paterno e confidenziale. «Ma lei si è mai messo nei panni di sua madre?» gli chiese, come se la domanda contenesse una trappola.

Michele sollevò le spalle, come ad ammettere di non averlo mai fatto.

«Provi a immaginare per un momento. Una mattina lei fa i bagagli e prende il treno, senza dare una spiegazione. Poi sparisce. Che vuol dire questo? Vuol dire, semplicemente, che si è stancato di qualcosa e vuole dare un taglio alla vita che sta facendo. Perché le assicuro che questo ha fatto, sua madre. Una madre, se vuole tornare, torna. E se le è successo qualcosa di grave, si viene a sapere, prima o poi. È chiaro il concetto?»

Michele fece un cenno di assenso, suo malgrado.

«Ora. Se lei volesse dare un taglio alla sua vita, signor Airone, le farebbe piacere se qualcuno, amico, parente, figlio che sia, si mettesse sulle sue tracce per riportarla indietro? Glielo dico io: no, non le farebbe piacere. A nessuno farebbe piacere. E glielo dico per esperienza, perché nella mia vita ne ho rintracciate di persone scomparse, con parenti che hanno fatto denuncia e insistevano e insistevano e insistevano per ritrovarle... E alla fine, una volta che le ho rintracciate, che è successo?»

«Che è successo?» domandò Michele, spinto più dallo sguardo di Sonnino che da un vero interesse.

«È successo che per poco non erano loro a denunciare a me, perché gli sono andato a schiattare le uova nel paniere, ecco cos'è successo. Chi si era rifatto un'altra vita, chi aveva una nuova donna o un nuovo uomo, chi se ne stava in mezzo alla strada, sotto a un ponte, dentro a una capanna oppure sotto ai cartoni perché così gli piaceva e così si sentiva libero e realizzato... E io che gli potevo dire? Torna a casa? E con quale diritto? Ognuno è libero di fare quello che cazzo gli pare, scusi la volgarità, signor Airone. Altro che *Chi l'ha visto*... trasmissione dei miei coglioni, scusi ancora, ma quando ce vo' ce vo'.»

Si accese un'altra sigaretta e Michele accennò ad alzarsi per salutare e andare via. Ma Sonnino gli fece cenno di rimettersi a sedere.

«Un'altra cosa, poi la lascio andare...» disse aspirando il fumo. «E questa gliela devo dire perché ce l'ho proprio qui, sul gozzo. Che lavoro faccio io? Eh? Che lavoro faccio?»

«Ehm... l'ispettore, credo», farfugliò Michele.

«E crede bene. L'ispettore di polizia. E sa invece che cosa volevo fare? L'attore.»

Spense la sigaretta nel posacenere e ne accese un'altra, nervoso. «Io sognavo il cinema, lo spettacolo... mi sarei accontentato pure del teatro, per carità. Sentivo il fuoco, capisce? La vocazione. Mo'... secondo lei chi mi ha costretto a rinunciare ai miei sogni e a iscrivermi a Giurisprudenza per prendere una cazzo di laurea, mi scusi ancora, di cui non me ne strafotteva un'emerita mazza surgelata? Chi? Glielo dico io. Mia madre!»

Michele tossì con le narici invase dal fumo passivo. Sonnino aspirò di nuovo la sigaretta con avidità disperata.

«"E prenditi una laurea, e prenditi una laurea"... Tutti i giorni 'sta cantilena nelle orecchie e alla fine, per sfinimento, mi sono messo a studiare, mi sono laureato col minimo dei voti e oggi sono un uomo infelice. Le pare giusto? No, non è giusto, glielo dico io. Le pare mai possibile che una madre si metta d'impegno per fare di suo figlio un infelice? Eppure è così, le assicuro. E mica solo per me. Ma lei lo sa che l'ottanta per cento delle persone che vanno dallo psicologo o dallo psicanalista ci vanno per colpa della madre? Non lo sa? E pure questo glielo dico io. È una statistica reale. Perché le madri smettono di sognare per sé e si mettono a programmare il futuro dei loro figli. Però coi sogni loro, lo programmano, mica con quelli dei figli. Mia madre sognava un figlio avvocato, ed ecco il risultato. Le pare giusto?»

«No», ammise Michele, spossato.

«Bravo! E allora, signor Airone... lei che ha avuto la fortuna di rimanere libero di fare quello che le pare, senza le rotture di coglioni delle aspettative di sua madre, che mi fa? Viene qua e mi chiede notizie di mammà? Ma si goda la vita come se l'è goduta sua madre, mi stia a sentire… È un consiglio da amico.»

Michele annuì e approfittò dell'ennesima sigaretta schiacciata nel posacenere per alzarsi e congedarsi. Ringraziò l'ispettore e gli assicurò che avrebbe meditato sulle sue parole, poi, finalmente, guadagnò l'uscita e l'aria pulita del pomeriggio, che soffiava trascinando con sé una temperatura quasi invernale.

Fuori dal commissariato, sentì sul viso lo schiaffo improvviso del vento gelido. Frugò nello zaino, prese uno dei maglioni scelti per lui da Elena e lo indossò, sommandolo alla maglietta col volto di Freddie Mercury e al giubbotto che chiuse bene fino al collo. Poi si incamminò lungo la strada e presto riprese a sgranare il suo rosario di domande alle persone che fermava e interrogava agli angoli delle strade o all'interno dei negozi. Qualcuno lo ascoltò pazientemente, altri non avevano tempo per fermarsi a parlare. Una signora distratta e impellicciata gli porse alcune monete, scambiandolo per un mendicante, ma lui restituì la somma e riuscì a mostrarle la foto di sua madre, anche se ottenne in cambio solo un'alzata di spalle indifferente. Entrò in due chiese antiche, parlò con un vecchio parroco, con due preti e con un giovane seminarista. Passò in rassegna i tassisti che sostavano nelle principali piazze del paese, i fiorai, i tabaccai e i pensionati del circolo bocciofilo. Ma nessuno fu in grado di fornirgli informazioni sull'eventuale presenza di Laura Puglia, sua madre, a Ferrosino.

Era abituato a percorrere il treno ogni sera, dalla locomotiva di coda a quella di testa, un'andata e un ritorno, più i piccoli spostamenti all'interno della stazione. Poche centinaia di metri al giorno, a passo lento e controllato. Quel giorno, invece, aveva macinato chilometri su chilometri, quasi senza rendersene conto. Quindi, quando il tramonto scambiò il testimone dell'eterna staffetta col buio, Michele sentì la stanchezza avvolgergli le gambe all'improvviso. I muscoli dei polpacci si erano induriti e la schiena gli si era indolenzita, faceva fatica a mantenersi dritto e fu come tornare indietro nel tempo, ai pomeriggi trascorsi a giocare a pallone con i compagni di scuola, fino al richiamo di sua madre, che coincideva con l'ora di cena. Anche a quel tempo, i polpacci sembravano pezzi di pietra col sangue che pulsava all'interno. E la stanchezza calava improvvisa, in un solo colpo, come il sonno che ti porta via mentre stai leggendo. Si guardò intorno e vide l'insegna di un bar: *Blue Note.* Il corsivo, formato da lampadine intermittenti, lampeggiava di un blu elettrico. La voglia di sedersi per qualche minuto, e bere qualcosa di caldo, spinse Michele a varcare la soglia del bar.

Era un locale ampio. Le pareti rivestite di legno stagionato si riflettevano le une sulle altre attraverso grandi specchi ovali, incastonati nella boiserie. Il bancone dei liquori era di metallo lucido e scuro, un lampo di modernità sfacciata in un ambiente che aveva un netto sapore d'antico. Sul fondo del locale, tre musicisti terminavano di sistemare gli strumenti su un piccolo palco circolare, appena rialzato rispetto al pavimento. Michele individuò un tavolino libero in posizione appartata e andò a sedersi. Provò un senso di sollievo immediato nel distendere le gambe sotto il tavolo. Un cameriere gli si avvicinò, gli porse il menu e lui ordinò un tè. Nell'attesa, estrasse dallo zaino il cartoccio di biscotti al cioccolato e ne assaporò un paio con aria furtiva. Quando il cameriere arrivò con il suo tè, i musicisti erano pronti per iniziare a suonare. Tre colpi ritmici, scanditi dalle bacchette che impugnava il batterista, precedettero l'inizio del pedale armonico di *All Blues.* Le note in 6/4 del brano composto da Miles Davis volarono leggere nell'aria e Michele, all'improvviso, sentì il suo corpo stanco che lo abbandonava: si allontanava in discesa, come su un lento scivolo, verso una dimensione sottostante. Lo lasciò andare, come se non gli appartenesse più. E tutto ciò che rimase di lui, e della sua memoria, iniziò a galleggiare sul livello superiore, tra note, accordi e parole, senza peso, senza pensiero, senza altri tipi di esistenza che non fossero quella musica.

«*The sea... the sky... and you and I... sea and sky and you and I... with all blues...*» sussurrava il pianista, soffiando la sua voce roca all'interno del microfono. E Michele si stupì nel pensare a quanto tempo aveva sprecato e dissolto nel silenzio, alla sua esistenza muta, trascinata stancamente all'interno del recinto della stazione ferroviaria, alla scansione quotidiana delle sue abitudini. Restò inchiodato al tavolo per quasi un'ora ad ascoltare il trio. Immerso nell'estasi di un ispirato assolo di piano, dimenticò il motivo per cui si trovava in quel bar, le ragioni che lo avevano condotto in viaggio, la sua ricerca, il suo passato, le sue paure e la ricetta della stracciatella. E per la prima volta, dopo tanti anni, si lasciò andare alla vita, come una zattera alla deriva sul mare. Quasi senza volerlo, fissò il tè che ondeggiava fumante nella tazza. E nel liquido caldo intercettò i propri occhi, come in uno specchio. In quell'attimo, si sentì in grado di rispondere a una delle domande di Elena, forse quella che l'aveva colpito di più.

"Sono rosso, Elena", pensò. "Sono rosso e vorrei dirtelo, ora. Ma non voglio interrompere questo sogno che la musica mi sta regalando, questa sensazione di riuscire a rimettere in sesto la mia vita, di trovare una risposta alle mie domande, anche se le risposte, ancora adesso, mi mettono paura. Ma quando uscirò da questo bar, ti chiamerò per dirtelo, che sono rosso. E ti dirò che a volte spero che il mio colore, che tutti i colori che assumerò, da ora in poi, nel corso della mia vita, si possano intonare per sempre ai tuoi, anche se questa speranza un po' mi fa tremare, anche se non ho ancora la forza di affidarmi all'imprevisto e al sogno. Ma forse, col tuo aiuto, un giorno o l'altro ci potrò riuscire. Forse..."

Poi, il trio smise di suonare e Michele si riscosse: gambe, braccia e schiena rientrarono in suo possesso come in un velocissimo risucchio verso la realtà. Si guardò intorno: il bar era ormai gremito di gente e quasi tutti si affollavano davanti al bancone per ordinare bibite e liquori. Raccolse il suo zaino e si avviò verso la cassa. Ma d'un tratto, sull'onda di quel senso di ottimismo e di coraggio che provava, decise di approfittare di quella piccola folla che aveva intorno. Trattenne il fiato per un attimo. Sapeva che stava per affrontare un'altra prova, forse la più difficile fino a quel momento: parlare a tutti, a voce alta. Attirare l'attenzione su di sé e affrontarne le conseguenze. Ma l'euforia sembrava aver bloccato ogni accesso alla paura. Tirò fuori la foto di sua madre dallo zaino e la rivolse verso i presenti.

«Per favore, un attimo di attenzione!» disse con un tono deciso che stentò a riconoscere come proprio. «Qualcuno di voi ha mai visto questa donna?»

Nel bar, il mormorio degli avventori si affievolì all'improvviso. Michele sentì gli sguardi fissi su di sé e sulla foto.

«Si chiama Laura Puglia», aggiunse, stavolta con un leggero tremito nella voce.

Le persone che affollavano il bar si avvicinarono, incuriosite. Il primo fu un ragazzo dai capelli rossi, alto e robusto, che guardò la fotografia con attenzione, poi scosse la testa e tornò verso il bancone per ritirare due boccali di birra. Michele, come se solo in quel momento se ne fosse ricordato, spiegò che quella che mostrava era una fotografia scattata quasi venticinque anni prima e che, quindi, bisognava immaginare la donna invecchiata e, forse, appesantita dal tempo. Poi restò fermo, la fotografia tenuta davanti al petto, mentre, uno dopo l'altro, clienti, camerieri, cameriere, e perfino i baristi, sfilavano davanti a lui per osservare la foto da vicino. Anche stavolta, non riuscì a ottenere notizie: nessuno sembrava aver mai visto sua madre a Ferrosino, né in altri luoghi. Rassegnato, ringraziò a bassa voce, ripose la foto nello zaino, poi si accostò alla cassa per pagare il conto. La cassiera gli sorrise, solidale. E quando Michele tirò fuori da una tasca dei jeans la mazzetta di banconote che aveva ritirato al Bancomat della stazione, la ragazza lo fermò con un gesto.

«Il tè è offerto dalla casa», disse. E gli augurò buona fortuna. Michele ringraziò, imbarazzato, e si avviò verso l'uscita ma, d'un tratto, sentì una mano poggiarsi sulla sua spalla.

Si voltò, sorpreso, e vide il ragazzo robusto dai capelli rossi che gli sorrideva.

«Scusami... non so come ti chiami...» disse lo sconosciuto.

«Michele.»

«Io mi chiamo Ettore», continuò l'altro e gli porse la mano. Michele la strinse, perplesso.

«Senti, se quella donna della foto... se è invecchiata come dici... forse l'ho vista. Anzi, l'abbiamo vista», precisò Ettore. E si voltò verso il bancone facendo cenno a un altro ragazzo, vestito elegantemente, con i capelli cortissimi e neri. Michele sentì il respiro fermarsi nella gola. Il cuore accelerò i suoi battiti, mentre il ragazzo elegante, immediatamente dopo il cenno dell'amico, si discostava dal bancone e si avvicinava, porgendo a sua volta la mano a Michele.

«Maurizio...» disse, presentandosi. Michele gli strinse la mano e balbettò il suo nome, senza riuscire a frenare l'emozione che gli incrinava la voce.

«Mi faresti riguardare la foto, per sicurezza? No, perché a prima vista non ci avevo fatto caso, ma poi...» disse Maurizio e lasciò la frase in sospeso.

Michele annuì, sentendo un improvviso bruciore alla gola, che sembrava arsa. Anche la bocca era improvvisamente secca, la salivazione annullata. Con un gesto affrettato prese di nuovo la foto dallo zaino, mentre i due gli facevano cenno di appartarsi in un angolo più tranquillo del bar.

Si spostarono e raggiunsero un tavolino accanto all'entrata. I due ragazzi si misero a sedere, invitando Michele a fare altrettanto. Intanto, Maurizio prese la fotografia dalle mani di Michele e la osservò con attenzione. Michele, rimasto in piedi, non riusciva ad articolare un gesto, gli occhi fissi nello sguardo del ragazzo che scrutava la foto di sua madre con aria pensierosa.

Alla fine, Maurizio sospirò.

«Non lo so, non sono sicuro... però lo sguardo mi sembra lo stesso», disse infine. Michele, a questo punto, si mise a sedere: le gambe non riuscivano più a reggerlo.

I due ragazzi si guardarono, tesi.

«Quella che abita al quartiere Plezzo, no?» chiese Ettore

a Maurizio, osservando a sua volta la foto, come a cercare conferma.

«Così mi sembra...» annuì Maurizio. Poi si rivolse a Michele. «L'avrò vista un paio di volte... non sono sicuro, ma... potrebbe essere lei», concluse.

«Sai... tu sai dove abita?» sussurrò Michele con un filo di voce.

Maurizio annuì, poi guardò l'amico, come a cercare il suo sostegno. «Abita a un paio di isolati da qui. Non è lontano. È una casa bassa, all'inizio di via Plezzo... cioè, dopo una cinquantina di metri sulla destra... forse un po' di più», aggiunse.

«Via Plezzo... e non... non ricordi il numero?» sussurrò Michele.

I ragazzi si guardarono, come a interrogarsi a vicenda. Poi scossero la testa.

Michele sospirò. Gli altri lo fissarono e annuirono amichevolmente.

«Vabbè, dai... se vuoi, ti accompagniamo», propose infine Ettore.

Michele socchiuse gli occhi, come a ringraziare il cielo.

Un vortice di emozioni lo trascinò fuori dal bar, insieme ai due ragazzi. Forse ce l'aveva fatta. Forse fra un po' avrebbe rivisto sua madre. E allora partire, lasciare la sua casa e le sue sicurezze, affrontare il viaggio, aprirsi al dialogo, fidarsi delle persone, vincere la timidezza, sforzarsi di essere come tutti gli altri non era stato un inutile azzardo. Col cuore in gola, seguì i due ragazzi lungo un tratto di strada illuminato dai lampioni, mentre, a mano a mano che proseguivano, varie immagini si affastellavano nella sua mente: il volto di sua madre attraverso i vetri dei finestrini del treno, la mattina in cui era partita; la sua figura slanciata, in riva al mare, mentre guardava silenziosa il tramonto all'orizzonte; le mani affusolate che stringevano le sue mani di bambino; il suo sorriso, incorniciato dalle labbra rosse e carnose; le coperte rimboccate prima che lui prendesse sonno e il bicchiere d'acqua fresca poggiato sul comodino prima del «buonanotte, tesoro», pronunciato a bassa voce. Poi, le mille variabili dell'aspetto del suo viso trasformato dal tempo, che forse fra qualche minuto avrebbe rivisto. Cosa avrebbe provato, se l'avesse incontrata davvero? Come avrebbe reagito? Da quale scrigno misterioso avrebbe estratto la forza e il coraggio necessari per bussare alla sua porta?

Il freddo della sera trasformava in fumo bianco i suoi respiri quando i due ragazzi svoltarono a destra, infilandosi in un vicolo poco illuminato. Michele li seguì, accelerando il passo.

«Siamo quasi arrivati...» disse Maurizio. E guardò Ettore con la coda dell'occhio. Quest'ultimo si fermò improvvisamente, si voltò verso Michele che lo seguiva e lo colpì con una violenta ginocchiata al ventre. Michele spalancò la bocca, nel tentativo disperato di respirare e, prima che potesse piegarsi su sé stesso per comprimere il dolore, Ettore gli assestò un pugno sulla tempia, emettendo un ringhio sordo.

Michele perse l'equilibrio, crollò sul selciato e fu immediatamente investito da una serie di calci sferrati con forza dai due ragazzi, che continuarono a infierire a lungo, a colpirlo mentre lui si rannicchiava in posizione fetale, le braccia e le gambe chiuse, serrate a proteggere il torace e il viso.

Sotto i colpi dei due, Michele sentì il suo stato di coscienza allontanarsi verso un cielo ignoto, fitto di nebbia e di buio. Gli giunse il suono della voce di Ettore che urlava al suo amico: «Nella tasca! I soldi ce li ha nella tasca! Li ho visti che ce li metteva...».

Senza poter reagire, sentì le mani di Maurizio farsi largo tra i suoi gomiti e le ginocchia, che continuava a tenere serrate sul petto. Poi le sentì mentre frugavano nelle tasche dei suoi jeans, nervose, appuntite come artigli di un avvoltoio, le sentì afferrare le banconote e poi estirparle dalla tasca. Cercò di afferrare un braccio di Maurizio, ma un altro calcio lo colpì in pieno petto, sotto lo sterno, inchiodandogli il fiato.

«Guarda nelle tasche del giubbotto!» disse Ettore, mentre controllava che nessuno arrivasse dall'imbocco del vicolo.

Maurizio afferrò i baveri del giubbotto di Michele, li allargò con un gesto violento, quasi a volerli strappare, poi frugò in una delle tasche interne, trovò il cellulare di Elena e lo afferrò. Michele lo vide luccicare per un attimo nella mano del suo assalitore e sentì montare dentro di sé una rabbia sorda e inaspettata. Afferrò di nuovo il braccio di Maurizio e stavolta morse, con tutta la forza che aveva, la mano che stringeva il cellulare. Il ragazzo urlò per il dolore e allentò la presa, lasciando cadere il cellulare a terra. Michele lo coprì con il suo corpo, mentre un altro calcio rabbioso lo colpiva su un fianco.

«Dai, dai! Andiamo, cazzo, che arriva gente!» sentì urlare, mentre le orecchie gli ronzavano. Poi riuscì a distinguere il rumore dei due ragazzi che si allontanavano di corsa.

Cercò di aprire gli occhi, lentamente. Vide passare poco lontano, all'imbocco del vicolo, la coppia di coniugi anziani che aveva incontrato in trattoria. Forse il suono dei loro passi aveva fatto scappare i due rapinatori, prima che potessero infierire ancora su di lui. Forse Luciano e Marta tornavano verso casa. Si tenevano a braccetto e chiacchieravano tra loro, sorridendosi a vicenda. A Michele sembrò che provenissero da un altro mondo, da una realtà diversa rispetto a quella che aveva appena vissuto. Non aveva il fiato per chiamarli e chiedere aiuto. E capì che, forse, anche se avesse avuto la forza per farlo, non avrebbe distolto i due dalla loro passeggiata, dai loro sorrisi, dalla loro realtà rassicurante. Come se con la sua sola presenza, disteso nel vicolo, col volto tumefatto dalle botte, avesse potuto sporcare per sempre la loro vita serena e pulita. Si sentiva di nuovo sbagliato, un errore da sottolineare in rosso, un refuso sulla pagina strappata di un racconto che aveva appena cominciato a scrivere e che, per un solo attimo, aveva sognato a lieto fine. Mentre i due anziani coniugi si allontanavano, allentò la presa delle mani sul petto e sentì il dolore della tensione che si scioglieva. Raccolse dal selciato il cellulare che gli aveva dato Elena. Aveva il vetro del display incrinato. Ma sembrava funzionare ancora. Cercò nella tasca posteriore dei jeans e sentì che, per sua fortuna, almeno il portafogli con i documenti era ancora al suo posto. Poi, finalmente, concesse ai suoi sensi di abbandonarlo.

«Non risponde.»

Elena lasciò squillare ancora il cellulare, preoccupata.

«Si vede che ha da fare. Oppure non ti vuole parlare.»

Elena sospirò e guardò Milù che rimaneva in piedi, accanto al tavolo della cucina. Il cerchio della luna risplendeva alle sue spalle, attraverso la finestra, e faceva risaltare il nero assoluto dei suoi capelli.

«E se gli è successo qualcosa?» disse Elena, continuando a far squillare il cellulare di Michele.

«Certo che sei proprio di coccio, eh? Che ti ha detto? Ti ha detto che ti chiamava lui? E allora perché non aspetti che ti chiami?»

«Perché sono preoccupata, ecco perché...» rispose Elena. E intanto interruppe la chiamata.

«Non lo so... cioè, è come... come un sesto senso. Ecco. C'è qualcosa che non va, lo sento», confessò, guardando con la coda dell'occhio sua madre e suo padre che si muovevano, furtivi, verso il frigorifero. Li vide mentre lo aprivano lentamente, cercando di non far rumore.

«Sesto senso», ripeté Milù, in tono ironico. «Mo' pure il sesto senso... E dillo che stai cercando una scusa per chiamarlo.»

Elena non rispose. Forse Milù aveva ragione, forse si era lasciata suggestionare solo per avere un buon motivo per chiamare Michele. Eppure, per un attimo, il respiro le si era bloccato davvero, proprio al centro del petto. E in quell'attimo aveva sentito un richiamo lontano, che aveva il sapore acre della paura.

I suoi genitori, intanto, tirarono fuori dal frigo una torta al cioccolato e la poggiarono sul tavolo. Sicuri di non essere notati, presero una scatolina che conteneva candeline da compleanno e iniziarono a infilarle nella torta.

Elena sorrise, intenerita.

«Buon compleanno, sorellina», disse a bassa voce.

«Buon compleanno anche a te...» rispose Milù, in un sussurro.

Quando le venticinque candeline furono accese, i due genitori si guardarono in silenzio. Lui fece una carezza leggera sul volto della moglie, che poggiò la fronte sulla sua spalla.

«Allora, festeggiamo o non festeggiamo?» disse infine il papà.

Prima di rispondere, Elena gettò uno sguardo frettoloso al suo cellulare, per accertarsi che nel frattempo non le fosse sfuggita una chiamata o un messaggio da parte di Michele. Evitò lo sguardo ironico di Milù, che scosse la testa e sorrise, rassegnata.

Poi, insieme, raggiunsero il tavolo e soffiarono sulle candeline.

Il silenzio assoluto che lo avvolgeva fu interrotto da un ansimare affrettato e dal soffio tiepido di un alito sul naso. Poi il contatto del viso con qualcosa di umido e freddo. Michele dischiuse gli occhi e vide il muso di un piccolo cane randagio che lo annusava, incuriosito. Si ritrasse di scatto con un urlo strozzato e il cane fuggì via, uggiolando spaventato. Lui si accorse di avere ancora il cellulare tra le mani. Lo infilò, a fatica, nella tasca interna del giubbotto. Lentamente sollevò il capo, poi fece leva sulle braccia e si alzò a sedere sul selciato. Il dolore dei colpi subiti, che era stato fino a quel momento anestetizzato dalla perdita dei sensi, riaffiorò all'improvviso. Sentì il sapore metallico del sangue nella bocca, si tastò le labbra ferite, gonfie. Poi, vincendo il dolore, piano piano si rimise in piedi. Respirò profondamente e sentì i muscoli del torace lacerarsi nel tornare a distendersi, spinti in avanti dalla cassa toracica che si espandeva per accogliere l'aria. Poi si chinò a raccogliere lo zaino, ai suoi piedi. Barcollò nel rialzarsi, si appoggiò al muro e tossì a lungo, sputando piccoli grumi di sangue. Si guardò intorno e tutto ciò che vide aveva le sembianze della solitudine e della sconfitta. Si incamminò lungo il vicolo fino a guadagnare di nuovo la strada. Si accorse che lo stupore copriva ancora qualunque altra sensazione: paura, dolore, rabbia, umiliazione. Passo dopo passo, gli sembrava di rivedere la scena del suo pestaggio come se fosse accaduta a un estraneo: i volti dei suoi assalitori gli apparivano come visioni lontane, tratte da immagini di un film che riaffiorava nella sua memoria. Solo il dolore e il sapore del sangue lo ancoravano alla realtà, oltre alla stanchezza che si trascinava dietro mentre procedeva verso una meta che non riusciva a stabilire. Qualcosa, dentro di lui, si era sgretolato come un castello di sabbia sulla riva del mare: la sensazione di riuscire a tenere in pugno la vita dopo averla temuta e allontanata per anni. Si era fidato di due sconosciuti e così aveva dato ragione a suo padre che invitava alla diffidenza, sempre e comunque, nei confronti di chiunque. Sentì il bisogno di stendersi e di dormire, per cancellare tutto. Trascinò i passi lungo la strada, sfiorando le vetrine dei negozi ormai chiusi.

Ferrosino sembrava improvvisamente deserta; solo dai ristoranti e dai locali disseminati lungo il suo cammino provenivano lampi di luce e i mormorii degli avventori che consumavano la cena. Riconobbe quei ristoranti e quei locali l'uno dopo l'altro, passandovi accanto: li aveva visitati tutti, durante l'arco della giornata.

Poco dopo, come un miraggio, vide l'insegna di una pensione che si stagliava sulla facciata di un vecchio edificio a tre piani. Immaginò un riparo dal freddo e un letto morbido, quattro pareti che lo proteggessero dalla notte e dalla paura di smarrirsi per sempre.

Attraversò la strada deserta, raggiunse l'entrata della pensione, aprì la porta di vetro e, nello stesso istante, il tintinnio di un campanello annunciò il suo ingresso. Si guardò intorno: l'atrio era angusto e spoglio; sulla sua destra, due divani di velluto verde si fronteggiavano dinanzi a un tavolino basso, di ferro battuto, ingombro di vecchie riviste. Sulla sinistra, un bancone in legno chiaro dietro il quale apparve il proprietario della pensione, pallido e allampanato, la schiena ricurva e lo sguardo basso, come se temesse il passaggio improvviso di un aereo sopra la sua testa.

L'uomo biascicò un saluto formale ancor prima di inquadrare Michele nel suo campo visivo. Poi, finalmente, sollevò lo sguardo e lo fissò, vide la guancia destra tumefatta, il labbro inferiore spaccato, i jeans e il giubbotto impolverati e la sua espressione si fece preoccupata, quasi guardinga.

Michele si avvicinò al bancone e chiese una stanza per una notte, coprendosi le labbra doloranti con una mano. L'uomo notò, così, anche le dita incerottate e ferite. Cercò di prendere tempo, fece scorrere lo sguardo sul registro dei clienti, ciondolando il capo come a far capire che trovare una stanza libera sarebbe stata un'impresa quasi impossibile.

«Qualunque stanza va bene... per favore», sussurrò Michele, esausto.

Il proprietario sembrò apprezzare il tono di voce di Michele e quel «per favore» che era stato pronunciato con tono sincero e dimesso.

«Una stanza ci sarebbe...» ammise alla fine. Poi gli chiese i documenti e il pagamento anticipato per quella notte. Michele gli porse la sua vecchia carta d'identità e l'uomo la esaminò con circospezione.

«Questa carta è scaduta», disse, osservandolo con aria sempre più sospettosa.

Michele trasalì: non aveva pensato a rinnovarla. Chiuse gli occhi, sospirando, poi annuì, sconfitto.

«Non ha un altro documento?» chiese l'uomo, e sembrò una domanda retorica, posta più per metterlo in difficoltà che per aiutarlo.

Michele scosse la testa, spiegò brevemente di essere stato derubato e porse al proprietario la carta di credito, facendogli notare che il nome e il cognome impressi sul rettangolino di plastica coincidevano con il nome e il cognome riportati sulla carta d'identità. E in quel momento ebbe la sensazione di voler dimostrare soprattutto a sé stesso di esistere davvero.

L'uomo studiò la carta di credito, poi si rivolse a Michele con tono conciliante.

«Facciamo così... io la registro comunque con i suoi dati,

però le faccio il prezzo di una matrimoniale anche se la camera è singola.»

Michele annuì, sollevato. E ringraziò come se gli avessero appena proposto uno sconto eccezionale. L'uomo procedette al pagamento, digitò l'importo e fece scorrere la carta di credito nel POS. Michele trattenne il fiato. Quando il pagamento risultò valido, riprese a respirare. Poi ricevette la chiave della sua camera: la 304.

Le quattro pareti di metallo dell'ascensore gli provocarono un senso immediato di spaesamento. Spinse il pulsante del terzo piano e iniziò a salire, come risucchiato dall'alto. Chiuse gli occhi, trafitto da un senso di vuoto. E mentre saliva, scivolò giù col pensiero verso il passato. Ricordò che da bambino chiudeva gli occhi sperando che il buio delle palpebre serrate lo rendesse invisibile al mondo. Avrebbe pagato qualunque prezzo, ora, per essere davvero invisibile, per annullarsi e dissolversi nell'oblio, come un fatto mai avvenuto.

L'ascensore si fermò con un sussulto. Poco dopo Michele, attraversato uno stretto corridoio, passò in rassegna i numeri delle camere e individuò la 304. Aprì, si chiuse la porta alle spalle e si ritrovò solo nella camera della pensione. Si guardò intorno e avvertì una sensazione di familiarità che, lentamente, riuscì a mettere a fuoco. Capì che le stanze d'albergo hanno qualcosa in comune con i vagoni dei treni: sono parentesi della vita concesse in prestito, luoghi di transito per identità diverse e sconosciute che si danno il cambio tra una partenza e un ritorno, giorno per giorno, in attesa di un risveglio o di un arrivo. Appartengono a tutti e a nessuno, come il caso. O il destino.

Appoggiò lo zaino sul letto e assaporò il sollievo che gli davano le quattro pareti intorno e il soffitto sopra la testa. Sentì la nostalgia di casa, di quel silenzio che durava tutto il giorno, dopo la partenza del treno, rotto appena dal fruscio del vento o dal cinguettio degli uccelli. Quel silenzio che apparteneva anche ai suoi oggetti smarriti, disposti in fila intorno alla sua vita come una palizzata che lo proteggeva da ogni male. Ora gli mancavano, quegli oggetti, ancora di più, con le loro ombre che cambiavano forma mentre il sole e la luna si spostavano nel cielo, i loro respiri che solo lui riusciva a cogliere e ad assaporare, la loro presenza rassicurante.

Trovò la porta del bagno e andò a lavarsi il viso. Quando si specchiò, stentò a riconoscersi: il volto gonfio e violaceo, le labbra solcate dal rosso rugginoso del sangue rappreso, le pupille dilatate dallo spavento che tardava ad abbandonarlo. Si spogliò in fretta e si infilò sotto la doccia, senza attendere che lo scroscio dell'acqua si intiepidisse. Il contatto col getto freddo gli provocò un dolore rinnovato per la tensione improvvisa dei muscoli. Poi, l'acqua diventò tiepida come una carezza. La lasciò scivolare a lungo sulla pelle e la assaporò tra le labbra. Lavò i capelli, il corpo e le ferite, poi si immerse nel freddo del passaggio dalla doccia agli asciugamani. Si avvolse nel tessuto di spugna e il sollievo accorse in suo soccorso come una tregua.

Uscì dal bagno e si avvicinò al letto. Aprì lo zaino per scegliere una maglietta da indossare durante la notte. E mentre frugava all'interno con una mano, tastando le stoffe e i capelli di Milù, sentì uno strano tepore. Era lo stesso tepore che gli dava sicurezza all'interno della sua casa. Tirò fuori il diario, la fotografia di sua madre, poi la bambola, i jeans di ricambio, le magliette, il maglione e la felpa che Elena aveva scelto per lui. Si avvicinò alla piccola scrivania e vi posò sopra, con cura, la bambola, il diario e la fotografia. Piazzò le due sedie accanto all'appendiabiti e adagiò gli indumenti sugli schienali, tentando di dar loro la stessa successione in cui erano disposti nel salotto di casa. L'uno dopo l'altro, con amore, lentamente. Poi appoggiò lo stesso zaino sul comodino, e la stanza d'albergo, all'improvviso, assunse un aspetto familiare. Si guardò intorno e accennò un sorriso: era di nuovo circondato e protetto dai suoi oggetti smarriti. Perfino l'aria gli sembrò più respirabile, quindi serrò meglio l'asciugamani intorno alla vita e si avvicinò alla finestra per chiudere le tende.

Nello stesso istante in cui guardò attraverso i vetri, si ritrasse con uno scatto istintivo e fu assalito da un senso di stupore e paura che non riuscì a decifrare.

Esitò.

Poi si riaccostò alla finestra, con cautela, e guardò di nuovo, attraverso i vetri, la strada sotto i suoi occhi.

Lo stupore e la paura si trasformarono in un senso di vertigine e, finalmente, Michele capì: la finestra si trovava al terzo piano dell'edificio e tutta la sua vita si era svolta, fino a quel momento, in un perenne pianterreno. Scuola, casa, stazione e i due scalini che saltava abitualmente per salire sul treno rappresentavano l'altezza massima del suo volo.

Era la prima volta che poteva osservare il mondo dall'alto. E si sentiva sul ciglio di un abisso.

Chiuse gli occhi, respirò a fondo e li riaprì, più volte, fin quando il senso di vertigine cominciò ad affievolirsi e il contatto dei piedi scalzi con il pavimento gli diede sicurezza. Allargò le braccia come se fossero ali e si stupì di trovarsi in perfetto equilibrio. Non poteva cadere, non poteva succedergli nulla tra quelle pareti tinteggiate da poco, tra gli oggetti e gli indumenti che gli tenevano compagnia. Si accostò di nuovo alla finestra, guardò la luna che splendeva alta nel cielo. Poi abbassò lentamente lo sguardo e discese lungo le pareti buie dei monti che si stagliavano lontani.

Guardò le luci alle finestre degli ultimi piani delle case vicine, poi ancora giù, lentamente, fino ai portoni e ai negozi. Sentì il respiro rallentare, insieme al battito del cuore.

Poi si impadronì di quell'abisso.

Rimase a lungo in silenzio a osservare la strada attraverso i vetri, attese il passaggio delle automobili e dei pochi passanti e assaporò l'ebbrezza di osservarli dall'alto.

Quando la notte svuotò definitivamente le strade, sorprese Michele a osservare ancora il mondo, ormai immobile, dalla finestra.

Come un bambino incantato.

10.

La luce del mattino scivolò nella stanza senza preavviso e lo colse di sorpresa mentre era immerso nel sonno. Aprì gli occhi e si guardò intorno. Mise a fuoco le venature grigie che innervavano le pareti giallognole della camera e assaporò il primo risveglio lontano da casa. Poi si alzò dal letto, salutò in silenzio gli oggetti e gli abiti che avevano vegliato sul suo sonno, vide il volto gommoso di Milù e prese la bambola tra le mani. La guardò con una punta di malinconia. La sera prima, mentre osservava il mondo dal terzo piano, il pensiero lo aveva ricondotto a Elena. E allora aveva capito che i due assalitori, in realtà, non gli avevano rubato solo i soldi, ma soprattutto quel senso di fiducia nella vita che, a poco a poco, si stava insinuando nel suo cuore. La voglia di telefonare a Elena che aveva provato mentre ascoltava la musica nel bar, infatti, era stata di nuovo risucchiata nel buio delle sue paure di sempre. La speranza e la fiducia avevano ceduto il posto, ancora una volta, all'esigenza di proteggersi e diffidare delle illusioni. A quel punto, anche guardare il mondo dall'alto aveva perso di significato. Raggiunto il letto, aveva spento la luce e si era disteso sotto le coperte, attendendo il sonno. Si era addormentato di colpo e ora, sotto la luce del sole che si indovinava dietro il sipario delle tende, sentiva crescere dentro di sé una strana energia che aveva il sapore amaro della rabbia. Cos'era accaduto durante la notte? Cos'era cambiato dentro di lui?

Si accostò alla finestra, la spalancò per guardare di nuovo la strada che cominciava a rianimarsi. Le prime automobili la percorrevano, veloci, e i passanti frettolosi, visti dall'alto, non sembravano più così distanti come la sera precedente.

A forza di guardare la strada dalla nuova prospettiva, ci aveva fatto l'abitudine. E questo fatto, in un primo momento lo deluse. Ma poi gli diede una forma nuova di coraggio, perché intuì che si ha paura delle cose solo fin quando non le si osserva per conoscerle e capirle. E allora, forse, a forza di osservare e capire la vita, anche lui ne avrebbe avuto meno paura. Il clacson di un camion lo distolse dai suoi pensieri. Respirò l'aria fresca, che lo avvolse spinta da un vento leggero e freddo. Tossì e una fitta di dolore gli attraversò il torace, in corrispondenza dei pugni e dei calci ricevuti. Infilò di nuovo la bambola e tutto il resto nello zaino, dopo avere scelto una maglietta pulita da indossare, poi andò in bagno, e mentre l'acqua scorreva nel lavandino sollevò lo sguardo verso lo specchio. Il gonfiore del viso era quasi sparito, ma restavano, sullo zigomo destro e sul torace, i lividi violacei delle percosse. Anche le labbra si erano un po' sgonfiate: la ferita si era già chiusa, e aveva assunto le sembianze di una riga dritta e nerastra che attraversava in senso verticale la bocca, come un sottile tatuaggio. A parte le ferite, qualcosa era cambiato anche nel suo viso. I lineamenti gli sembrarono induriti, lo sguardo aveva perso la solita limpidezza, come se si fosse incupito. Provò la sensazione sgradevole di vedersi adulto. Era come se le ultime ventiquattr'ore avessero cancellato dalla sua espressione i segni del bambino abbandonato. Capì che aveva cristallizzato la sua crescita rimanendo a casa, rinchiuso nella stazione, obbligandosi al rito metodico della rinuncia all'imprevisto, e gli sembrò di non aver sentito lo scorrere del tempo fino al momento della sua partenza. In tutti quegli anni, pensò, tra il bambino di sette anni e l'uomo di trenta, era cambiato soltanto l'aspetto esteriore, ma la sua anima era rimasta intatta, come un oggetto smarrito messo al riparo dalle intemperie. Ora, invece, stava recuperando il tempo perduto e, in quello sguardo che vedeva riflesso nello specchio, aveva paura di non riconoscersi più.

Si lavò i denti e sentì ancora un po' di dolore. Poi si insaponò il viso e iniziò a radersi con delicatezza.

Subito dopo le otto lasciò la camera, deciso comunque a

proseguire il viaggio perché, a quel punto, tornare a casa sarebbe stato inutile e, probabilmente, anche dannoso per la sua tranquillità. Sentiva che il ricordo di una resa anticipata, a quel punto, l'avrebbe tormentato per il resto dei suoi giorni. E anche questa era una considerazione estranea al suo solito modo di pensare e di sentire la vita.

Nell'ascensore deviò lo sguardo dallo specchio e provò di nuovo nostalgia di casa. In fondo, non voleva cambiare. Non voleva dare spazio a quei nuovi pensieri, ma soprattutto a quello sguardo cupo e adulto che continuava ad abitare nei suoi occhi e che non prometteva nulla di buono.

Quando passò davanti alla reception, il proprietario della pensione lo salutò con un cenno della mano. Michele ne approfittò per mostrargli la foto di sua madre e per chiedergli se l'avesse mai vista. L'uomo sembrò chinarsi ancora più del solito, mentre osservava l'immagine. Poi scosse la testa e lo guardò con aria interrogativa. Michele preferì non dare spiegazioni, mise la fotografia sottobraccio e uscì all'aria aperta.

Alle 9.00 in punto era già sulla banchina della stazione, ad attendere il treno, il suo treno, che l'avrebbe condotto a Piana Aquilana, ultima tappa del suo viaggio. Dopo aver preso un caffè al bar, aveva impiegato il poco tempo che gli rimaneva a interrogare, invano, altre persone incrociate per strada. Ormai gli sembrava evidente che sua madre non si trovava a Ferrosino. La tappa successiva costituiva quindi la sua ultima speranza di ritrovarla, prima di ritornare a casa e recuperare, finalmente, quella tranquilla rassegnazione che l'aveva aiutato a sopravvivere senza scossoni e sofferenze.

Alle 9.20 l'interregionale che proveniva da Prosseto si presentò al binario della stazione di Ferrosino. Michele attese che i passeggeri scendessero dai vagoni, aiutò una signora anziana a salire a bordo, poi entrò a sua volta e respirò di nuovo quell'odore familiare, come un ritorno a casa. Il treno non era cambiato, ma le cromature erano meno lucide del solito, segno che il suo sostituto aveva lavorato senza voglia, in fretta e con poco scrupolo. Non riuscì a resistere alla tentazione di strofinare col polsino del giubbotto la maniglia di un bagno e questo lo confortò, perché in quel gesto ritrovava il Michele di sempre, poi passò un dito sul bordo di un finestrino per controllare se la polvere fosse stata tolta come lui era solito fare, e fece una smorfia di disappunto nel ritrovarsi il polpastrello annerito e sporco. Guardò i passeggeri seduti e si sentì arrossire di vergogna, come se fossero tutti ospiti arrivati all'improvviso mentre la sua casa era in disordine. Pensò che, quando avrebbe ripreso servizio, gli sarebbe toccato sfacchinare per una notte intera per sistemare tutto come si doveva; poi cercò un posto a sedere.

Percorse il primo vagone che era completamente occupato e poi entrò nel secondo. Anche lì i posti erano occupati, quindi proseguì verso il terzo vagone dove, d'un tratto, si scontrò con il sorriso di Elena che lo attendeva, in piedi, accanto al posto 24. L'aveva già scorto attraverso il finestrino e ora era pronta ad accoglierlo, emozionata e felice. Michele si fermò, sorpreso. Elena gli fece un cenno di saluto con una mano, poi vide il suo volto tumefatto e smise di sorridere. Gli andò incontro, tesa.

«Michele, ma... che ti è successo?» gli chiese, preoccupata.

«Ma... tu cosa ci fai qui?» replicò lui, eludendo la domanda.

«Ero preoccupata. Insomma, non mi hai telefonato, ma non è per quello. Tra l'altro ieri era anche il mio compleanno ma tu non potevi saperlo...»

«Oh, auguri...» disse lui, impacciato.

«Grazie. Venticinque anni. Comunque è che ieri sera ho avuto una strana sensazione. Come un sesto senso. Cioè, difficile da spiegare. Allora ti ho chiamato, ma tu non rispondevi e quindi... Ma mi dici che ti è successo? Guarda come sei ridotto...»

Michele provò un senso di disagio: si vergognava di raccontare il furto e il pestaggio, di dichiarare la sua ingenuità e il senso di inadeguatezza che aveva provato in seguito. E in più temeva che anche Elena leggesse nei suoi occhi ciò che lui stesso aveva visto nello specchio.

«Niente... sono caduto», rispose, sbrigativo.

«Eh? Ma quelli mica sono i segni di una caduta... sono botte», replicò Elena, sincera.

Michele le fece cenno di attendere. Trovarono due posti liberi e si misero a sedere.

«Allora?» incalzò Elena, preoccupata.

«Allora niente, ti ho detto che sono caduto.»

Elena sospirò, irritata dall'ostinazione di Michele. «Come vuoi...» disse, con tono risentito.

Il treno, intanto, aveva già lasciato la stazione di Ferrosino e ora procedeva costeggiando l'altopiano. Ai lati dei binari si profilavano già le ultime viole che sfidavano l'arrivo dell'inverno: rabbrividivano al vento e conducevano lo sguardo verso i faggi e i primi aceri montani.

«Almeno potrei sapere perché non rispondevi al cellulare?»

Michele le mostrò il cellulare con il display spaccato. «Mi dispiace... te l'ho rotto», disse.

«Non fa niente. Il vetro del display si può riparare. Per il resto funziona?»

«Credo di sì... ho controllato», rispose Michele e glielo porse. Elena armeggiò velocemente con i tasti, poi glielo restituì con un senso di amarezza: per un attimo aveva sperato che Michele non le avesse telefonato perché il cellulare era guasto.

«Milù non ti ha portato fortuna...» disse, cercando un modo di sorridere per mascherare il suo dolore.

«Non è colpa della bambola», rispose Michele. «Anzi, ringrazia tua sorella da parte mia. È stata gentile a lasciarmela.»

Elena annuì, silenziosa, poi voltò lo sguardo verso il finestrino e si adombrò, come se avesse scorto i segni di un temporale in arrivo.

«Ma non sei andata al lavoro?» le domandò lui.

«Ho chiesto un giorno libero. Poi riprendo il treno nel pomeriggio e torno a casa.»

«Non dovevi...» disse lui in un sussurro. E provò un senso di gratitudine e piacere che cercò invano di allontanare. Elena colse quel sentimento nello sguardo di Michele e sentì il cuore che ricominciava a battere per lui. Fissò i segni delle percosse ancora ben visibili sul suo volto. Non sapeva cosa fosse successo davvero, la sera precedente, ma sentì che aveva il dovere di proteggerlo e, d'istinto, tirò fuori il cellulare.

«Sì, ma ora telefono al bar e dico che non ci vado neanche domani», disse d'un fiato.

Michele la guardò, sorpreso, mentre lei digitava il numero. «No», disse, deciso.

Elena lo guardò, perplessa. «Non ti preoccupare, posso farlo, sai? Ho ancora qualche giorno di ferie e mi possono sostituire.»

«Elena, ho detto di no. Voglio che riparti nel pomeriggio come avevi deciso.»

«Ma guarda che mi fa piacere, io...»

«Io sto bene da solo, lo capisci o no? Come te lo devo dire?» la interruppe con un tono deciso, duro, che non credeva di possedere e che sorprese anche lui. Collegò quel tono di voce al suo sguardo cambiato, a quella durezza dei lineamenti che aveva visto nello specchio. In che cosa si stava trasformando? Da dove veniva quel senso di fastidio e di ribellione che sentiva crescere dentro di sé? Gli tornò in mente il *Dottor Jekyll e Mr. Hyde* che aveva visto alla televisione qualche anno prima, la trasformazione di Spencer Tracy in bianco e nero. Ne era rimasto talmente colpito da restare sveglio fino all'alba. Guardò Elena e provò un improvviso senso di protezione nei suoi confronti. Come se volesse allontanarla dal mister Hyde che forse stava covando dentro di lui.

«Devi starmi lontano. È meglio per te», disse con voce spezzata. Poi evitò di guardarla, si alzò lentamente, prese la foto di sua madre dallo zaino e cominciò il suo pellegrinaggio.

Elena era rimasta immobile, seduta al suo posto, lo sguardo fisso verso un punto indefinito. Le mani le tremavano e gli occhi iniziarono a riempirsi di lacrime. Fuori, il paesaggio aveva assunto sembianze montane. I picchi innevati apparivano sempre più vicini e qua e là, tra le conifere, si intravedevano i primi abeti bianchi e i tappeti di erica che ricoprivano gli altopiani. E mentre il treno arrancava in salita, Elena cercò di rifugiarsi tra i suoi ricordi per uscire dal buio nel quale si sentiva precipitata. Richiamò alla mente la passeggiata nei boschi con Milù, il volo del passero, l'urlo di gioia e la promessa di conservare quella gioia a qualunque costo. Pensò al coraggio che riusciva a infonderle Milù nei momenti difficili e assaporò la profonda nostalgia di un suo abbraccio. La sua mano andò verso lo zaino di Michele, trovò la bambola e la strinse al petto: profumava di Michele, come se avesse ormai cambiato proprietario.

Poi lo vide mentre si avvicinava a un gruppo di tre ragazze che avevano tra i diciotto e i vent'anni e sul viso quell'aria strafottente di chi crede di aver già visto e vissuto tutto della vita.

La bruna del gruppo aveva i capelli lunghi e la tempia destra rasata, indossava una gonna gialla cortissima che metteva in risalto le gambe lunghe e inguainate in calze nere.

Quando Michele le mostrò la fotografia, la guardò con aria divertita, poi scambiò un'occhiata complice con le altre due.

«E come mai stai cercando questa donna?» chiese. E intanto gli fece spazio, stringendosi accanto alla ragazza castana al suo fianco e facendo segno a Michele di sedersi.

Michele esitò, poi si sedette. Le tre ragazze sembrarono inghiottirlo in un cerchio di seduzione sfacciata.

Mentre lui raccontava, loro lo fissavano con ammirazione quasi ostentata. Elena sentì montare un sentimento di gelosia e, allo stesso tempo, un senso di distacco da Michele. Lo vide ridere, stare al gioco come un idiota qualunque, così diverso dal giovane timido e impacciato che l'aveva conquistata. Nella bocca della ragazza bruna luccicava un piercing piantato al centro della lingua, una piccola sfera argentata che, a un certo punto gli mostrò con ostentazione.

«Ti piace il mio piercing?» chiese a Michele, mentre le altre due ridevano, divertite.

Michele guardò il piercing, sorpreso.

«Sai a cosa serve?» chiese la bruna, con tono da gattamorta.

Le altre scoppiarono in una risata fragorosa e Michele arrossì leggermente. Ma, al tempo stesso, si sentì lusingato. Si rese conto, all'improvviso, di piacere a quelle ragazze. Provò la sensazione di poter scegliere una delle tre in qualunque momento ed entrò in un vortice di euforia, senza rendersene conto. Lasciò scivolare nell'oblio prima il bambino, poi il ragazzo timido e impacciato, come se la trasformazione in mister Hyde fosse un passaggio obbligato da assecondare per capire cosa albergava davvero dentro lui. Si sentì attratto dalla possibilità di sfiorare ciò che aveva sempre vissuto come un rischio, provare l'ebbrezza di passare dall'altra parte della barricata, in quel mondo che aveva solo annusato attraverso il computer o la televisione. Ora voleva farne parte, almeno per un po', forse per darsi coraggio e sentirsi più forte. Così, si pavoneggiò senza ritegno, come un lupo dominante in mezzo al suo branco, e si stupì di trovarsi perfettamente a proprio agio, come se non avesse fatto altro nella vita.

Le mani delle ragazze sfiorarono il volto di Michele mentre gli domandavano come si fosse fatto male. Elena riuscì a catturare qualche frase, lo sentì vantarsi di una rissa notturna, fuori da un locale. E si sentì tradita, umiliata, allontanata.

Quando Michele decise di alzarsi e riprendere il suo giro di domande, la distanza che lo separava da Elena era diventata abissale. Lui, d'un tratto, la guardò con la coda dell'occhio, mentre un signore elegante e assonnato gli diceva di non aver mai visto la donna della foto, e fu come ricordarsi all'improvviso della sua presenza.

L'aveva dimenticata, seduta al suo posto. Si era trasformato in mostro ed era fuggito nella selva buia in cerca delle sue prede. Provò una stretta al cuore, un pentimento improvviso.

Terminò il giro, poi tornò da lei e la trovò in silenzio. Le sedette accanto e respirò il profumo della sua pelle.

«Niente da fare», sussurrò imbarazzato. «Nessuno l'ha vista...»

«Vedrai che riuscirai a trovarla, ne sono sicura», rispose Elena, la voce incrinata dal dolore.

Rimasero in silenzio durante l'intero viaggio. E Michele pensò che era meglio così, che Elena meritava qualcosa di diverso da lui, da ciò che era, che era stato e soprattutto da tutto ciò che sarebbe diventato da quel momento in poi.

Il treno percorse chilometri di ferrovia con i binari incastonati all'interno di passaggi scavati nella roccia, divorò il buio di decine di gallerie fino a riconquistare la luce del giorno, sollevò schizzi della prima neve bianca e immacolata, gareggiò in corsa con cervi e caprioli che sfuggivano al sentore del lupo, contese l'aria pura delle vette montane alle aquile reali e ai falchi pecchiaioli e infine si adagiò sull'ultimo altopiano che l'avrebbe condotto a Piana Aquilana.

Più di una volta il controllore percorse i vagoni e, ogni volta, ammiccò nei confronti di Michele con una complicità muta e mascolina, come a volersi complimentare per la presenza di Elena che gli era seduta accanto. Poi, il treno cominciò a rallentare e il profilo della stazione di Piana Aquilana si stagliò davanti ai loro occhi. Era una costruzione degli anni Trenta, in stile razionalista, squadrata e abbellita dalla pietra forte; i tetti rossi e spioventi degli uffici spiccavano tra il verde degli abeti che la circondavano.

Michele ed Elena scesero dal treno e si avviarono, in silenzio, verso l'uscita. Avevano meno di due ore per stare insieme, prima che l'interregionale cominciasse il viaggio di ritorno.

«Se vuoi non ti accompagno. Aspetto qui fino alle due e poi riprendo il treno», mormorò Elena. Aveva smesso di parlare a raffica e sembrava svuotata. Michele stava per annuire, ma poi sentì una fitta al cuore. Era diviso tra il sentimento e la razionalità, tra la voglia di tenerla accanto a sé e la necessità di allontanarla.

«Mi fa piacere, se stiamo insieme fino alle due. Non è per te che voglio stare solo, cerca di capire...» sussurrò mentendo a lei e a sé stesso.

Lei annuì, lo sguardo basso. Uscirono sulla piazza della stazione. Il sole era alto nel cielo e, nonostante ciò, l'aria era particolarmente fredda. Michele indossò il giaccone pesante che aveva nello zaino ed Elena si coprì con una giacca a vento che aveva portato con sé.

Piana Aquilana era più di una semplice cittadina di montagna: con i suoi trentacinquemila abitanti appariva enorme ai loro occhi, abituati ai piccoli centri in cui abitavano. Si guardarono intorno, un po' spaesati: il traffico era intenso e contrastava con l'austerità medievale delle case in pietra antica che incorniciavano la piazza. Oltre il centro storico, millenario, si intravedevano le costruzioni di inizio Novecento che si susseguivano concentriche, come a proteggere le case più antiche. Seguiva un ulteriore anello di palazzi e costruzioni più recenti, che confinava, in direzione delle montagne, con una periferia industriale che appariva sterminata.

Michele, come un automa programmato, impugnò la fotografia di sua madre e cominciò a passare in rassegna tutti i negozi che si affacciavano sulla piazza. Elena lo seguiva, silenziosa, come uno scudiero in retroguardia. Lo vide approcciare le persone all'interno dei negozi, porre le sue domande mentre mostrava la fotografia, ringraziare dopo ogni risposta negativa e passare oltre, sicuro e diretto, senza ombra di timidezza, senza indecisioni. Forse era spinto dalla disperazione, pensò Elena, dalla voglia di portare a termine quella ricerca impossibile che si era imposto, per poi riprendere la sua vita, dalla quale lei si sentiva definitivamente esclusa.

Il tempo trascorse in fretta, il loro procedere lungo la piazza in senso orario, negozio dopo negozio, sembrava riprodurre lo scorrere della lancetta sul quadrante di un orologio. Si riposarono per pochi minuti all'interno di un bar, sorseggiarono due caffè ed evitarono di guardarsi negli occhi.

Quando uscirono dal bar, Elena vide un cane che si aggirava per la piazza con aria smarrita. Era un labrador nero, non ancora adulto anche se di stazza grossa e massiccia. Sembrava cercare qualcuno tra la folla dei passanti, guaiva, la coda tra le gambe, le orecchie tese all'indietro. Non aveva collare, ma era ben curato, il pelo lucido, spazzolato di recente. Elena si staccò da Michele e lo raggiunse.

«Ehi...» sussurrò al cane che la guardò con un'ombra di diffidenza e si fermò, guardingo.

Elena si chinò, gli tese una mano. «Non aver paura, vieni qua…»

Il labrador si acquattò sulle zampe anteriori, poi scodinzolò per qualche istante.

«Ti sei perso?»

Il cane mosse un passo verso Elena, annusò l'aria, poi si avvicinò ancora e si lasciò accarezzare. Elena lo strinse delicatamente tra le braccia, continuando ad accarezzarlo sulla testa. Poi sentì la presenza di Michele che l'aveva raggiunta.

«Si è perso», gli disse. E Michele vide i suoi occhi, pieni di amore e di preoccupazione, posarsi su una fontanella poco lontano.

«Deve bere», sussurrò lei, poi invitò il cane a seguirla.

Il labrador esitò poi le andò appresso fino alla fontanella. Elena pigiò il pulsante di metallo e fece scorrere l'acqua. Il cane lappò il getto fresco come se volesse divorarlo. Bevve a lungo, con avidità, poi guardò Elena con una strana, quasi umana gratitudine negli occhi neri e tondi.

«E ora che si fa? Non posso portarti con me…» gli disse lei con tono rammaricato.

Si voltò a guardare un negozio di articoli per animali, che aveva visitato insieme a Michele qualche minuto prima.

«Mi aspetti un attimo? Tienilo, per favore», chiese a Michele.

Lui annuì, perplesso. Poi si chinò a sua volta sul cane e cominciò ad accarezzarlo. Elena corse verso il negozio, vi entrò e, poco dopo, ne uscì con un collare e un guinzaglio, entrambi rossi. Mise il collare al cane, poi porse il guinzaglio a Michele.

«Tieni», disse, decisa.

«Ma… io non posso portarmi un cane appresso. Come faccio?»

«Solo fino a stasera. Lo porti con te. Magari ritrova il padrone, a forza di andare in giro…»

«E se non lo trovo?»

Elena sospirò, guardò Michele come a supplicarlo. «Se non lo trovi, lo affidi a qualcuno… magari a un vigile. Va bene? Ma almeno ci abbiamo provato.»

Michele fece un cenno di assenso. Si incamminarono con il cane al guinzaglio. Nel tempo che rimaneva, Michele entrò in una dozzina di negozi per proseguire la sua ricerca e, ogni volta, Elena lo attese fuori, con il suo nuovo amico a quattro zampe, coccolandolo e accarezzandolo.

Ormai mancavano pochi minuti alla partenza del treno e si avviarono verso la stazione.

«Non c'è bisogno che mi accompagni», disse lei, rassegnata, mentre il cane al guinzaglio li seguiva, docile.

Michele la guardò di sottecchi e sentì dentro di sé lo stesso dolore di Elena. Si accorse che era un dolore che non riusciva a sopportare e che avrebbe fatto qualunque cosa pur di risparmiarglielo. Ma non sapeva cosa fare, né cosa dire.

«Sono pochi metri», mormorò. «Non mi costa niente…»

E capì di aver scelto, tra un'infinita possibilità di frasi fatte, la peggiore in assoluto.

Arrivarono fino al treno in silenzio. Elena si chinò per accarezzare il cane, che ricambiò leccandola in pieno viso mentre scodinzolava. Michele ringraziò la presenza del labrador che, in quel momento, era un ottimo rifugio per entrambi, una scusa per non guardarsi negli occhi, per rimandare il momento dei saluti.

Il fischio del capostazione li strappò dallo stato ipnotico nel quale sembravano essere scivolati lentamente. Gli ultimi passeggeri si affrettarono a salire a bordo e Michele sentì uno struggimento improvviso, come se mister Hyde avesse di nuovo lasciato spazio al dottor Jekyll.

«Elena…»

Lei lo guardò, smarrita.

«Io… ieri, a un certo punto, ero in un bar, c'era la musica e… e insomma ti volevo chiamare per dirti una cosa.»

«Cosa mi volevi dire?» replicò lei, guardinga.

Il motore della locomotiva emise un sibilo metallico che annunciava l'imminente partenza del treno. Di nuovo quella paura di sbilanciarsi, lo strappo all'interno che lo divideva in due, la rassegnazione che prendeva il sopravvento sulla speranza...

«Non fa niente», balbettò Michele, «non è importante.»

Lo sguardo di Elena fu attraversato da un lampo di disperazione. «Non mi fare questo, Michele! Ho sopportato per tutto il viaggio il tuo silenzio, ho sopportato che facessi il buffone con quelle sgallettate sul treno, sto rispettando la tua decisione di stare da solo, non ti romperò mai più le scatole, ma non farmi questo. Non lasciare discorsi in sospeso con me, perché è una cosa che non sopporto. Dimmi cosa mi volevi dire!»

I suoi lineamenti erano diventati duri. Elena, col suo sguardo e il suo tono di voce, aveva espresso una rabbia profonda che Michele riusciva a comprendere benissimo. Ma in qualche modo gli sembrò anche di intuire che dietro quella reazione si nascondesse un dolore profondo e lontano. Una rabbia che Elena rivolgeva verso sé stessa.

Il capostazione fischiò di nuovo, invitando i passeggeri a salire. Lo sguardo di Elena diventò quasi un'implorazione muta. Michele capì che doveva assecondarla, che non avrebbe potuto lasciare il discorso in sospeso.

«Ti volevo dire... che... che ho capito che sono rosso», disse alla fine.

Lei sembrò addolcirsi per un attimo. «Michele... io l'avevo già capito, che sei rosso. Ma i colori cambiano, te l'ho già detto. E a quanto pare, il tuo colore di oggi non si intona con il mio», disse infine, in tono sincero e amareggiato. Poi salì sul treno, voltandogli le spalle.

«Perché? Di che colore sono, oggi?» domandò lui, come a rincorrerla con la voce.

Elena si voltò, sorrise, stanca. «Domanda sbagliata», sussurrò. «Avresti dovuto chiedermi di che colore sono io. Ma è chiaro che non ti interessa...»

Michele capì che Elena aveva ragione. Capì che si era preoccupato solo delle sue paure, che aveva seguito solo i suoi percorsi, senza pensare a cosa potesse provare Elena. Capì di non sapere nulla di lei. Nulla del suo dolore che si era rivelato all'improvviso, nulla del suo passato, dei suoi sogni, delle sue speranze, delle sue delusioni. Eppure negli ultimi giorni aveva sentito e temuto di amarla. E, nonostante tutto, forse sentiva e sperava e temeva ancora che l'avrebbe amata in futuro.

Cercò qualcosa da dire, mentre le porte dei vagoni si chiudevano come un sipario metallico sulla fine di un triste spettacolo.

Il treno si mosse lungo i binari.

Elena, al di là del vetro, lo guardò in silenzio mentre la locomotiva prendeva velocità e si addentrava nel ritorno.

Michele restò solo, sulla banchina, col cane al guinzaglio, mentre il pomeriggio avanzava e portava con sé il gelo delle montagne che, presto, avrebbero oscurato il sole.

Si strinse nel giaccone, poi si avviò verso l'uscita della stazione. Il labrador lo seguì docilmente, silenzioso e ignaro del futuro che lo attendeva, come il suo provvisorio padrone.

11.

Dicembre aveva già rinnegato l'autunno spalancando le porte a un inverno anticipato e il pomeriggio volò via, inseguito dal buio della sera e dal freddo pungente che, a poco a poco, svuotò le strade di Piana Aquilana. Fino allora, Michele aveva fermato almeno un centinaio di persone che aveva incrociato per strada, era entrato in decine e decine di negozi, supermercati, bar e locali di vario genere, mentre il labrador lo aspettava tranquillo in strada. Nessuno era stato in grado di dargli notizie di sua madre, e non aveva coperto che una piccola parte del centro della città. Si sentiva stanco, sfiduciato e di pessimo umore. Oltre a ciò, il dolore dei pugni e dei calci ricevuti la sera precedente gli ricordava la sua ingenuità, il modo in cui si era lasciato ingannare da due ragazzi più giovani di lui, ma abituati a una realtà che solo ora stava scoprendo e che, forse, lo stava trasformando in peggio. Si sentiva di nuovo inadeguato, in balia di quel mondo che aveva chiuso fuori dalla sua vita e che ora si era costretto ad affrontare.

Immerso nei suoi pensieri, si incamminò lungo il corso di Piana Aquilana, affollato e pieno di negozi. In soli due giorni, aveva parlato con molte più persone di quante ne aveva viste durante la sua vita. E quelle che riempivano la strada sembravano moltiplicarsi a vista d'occhio. Pensò che non sarebbe mai riuscito a fermarle tutte, neanche in tre giorni, e sentì il bisogno di sedersi e riprendere fiato. Vide una panchina libera davanti a un bar, la raggiunse ma, proprio mentre stava per sedersi, il cane diede uno strattone al guinzaglio e gli fece quasi perdere l'equilibrio. Il guinzaglio gli sfuggì di mano e il labrador, finalmente libero, iniziò a correre via, allontanandosi velocemente. Michele cercò invano di richiamarlo con urla e un paio di fischi acuti, da pecoraio. Poi lo inseguì, correndo a perdifiato tra la folla che si scansava a stento al suo passaggio. Sfrecciò per circa un centinaio di metri, cercando di non perdere di vista il cane che correva a sua volta, come impazzito, procedendo a zig-zag tra le gambe dei passanti che, invece, Michele doveva evitare con deviazioni e spostamenti continui del busto e delle gambe. Non sapeva per quale motivo lo rincorresse; in fondo avrebbe potuto lasciarlo libero e riposarsi. Ma, in qualche modo, gli sembrava di tradire la promessa fatta a Elena e il recupero del labrador, scatto dopo scatto, cominciò a rappresentare, forse inconsciamente, un modo per farsi perdonare, un piccolo risarcimento da offrirle per il comportamento che aveva tenuto durante le poche ore trascorse insieme. Evitò una coppia di turisti giapponesi, accelerò di nuovo... e proprio mentre sentiva di riuscire a raggiungerlo, il cane frenò per poi lanciarsi addosso a una ragazza seduta sul muretto di un'aiuola.

Michele soffocò a stento un urlo, temendo il peggio. Ma poi vide il labrador leccare il viso della ragazza e scodinzolare.

«Figaro!» urlò lei, felice, e lo abbracciò con trasporto.

Michele si avvicinò, affannato, mentre la ragazza continuava ad accarezzare Figaro e a lasciarsi leccare il viso. Era bionda, indossava occhiali da sole che le nascondevano gli occhi, aveva il naso aquilino e pronunciato che divideva in due un viso rotondo ma ben proporzionato, rendendola a suo modo attraente. La corporatura era robusta ma atletica, le mani lunghe e nodose.

«Ma dove cazzo eri finito, Figaro...» sussurrò al cane, quasi commossa. «E 'sto guinzaglio?» chiese, afferrandolo tra le mani, sorpresa.

«Gliel'ho messo io, anzi una mia amica...» disse Michele. «L'abbiamo trovato che sembrava sperduto e...»

La ragazza si voltò verso Michele e gli sorrise. «Grazie... non lo so come ho fatto a perderlo, gli ho levato un attimo il collare e in quel momento dev'essere passato un altro cane, perché è scappato come un fulmine e... Non è ancora addestrato bene, 'sto malandrino... ce l'ho da poco», aggiunse, come a giustificarsi.

Michele annuì, cercando di regolarizzare il respiro.

«Non so come ringraziarti...» aggiunse la ragazza.

«Non c'è bisogno», rispose Michele. Poi ci ripensò. «Però, già che ci siamo, posso chiederti una cortesia?»

«Certo...» rispose la ragazza, perplessa.

Michele tirò fuori la fotografia dallo zaino, gliela porse, e stava per chiederle se avesse mai visto sua madre quando si accorse che la ragazza tastava con una mano sul muretto, in cerca di una pettorina da manico rigido che le era accanto.

Capì in un attimo che era cieca.

«Aspetta, ti aiuto...» sussurrò. Quindi afferrò la pettorina e gliela porse. Lei annaspò per un attimo con le mani nell'aria, poi la afferrò.

«Grazie...» gli disse. E cominciò a togliere il collare a Figaro per sostituirlo con la pettorina da cane-guida.

«Allora, che cosa mi volevi chiedere?» gli domandò.

«No, niente d'importante...» farfugliò Michele, in imbarazzo.

«Guarda che anche se non ci vedo ti posso aiutare lo stesso, eh?» incalzò lei, senza neanche un'ombra d'imbarazzo nella voce. «A proposito, mi chiamo Serena.»

«Michele...» sussurrò lui, senza sapere se poteva porgerle la mano. Poi tirò un sospiro di sollievo quando fu lei a farlo.

«Volevo farti vedere una foto per sapere se conoscevi una persona...» ammise lui, un po' imbarazzato.

«Be', in questo proprio non ti posso proprio aiutare. Ma siediti un po' vicino a me, sempre se ti va, eh?» propose Serena, sorridendo.

Michele esitò, poi si sedette accanto a lei e l'aiutò a infilare la pettorina a Figaro.

«Non sei di Piana Aquilana, vero? Non mi sembra di averti mai visto...» gli chiese la ragazza.

Michele tacque, perplesso, e lei scoppiò a ridere.

«Me l'immagino la faccia che hai fatto... è chiaro che non

t'ho mai visto», aggiunse. «Però è anche vero che non ci siamo mai incontrati, no?»

«Ehm... sì», rispose lui.

«Se no ti avrei riconosciuto», affermò lei con sicurezza.

«E come avresti fatto?»

«Se sento una voce, anche solo una volta, mi rimane in mente... proprio come se la vedessi. La stessa cosa per gli odori. Tu hai un buon odore, lo sai? Rimane impresso... e si sente, anche se hai usato un bagnoschiuma di quelli che si trovano negli alberghi e sanno un po' di shampoo, quelli che seccano la pelle... un disastro.»

Michele era sbalordito.

«È vero», disse, «ma come hai fatto?»

«Be', se non vedo, in qualche modo devo rimediare. E così uso il naso, cioè l'olfatto, l'udito... e soprattutto il tatto.» Frugò nella borsa e tirò fuori un libro. «Ecco, vedi? È scritto in Braille», disse e lo aprì su una pagina a caso. Poi fece scorrere le dita sui puntini in rilievo. «"Muoia con me il mistero delle tigri"», lesse ad alta voce. «"Chi ha scorto l'universo, non può pensare a un uomo, alle sue meschine gioie o sventure, anche se quell'uomo è lui. Ma quell'uomo *è stato* lui e ora non gl'importa più. Non gl'importa la sorte di quell'altro, non gl'importa la sua azione, perché egli ora è nessuno. Per questo non pronuncio la formula, per questo lascio che i giorni mi dimentichino, sdraiato nelle tenebre." Ti è piaciuto? È *La scrittura del dio*, di Borges. Strano il titolo, vero? Certe volte penso che anche il Braille sia la scrittura di un dio.»

Michele tacque, colpito.

Serena richiuse il libro, sospirò. «Ora ti posso dare un'occhiata? Ti va?» gli chiese, sorridendo.

«Sì, ma...»

«Devi solo stare fermo», aggiunse lei. Poi cercò con le mani il suo viso e lo percorse lentamente con le dita.

«Sei molto bello», sussurrò. «Sei giovane... trent'anni?»

«Esatto», confermò Michele, sbalordito.

«Eh sì... hai il collo ancora molto tonico e pure il viso», affermò lei, continuando a tastargli il volto. «Occhi grandi...»

Poi gli sfiorò le labbra.

«Questa è una ferita, non è vero? Sul labbro...»

«Sì.»

«Però hai una bocca stupenda.»

Michele deglutì. Le carezze di Serena erano diventate lente, sensuali, decisamente provocanti.

«Chiudi gli occhi, e guardami come ti guardo io... con le mani», disse lei. E si sfilò gli occhiali, mostrando due occhi blu senza fondo né vita, né altre sfumature di colore.

«Toccami la faccia», incalzò.

Michele portò le mani sul viso di Serena e cominciò a esplorarlo con le dita.

«Visto? Non è difficile, vero? Si riescono a capire un sacco di cose...» disse lei e ricambiò le sue carezze, sfiorandogli le labbra e il mento con le dita.

Michele sentì i suoi sensi vibrare e qualcosa che somigliava al desiderio venire a galla lentamente. Quelle carezze silenziose disegnavano le sottili trame di un'attrazione reciproca e imprevedibile. Quando sfiorò con i polpastrelli le labbra di Serena, lei dischiuse lentamente la bocca e il suo respiro si fece più lento e profondo. Michele si sentì in bilico sull'orlo di un precipizio, con la paura e la voglia di lasciarsi andare senza pensare ad altro. Era una sensazione che aveva già provato e che lo condusse improvvisamente al pensiero di Elena. Gli tornò in mente il suo sorriso disarmato e la sua pelle serica, liscia e compatta. E allora capì che, in qualche modo e per qualche strana magia, nel profondo del suo cuore, senza neanche rendersene conto, le aveva giurato di esserle fedele sin dal primo istante in cui l'aveva vista, sulla soglia di casa, mentre lui contava i secondi per tornare alla sua stracciatella che era già destinata a bruciarsi. Tolse le sue mani dal volto di Serena, fece un passo indietro e lei sorrise.

«Mi sa che sei un tipo fedele, tu, eh?» disse, divertita.

Michele quasi impallidì. «Come... come hai fatto a capire?» le domandò, allibito.

«Questo vuol dire allenare i sensi... intuisci certe cose che magari gli altri devono sentirsi dire, se no non le capiscono… oppure le devono vedere.» Portò di nuovo le mani al viso di Michele, ma stavolta lo tastò senza l'intenzione di provocarlo. «Infatti… hai un'espressione leale… lo sguardo limpido.»

Michele rimase scosso. E Serena scoppiò a ridere di gusto.

«Ma non è vero ti sto prendendo in giro! Certe cose le posso anche intuire, magari posso leggere con le dita come sei fatto fisicamente… Ma la tua espressione, il tuo sguardo, quelle sono cose che non riuscirò mai a vedere. Il viso è la parte meno fisica di tutto il corpo, lo sai? Non è come un braccio o un torace, che li tocchi e riesci a farti un'idea di come sono fatti… il viso è fatto di espressioni, di modi di guardare, di mille pieghe e muscoli che si muovono in continuazione. C'è la vita vissuta, sul viso di una persona. C'è la sua anima… E l'anima non la becchi con il tatto, purtroppo…»

Michele annuì, intenerito.

«Non fare quella faccia pietosa, se no m'incazzo», disse Serena, con tono duro. «Ho imparato a sei anni a non piangermi addosso e non voglio la pietà di nessuno.»

«Ma no, io ti assicuro che…» farfugliò Michele, in difficoltà, «che non… non provo pietà, io, anzi…»

«Ah, non ti faccio pena?» lo interruppe lei. «Allora sei un bastardo senza cuore.»

Michele soffiò l'aria con forza, perplesso. Serena scoppiò di nuovo in una risata cristallina.

«Sto scherzando, dai…» disse. Poi inforcò di nuovo gli occhiali. «S'è fatto tardi, devo tornare a casa e cucinare, perché poi torna mio marito e vuole trovare pronto. È un maschilista infame, però lo amo… Sì, sono perfino sposata, anzi, convivo, ma per me è la stessa cosa…» concluse. Poi tese la mano a Michele. «Grazie per aver trovato Figaro… Mi ha fatto piacere conoscerti.»

«Anche a me», rispose Michele e strinse la mano che lei gli tendeva.

Poi si allontanò, silenzioso, e sentì il labrador abbaiargli alle spalle.

Camminò senza fermare più nessuno, immerso nei suoi pensieri. L'incontro con Serena l'aveva turbato facendogli capire, ancora una volta, quanto fosse difficile per lui rapportarsi con le persone, entrare nel mondo degli altri senza esserne sopraffatto o sentirsi confuso, senza uscirne con quella sensazione di inadeguatezza che si alternava ai momenti di sicurezza e fiducia, che comunque aveva provato durante il viaggio, e li rendeva vani. Ma ancora di più l'aveva scosso il pensiero rivolto a Elena, quello strano sentimento di appartenenza che aveva cercato di cancellare ma che, evidentemente, si era radicato dentro di lui. Attraversò l'intero corso, poi si fermò in un bar perché aveva voglia di un caffè. Lo buttò giù in un solo fiato, quasi senza pensarci, e sentì ardere la gola al contatto con il liquido bollente. Non mostrò a nessuno la foto di sua madre, non fece domande, lasciò un euro alla cassa e uscì senza neanche aspettare lo scontrino.

Il tramonto era passato da un pezzo e le luci dei lampioni si erano appena accese, ancora pallide e incerte.

Dopo qualche minuto si trovò, quasi senza rendersene conto, lungo una strada che conduceva in periferia, e superò una fila di villette a schiera basse e identiche tra loro, i tetti ricoperti da tegole color ruggine. Poi la strada curvò leggermente in salita e dopo un centinaio di metri si spalancò in un lungo viale, illuminato solo dalle poche insegne che rimanevano accese, per l'intera notte, sulle facciate delle officine e delle piccole fabbriche artigianali ormai chiuse, che si replicavano l'una dopo l'altra. Intorno, nessuna traccia di vita, nessun passante, neanche un'auto che percorresse il viale. Michele rallentò il passo e fu tentato di tornare indietro, verso il centro abitato, per cercare una pensione e riposare. Ma in quel momento sentì una voce. Era un richiamo rauco, quasi soffocato, come di chi vuole attirare l'attenzione senza farsi scoprire.

«Ooh!... Ehi!... Ehi!»

Michele si guardò intorno, non riusciva a capire da dove provenisse quel richiamo. Seguì un fischio, acuto e breve.

«Ehi... sono qua! Ooh!... Tu mi vedi?» risuonò di nuovo la voce, maschile e roca, come se provenisse dal nulla.

Michele aguzzò la vista in direzione della voce e poco dopo riuscì a scorgere una sagoma scura, ferma nell'ombra, accanto a un'automobile. Era a una ventina di metri di distanza, al di là del ciglio del viale, all'interno dell'area di servizio di un vecchio distributore di benzina ormai abbandonato. Esitò: ormai diffidava di chiunque. Oltre a ciò, la sagoma era immersa nel buio; riusciva solo a distinguere i riflessi argentati di una folta capigliatura che balenavano di tanto in tanto, illuminati a malapena dal riflesso intermittente di un'insegna luminosa lontana.

«Vieni un momento qua, per favore? Mi serve una mano... Ci mettiamo un attimo, solo un attimo...» disse l'uomo, con tono quasi concitato, cospiratorio. Aveva uno strano accento straniero, una impercettibile cadenza che Michele non riuscì a definire. Esitò ancora, guardandosi intorno.

«Guarda che io non mordo, amico», incalzò l'uomo, con un tono ironico e, allo stesso tempo, spazientito, come se gli avesse letto nel pensiero. Michele si fece coraggio e si avvicinò, guardingo. Oltrepassò il ciglio del viale ed entrò nello spiazzo del distributore di benzina. Le colonnine degli erogatori erano arrugginite, in parte divelte, e un sentore di erba marcia invadeva le narici nonostante il freddo, come se penetrasse nel vento e se ne impadronisse. Si avvicinò ancora e, finalmente, riuscì a vedere l'uomo che l'aveva chiamato. Era magro, piccolo di statura, il volto solcato da rughe accentuate dalla tipica abbronzatura di chi vive gran parte della sua vita all'aperto. L'età era indefinibile, fra i cinquant'anni portati malissimo e i settanta vissuti in perfetta forma. La chioma di capelli folti e color argento, che scendeva fino alle spalle, si intonava perfettamente con due occhi di un azzurro intenso, lucido, appena annacquato da una patina di stanchezza. L'uomo sorrise e porse la mano a Michele.

«Mi chiamo Erastos», disse.

Michele si presentò a sua volta, strinse la mano dello sconosciuto e sentì la sua stretta decisa.

Erastos gli indicò l'automobile accanto a lui. Era una vecchia Fiat 127, ricoperta di polvere, con gli pneumatici sgonfi.

«Mi aiuti a sganciare questa ruota, per favore?» disse l'uomo. Poi gli indicò un'asta di ferro poggiata su tre mattoni posti di fianco all'auto, tra la ruota anteriore e la posteriore. Gli spiegò di non avere il cric e che quindi bisognava fare leva con l'asta di ferro e con i mattoni per sollevare l'auto. I tre mattoni avrebbero fatto da fulcro, la sbarra da braccio.

«Io spingo leva e sollevo macchina, tu sfili ruota. Capito?» disse, come a sancire un patto di sangue. «I bulloni li ho svitati», aggiunse. «Però fai in fretta, non so quanto resisto. Pesa, la macchina. Pesa.»

Michele annuì, perplesso. Erastos infilò la sbarra di ferro al di sotto dell'auto, poggiò la parte centrale sui mattoni e prese fiato due o tre volte, per caricarsi.

«Sei pronto, amico?» sussurrò, fissandolo negli occhi.

Michele si chinò in corrispondenza della ruota e, un attimo dopo, Erastos spinse verso il basso la sbarra di ferro, con un gemito dovuto allo sforzo. La sbarra si piegò, per un attimo sembrò potesse cedere. L'uomo emise una sorta di ruggito rabbioso e spinse con ancora più forza la sbarra verso il basso. L'auto si sollevò, con un cigolio sinistro, di alcuni centimetri.

«Dai!» implorò Erastos, paonazzo per lo sforzo, le vene del collo che pulsavano e sembravano poter esplodere da un momento all'altro. Michele afferrò la ruota, la sfilò dal mozzo e, un attimo dopo, Erastos lasciò andare la sbarra che, per il contraccolpo, schizzò in avanti contro la fiancata dell'auto, infranse il vetro del finestrino anteriore e poi rimbalzò sul selciato con un tonfo secco e metallico.

Michele si ritrasse di scatto per evitare le schegge di vetro e, istintivamente, si fece scudo con la ruota. Erastos emise un sospiro di soddisfazione, annuendo.

«Ottimo lavoro, amico mio», disse infine, poi si chinò verso Michele e lo aiutò a rialzarsi.

«Ma... la macchina è quasi distrutta...» osservò Michele, mentre si sfregava le mani annerite di polvere degli pneumatici.

«Sì, però macchina non è mia», replicò Erastos, imperturbabile.

Michele lo osservò, allibito. Poi si guardò intorno per accertarsi che nessuno li avesse visti.

«Come sarebbe che non è tua? E la ruota? La stai rubando?» esclamò preoccupato.

Erastos sorrise, come a minimizzare. «Rubare, rubare... parola grossa, amico. Macchina abbandonata, io ho preso ruota. Mica tutta la macchina...»

Michele allargò le braccia, rassegnato. Erastos gli posò una mano su una spalla, lo guardò negli occhi.

«Ora io sono in debito con te», disse, sincero. «Per noi greci questo importante. Come patto di sangue. Io mi devo sdebitare con te. Tu chiedi... io cosa posso fare per te?»

Michele esitò per un attimo, poi estrasse dal suo zaino la fotografia di sua madre e la mostrò a Erastos. «Ecco... Mi basta che guardi questa foto e mi dici se hai mai visto questa donna.»

Erastos guardò la foto, assorto. Si spostò in direzione della luce che proveniva dalle insegne illuminate per vedere meglio e Michele lo seguì, come se temesse che potesse fuggire via con la fotografia.

«Bella donna. Molto bella...» sussurrò. «Non conosco. Io mi ricorderei donna così bella. Molto bella...»

Poi emise un fischio di ammirazione. Michele provò un senso di fastidio, una gelosia istintiva, e tolse la fotografia dalle mani dell'uomo.

«È una foto di quasi trent'anni fa...» disse, esagerando, come a voler sottolineare il rispetto dovuto a una persona ormai anziana, nonché sua madre. Erastos sembrò colpito da quella precisazione, il suo sguardo si accese di un interesse sincero.

«Perché la cerchi?» chiese, mentre estraeva da una tasca un pacchetto di sigarette accartocciato.

«È mia madre», rispose Michele.

Erastos spalancò gli occhi, sorpreso.

«Amico! Tu hai grande storia da raccontare a Erastos, allora!» esclamò. Poi si accese la sigaretta e fissò Michele, con il pacchetto a mezz'aria. «Tu non fumi, vero? Colorito buono, non fumatore. Tu prendi botte, ma non fumi», disse indicando gli ematomi sul volto di Michele, come se stesse emettendo una diagnosi.

Lui annuì, sorpreso. L'uomo si avviò verso la ruota che era rimasta sul selciato, la sollevò con una mano, poi gli fece cenno di seguirlo.

«Ora andiamo a casa mia. Vino, qualcosa da mangiare, e tu racconti la tua storia», disse avviandosi verso la zona più buia, oltre il distributore di benzina. Michele rimase fermo, perplesso, indeciso.

«Già detto: io non mordo, amico. Tranquillo», gli assicurò Erastos senza voltarsi.

Michele esitò ancora, poi decise di seguirlo.

Dopo quasi venti minuti di cammino raggiunsero una costruzione nascosta nella boscaglia, oltre il perimetro periferico della città. Era un vecchio prefabbricato, solcato da profonde crepe sulla facciata e circondato da piante d'erba selvatica e cespugli di rovi.

Chiunque, a vederla, avrebbe detto che quella casa fosse disabitata e abbandonata da lungo tempo. I vetri delle finestre che affiancavano l'ingresso erano ricoperti di polvere e ragnatele. Solo una catasta di legna da ardere, protetta da un telo di cellophane trattenuto da alcuni mattoni, poteva far ipotizzare una forma di vita all'interno del prefabbricato.

Erastos poggiò la ruota dinanzi all'ingresso, tirò fuori da una tasca un mazzo di chiavi e aprì la porta, quindi riprese con sé la ruota e si infilò nel buio. Michele esitò. Era ancora diffidente e si guardò intorno: solo la luna illuminava le cime degli alberi che sovrastavano il prefabbricato e il silenzio della notte era appena disturbato dal fruscio delle foglie e dalla sommessa inquietudine di un gufo che bubolava in lontananza. Poi, l'interno della casa iniziò a risplendere di una luce tremula ed Erastos apparve sulla soglia, perplesso.

«Amico, tu aspetti invito per entrare?» disse l'uomo, con tono ironico.

Michele si scosse e si fece avanti, guardingo.

L'ambiente era enorme, molto più di quanto potesse apparire guardando il prefabbricato dall'esterno, ma il soffitto era basso, a stento superava i due metri di altezza. Sul fondo una vecchia scala a chiocciola di ferro arrugginito si annodava verso l'alto, infilando gli ultimi gradini dentro un'apertura irregolare del soffitto, dai bordi macchiati di muffa. Sul lato destro, accanto a un lavandino da cucina, due carrelli da supermercato fungevano da credenza, colmi di pentole, piatti e posate sistemati alla rinfusa. In un angolo, un fornello da campeggio era poggiato su una mensola sotto la quale si intravedeva una bombola del gas. Sulla parete opposta, i resti di un divano ormai sfondato, di velluto verde scuro.

Erastos si avvicinò a un vecchio tavolo di legno spesso, tirò fuori da una busta di carta una pagnotta solida e scura, la poggiò su un tagliere e cominciò a tagliarla in fette spesse e irregolari.

«Amico, fai il piacere… prendi olive, formaggio e vino dal frigo», disse, mentre continuava ad affettare il pane.

Michele si guardò intorno, smarrito, in cerca del frigorifero.

«Frigo naturale», suggerì Erastos, con tono divertito, indicando una finestra sul fondo della stanza.

Michele annuì, trasalendo appena, poi si diresse verso la finestra e l'aprì. Investito da un vento gelido che profumava di formaggio e olive, individuò sul davanzale due cartocci unti e un fiasco da due litri colmo di vino bianco. Prese il tutto e si avviò verso il tavolo, dove Erastos aveva già apparecchiato con piatti, bicchieri e posate. Si misero a sedere e il greco riempì i due bicchieri di vino, poi prese un pezzo di formaggio e lo tagliò a pezzetti, disponendoli nei piatti insieme alle olive, quindi porse una fetta di pane a Michele.

«Mangia e racconta, amico. Raccontami la tua storia…»

disse Erastos, e intanto tracannò un bicchiere di vino. Poi iniziò a mangiare in silenzio. Sceglieva con cura e senza fretta i pezzetti di formaggio e le olive all'interno del piatto, come se fossero pietre preziose da esaminare e ammirare al riflesso della lampada a olio, poi li portava all'altezza della bocca con un ossequio quasi religioso. Sembrava ringraziare un dio personale mentre masticava lentamente i suoi bocconi di cibo. E intanto ascoltava Michele che, dopo un momento di esitazione e un paio di bicchieri di Trebbiano, aveva iniziato a raccontare la sua storia. Lo ascoltava senza guardarlo, continuando a gustare il vino e il cibo, come se la voce del giovane sconosciuto provenisse da una radio accesa in sottofondo. Mentre raccontava, Michele ebbe l'impressione che la storia della sua vita, in quel momento, appartenesse a un altro. Come se, a forza di ripeterla nel corso di quei due giorni, dopo averla taciuta per anni, gli fosse sfuggita via per raggiungere una realtà parallela, fino a diventare una leggenda metropolitana sussurrata da voci estranee nelle sale fumose di un bar di periferia.

Solo quando il ragazzo finì di raccontare, Erastos volse lo sguardo dal piatto e lo puntò dritto nei suoi occhi.

«Amico, tu forse non lo sai, ma stai cercando tuo paradiso terrestre!» disse, come se volesse rivolgergli un complimento.

Michele lo guardò, perplesso. «Non... non capisco...» disse.

Erastos sospirò, sorrise a mezza bocca, poi gli riempì di nuovo il bicchiere di vino. «Tu sai la storia di Adamo ed Eva, amico? Paradiso terrestre, serpente, mela... Eva morde la mela eccetera eccetera?» chiese tenendo il bicchiere di vino a mezz'aria.

«Sì, certo...» annuì Michele. «Ma che c'entra con mia madre, il diario e tutto il resto?»

Il greco rise sommessamente, tracannò il vino e si asciugò la bocca col dorso della mano. «Quella storia è la storia di tutti noi», disse, e intanto osservò un'oliva con devoto rispetto prima di introdurla in bocca. «Tu pensaci, amico... quando noi nasciamo, siamo piccoli e sembriamo indifesi. Però, se si nasce in famiglia normale, noi non siamo indifesi, neanche un poco, amico mio. E sai perché? Perché tutti sono intorno a noi… mamma, papà, nonni, parenti… tutti intorno a noi a proteggere e dire "che bel bambino", "che bella bambina" e a fare grande risata quando facciamo rutto dopo poppata, oppure a fare un applauso quando diciamo una prima parola che non significa un cazzo. Siamo al centro di mondo, amico, tu pensaci…»

Michele ci meditò su e bevve un sorso di vino, mentre Erastos riprendeva a esporre la sua teoria.

«Tutti intorno a noi come a un miracolo, tutti a fare complimenti e quando noi facciamo primi passi tutti a dire: "Meraviglia, cammina!". Amico, noi da piccoli possiamo fare anche una puttanata che tutti ci dicono bravo. Risultato? Risultato è che ci sentiamo imbattibili come un eroe greco, noi pensiamo che tutto è possibile per il futuro perché intorno al bambino c'è amore. Amore e ammirazione. Quello è il paradiso terrestre, amico mio. Il nostro paradiso terrestre. Ma cosa succede poi?»

Michele scosse la testa, incuriosito. «Non lo so. Cosa succede?» E tracannò a sua volta il vino fresco.

«Succede che poi noi dopo i primi passi cadiamo e che la nostra testa si spacca, amico mio. Succede che arriva una giornata strana e papà invece di fare l'applauso ci dà schiaffo forte perché è nervoso per i cazzi suoi.» Erastos fece una piccola pausa. «Oppure… succede che mamma parte con treno e non torna più», concluse, guardandolo negli occhi.

Michele annuì e sentì un brivido leggero percorrergli la schiena.

«E allora tutte le certezze di essere un eroe greco vanno a farsi fottere e noi capiamo che ci hanno imbrogliato, che il paradiso terrestre non esiste più e che siamo cacciati via e illusi come Adamo ed Eva», aggiunse Erastos. Seguì un silenzio denso e prolungato. L'uomo sospirò con forza. Sembrava assaporare un dolore personale. «Da quel momento in poi, amico mio, tutta la nostra vita è speranza. Speranza di tornare a paradiso terrestre. Tutte le nostre azioni, tutti i pensieri, le scelte, le decisioni… tutto quello che noi facciamo è per provare a tornare al nostro paradiso di infanzia. Quando tutti intorno a noi fanno un applauso per un nostro rutto.» Erastos riempì di nuovo due bicchieri di vino. «Tu cerchi tua madre, amico mio... perché tu credi che tua madre è il paradiso terrestre perduto. Forse è vero. Forse no. Forse non lo saprai mai. Ma certo io faccio a te grandi auguri di riuscire.»

E sollevò il bicchiere in un gesto di omaggio. Michele lo imitò e i due bicchieri tintinnarono incontrandosi a mezz'aria, in un tempo sospeso. Bevvero e poi Erastos si produsse in un rutto sonoro e liberatorio. Michele, un po' brillo, lo applaudì, convinto. Il greco fece un piccolo inchino per esprimere la sua gratitudine, ridendo di gusto.

«Grazie, amico. Erastos ora è tornato bambino...» disse, riempiendo di nuovo i due bicchieri.

Michele esitò; sentiva di voler fare una domanda ma non ne aveva ancora il coraggio. Poi si fece forza. «E tu? Lo cerchi ancora il tuo paradiso terrestre?» domandò infine, evitando lo sguardo di Erastos.

L'uomo lo guardò, sorpreso. «Certo che cerco il paradiso, amico mio. E stasera l'ho trovato, finalmente», disse e indicò la ruota della 127 che riposava in un angolo.

Michele guardò la ruota, sorpreso. «Una vecchia ruota? Quello è il tuo paradiso terrestre?» chiese.

«È l'ultimo pezzo che serve al mio paradiso, amico», rispose Erastos. Si alzò, indossò la giacca a vento e andò a prendere la ruota, quindi prese una lampada a olio e si avviò verso la scala a chiocciola mentre faceva cenno a Michele di seguirlo. «Copriti bene. E vieni a vedere con i tuoi occhi.»

Michele finì di bere il vino rimasto nel bicchiere, poi si alzò a sua volta, perplesso, indossò il giaccone e seguì Erastos, che iniziò a salire i gradini traballanti della scala a chiocciola.

A mano a mano che salivano, l'ambiente sovrastante assorbiva la luce della lampada a olio e si rischiarava appena. Quando superarono l'apertura nel soffitto, le ombre dei due uomini si allungarono su un pavimento di cemento grezzo cosparso di pinze, tenaglie, cacciaviti, pappagalli di ferro e attrezzi vari. Michele si sentì avvolto da un freddo improvviso e solo allora si rese conto che sopra le loro teste c'era un cielo carico di stelle. Erano su un terrazzo, circondato da muri spessi e alti un paio di metri. Solo la luna e le stelle, insieme alla lampada di Erastos, illuminavano la notte. Ma quando Erastos, che lo precedeva, si fece da parte, Michele vide qualcosa che lo lasciò a bocca aperta. Al centro del terrazzo c'era un'automobile. Quando il greco aumentò la luce della lampada a olio, Michele si accorse che quell'auto, a parte la forma indefinibile, non aveva un colore omogeneo: una portiera era blu, mentre l'altra era bianca. Il cofano anteriore era di un grigio perla sbiadito e si incastonava tra due fiancate color amaranto.

All'auto mancava una ruota.

Erastos batté una mano sul tetto nero della sua strana creatura e sorrise, fiero.

«Ecco il mio paradiso terrestre, amico!» disse. Poi spiegò di averla costruita sottraendo parti di motore e di carrozzeria di auto abbandonate, oppure frugando all'interno dei cimiteri di carcasse della zona.

«Io la chiamo Frankenstein, amico, è mia creatura, proprio come il mostro famoso», aggiunse Erastos, poi cominciò a sollevare l'auto grazie all'aiuto di un cric.

«Mancava solo una ruota. Ora la mia macchina è finita. Me la passi, amico?»

Michele afferrò la ruota che era rimasta all'imbocco della botola e la spinse verso Erastos che l'afferrò al volo e iniziò a montarla.

«Io sono nato in una piccola isola greca...» disse Erastos mentre infilava il cerchione nei perni dell'asse. «Molto piccola. Troppo piccola. Non serviva una macchina, nessuno aveva una macchina. C'erano solo barche. Tutti pescatori. Mio padre pescatore, mio nonno pescatore. E io sognavo di avere la macchina. Così a diciotto anni sono andato via da isola. Mi passi la chiave per bulloni, amico?»

Michele si chinò, prese la chiave che Erastos gli aveva indicato e gliela porse. Il greco iniziò ad avvitare i bulloni e intanto continuò a raccontare.

«Ero giovane, avevo forza, amico. Ma sai cosa ho sbagliato? Volevo tutto in fretta... Ecco, ancora un bullone e lavoro finito...» sbuffò. Michele girò intorno alla strana automobile, sfiorò la fiancata impolverata.

«E poi? Cosa è successo?» chiese a Erastos mentre osservava l'interno dell'automobile, che aveva i sedili anteriori l'uno diverso dall'altro e il cruscotto assemblato con componenti di varie marche.

«È successo che la fretta è madre di sventura. Così io rubavo per fare soldi. E degli ultimi quarant'anni di vita, la maggior parte l'ho fatta in galera.»

Michele lo guardò, sorpreso.

«Conosco galere di tutta Europa, amico mio. Lungo soggiorno anche in galera di Kiev. Mai avuto famiglia, mai avuto donna fissa, mai avuto casa. Questa è la mia prima casa, anche se non è mia. Io l'ho trovata vuota... sono entrato, nessuno mi ha cacciato. Forse è una casa che a nessuno interessa, non credi, amico?»

Michele annuì, un po' teso. La tranquillità e la gentilezza di Erastos contrastavano col racconto della sua vita e non riusciva a capire se era in pericolo oppure al sicuro.

«Però ho avuto molte auto, amico. Anche di lusso. Ma tutte rubate. Erano mie per poco tempo, poi dovevo lasciarle da qualche parte, prima che polizia mi arrestava.»

Erastos terminò di montare la ruota e si alzò in piedi, inarcando la schiena per rilassare i muscoli.

«Ma quando sono entrato qui, ho capito che avevo casa. E se avevo casa, potevo avere anche macchina. E così ho cominciato a cercare pezzi per farla», concluse il greco, con aria soddisfatta. Poi guardò Michele e sorrise, ammiccando. «Facciamo un giro, amico?» chiese.

Prima che Michele potesse rispondere, aprì la portiera del lato del guidatore e si accomodò nell'auto. Michele rimase immobile, stranito.

«Che fai, amico? Sali anche tu o resti qui?» incalzò Erastos.

Michele guardò l'automobile, poi si guardò intorno.

«Ma... ma come fai a uscire da qua sopra?» chiese, come se la domanda fosse rivolta più a sé stesso che a Erastos.

Il greco rise, divertito, battendo i pugni sul volante. «Uscire, amico? Non vedi che è impossibile uscire? Siamo in terrazza, al primo piano, intorno solo muri. Tu vedi porte? Tu vedi discesa verso strada? E allora come pretendi che la macchina esce di qui? Io costruita su terrazza proprio perché se non può uscire, nessuno la può rubare o sequestrare. Finché io vivo qui, anche auto è mia. Hai capito, amico? E ora sali?»

Michele tossì, come a schiarirsi più le idee che la voce. Alla fine si decise e montò sull'auto, al fianco di Erastos.

«Metti cintura...» disse Erastos, mentre a sua volta allacciava la sua cintura di sicurezza.

Michele era imbarazzato e preoccupato. La situazione gli sembrava assurda, irreale. E forse Erastos era pazzo. In tal caso, non poteva prevedere le sue reazioni. Quindi decise di assecondarlo e allacciò la cintura di sicurezza.

«Tu credi che io sono pazzo, amico?» chiese l'altro, come se gli avesse letto nel pensiero.

«No, no io...» cercò di rassicurarlo Michele, con un filo di voce, ma il greco lo interruppe.

«Non ti preoccupare... tutti credono pazzo chi cerca di essere felice», disse, fissando davanti a sé una strada immaginaria.

"Soprattutto se costruisce un'automobile su un terrazzo senza uscite", pensò Michele. Ma poi considerò la propria vita chiusa all'interno di una piccola casa, in compagnia di oggetti smarriti ai quali parlava come se fossero amici, senza mai uscire, per anni e anni, dal perimetro della stazione ferroviaria. E capì che se Erastos era pazzo, forse lui stesso lo era altrettanto.

«Dove andiamo, amico?» chiese Erastos guardandolo con un sorriso divertito.

Michele sollevò le spalle, come a far capire che non ne aveva la più pallida idea.

«Tu lascia fare a me...» disse il greco impugnando il volante. «Hai mai visto Lisbona? Ho vissuto lì in galera per due anni... Bella città, molto bella, amico. Andiamo a Lisbona.»

Il piede destro di Erastos spinse sull'acceleratore e d'un tratto, in un modo che Michele non riuscì mai a capire, l'automobile partì, silenziosa e leggera. Mentre la luna e le stelle risplendevano sopra di loro, attraversarono le strade di Lisbona, poi, sull'onda dei racconti di Erastos, costeggiarono sentieri sconosciuti, di fianco al fiume Tago, fino a raggiungere il confine con la Spagna. Viaggiarono all'interno della notte, fin quando il primo sole del mattino li sorprese addormentati sui sedili di quella strana automobile.

Poi, Michele fu riportato alla realtà da una strana vibrazione che proveniva dalla tasca destra dei suoi jeans. Aprì gli occhi, risvegliandosi. Si guardò intorno infreddolito, avvolto nel suo giaccone, cercando di mettere a fuoco le immagini. La luce del sole era quasi accecante e, accanto a lui, Erastos dormiva profondamente. La vibrazione continuava a solleticargli il fianco destro. Finalmente capì che ciò che vibrava nella sua tasca era il cellulare di Elena. Lo afferrò e rispose, con voce impastata.

«Pronto...»

Sentì la voce di Elena, carica di una strana tensione. «Ciao, Michele, scusami se ti disturbo...»

Michele raddrizzò la schiena, sorpreso. «Elena», mormorò, sentendo un brivido di freddo e di emozione.

«Senti... hai novità? Hai trovato tua madre?» incalzò lei.

«No. E a questo punto non credo che...»

«Stammi a sentire», lo interruppe Elena. «Non so come dirtelo ma... forse l'ho trovata io, tua madre.»

12.

Il giorno precedente, durante il viaggio di ritorno da Piana Aquilana, Elena aveva visto, attraverso il finestrino del treno, un'aquila reale in volo. Lo stupore aveva interrotto per un attimo il dolore e la delusione per il brusco distacco da Michele. Con gli occhi spalancati aveva seguito la curva larga del volo, le ali spiegate nel vento, immobili e taglienti. Per qualche istante, la sagoma dell'aquila aveva oscurato il cerchio pallido del sole che tramontava sul lato occidentale del panorama montuoso, poi il rapace si era spinto in picchiata verso il basso, rallentando appena, prima di afferrare un fringuello alpino. Il respiro di Elena si era fermato, mentre l'aquila reale, con una spinta vigorosa delle ali, scattava di nuovo verso l'alto, la piccola preda tra gli artigli e il becco che sembrava puntare dritto verso l'infinito.

L'ammirazione per il volo del rapace e la pena per la sorte del fringuello si erano alternate nella mente di Elena e l'avevano riportata all'ultima discussione con Michele. Chi dei due era l'aquila? E chi il fringuello alpino? Elena l'aveva attaccato all'improvviso, proprio come un rapace, prima di partire. Le parole come artigli, l'aveva accusato di pensare solo a sé stesso, di non vedere altri colori se non il suo. Eppure, durante l'intera mattinata, si era sentita come un fringuello trasportato via dal volo di Michele, dal suo rifiuto. «Io sto bene da solo, lo capisci o no? Come te lo devo dire?» Le sue parole l'avevano ferita e poi svuotata, proprio come la carcassa di quel fringuello appena catturato, che presto sarebbe stato privato del cuore e del respiro. Aveva sentito il bisogno di difendersi. Aveva lasciato che la rabbia le montasse dentro fino a tramutarsi in ribellione. Non voleva più soffrire, non voleva più cadere nel buio del dolore che già aveva affrontato anni prima.

«Te l'avevo promesso, e io le promesse le mantengo...» aveva detto a Milù, la sera stessa, appena tornata a casa.

Ricordarsi che la vita è bella. Una promessa infantile, all'apparenza. Ma forse la più terribile e impegnativa delle promesse. Perché poi è la vita a ricordarti, giorno dopo giorno, quanto riesce a essere dura, difficile, imprevedibile. A volte spietata. Ma Elena voleva amarla ugualmente.

«E allora perché non amare Michele, anche se ti fa soffrire?» le aveva chiesto Milù, spiazzandola proprio come riesce a spiazzarti la vita.

Elena non aveva risposto. Aveva lasciato che il sonno le sedasse i pensieri che, altrimenti, avrebbero iniziato a turbinarle nella mente fino al mattino successivo.

Col sorgere del sole si era avviata alla stazione ferroviaria, era salita sul treno e, dopo il solito breve viaggio aveva raggiunto il bar a Prosseto. Cosimo l'aveva accolta col solito sorriso appena accennato e lei aveva iniziato a preparare caffè e cappuccini per i clienti, uno dopo l'altro, come a voler allontanare i pensieri e annullarsi nella ripetitività dei gesti.

Poi, lo sguardo le era caduto sulla fotocopia della foto della madre di Michele, che lei stessa aveva affisso sulla vetrina del bar e che ora era poggiata, piegata in quattro, su uno sgabello accanto alla cassa. Perplessa, si era diretta verso la cassa per riappropriarsi della fotocopia ma, proprio in quel momento, Cosimo l'aveva vista ed era sembrato trasecolare.

«A proposito, Elena...» le aveva detto. «M'ero dimenticato che ieri è passato un tizio, dice che ha visto quella donna.»

Elena si era voltata verso Cosimo, col cuore che batteva all'impazzata.

«Ha scritto un indirizzo sulla fotocopia... per questo l'avevo messa lì», aveva proseguito Cosimo, indicando il foglio piegato sullo sgabello.

Elena si era precipitata a prendere la fotocopia, poi aveva

letto l'indicazione, scritta a matita, con una calligrafia rotondeggiante:

Caseificio al km 9 della statale di Piana Aquilana
verso Carvagnaso.

Adesso era al telefono con Michele e tremava un po' per l'emozione. Risentire la sua voce era stato come uscire da un'anestesia e ritrovare tutti i sensi in allerta. Ascoltava, attraverso il cellulare, i rumori di sottofondo e i passi di Michele che le aveva chiesto di attendere un attimo mentre cercava un foglio di carta e una penna per scrivere l'indirizzo del caseificio. E intanto cercava di capire dove si trovasse.

«Eccomi...» disse infine Michele al cellulare, affannato. Elena gli ripeté l'indirizzo. Lui lo scrisse velocemente.

Poi rimase in silenzio ed Elena sentì il suo respiro agitato.

«Hai scritto l'indirizzo?» gli chiese, infine.

«Sì», rispose Michele, dopo un attimo di esitazione.

«Bene...» disse Elena. E sentì che il mondo delle parole, poiché il troppo può coincidere col nulla, si era improvvisamente esaurito.

Michele fissava l'indirizzo, annotato sul foglietto e quasi non riconosceva la sua calligrafia: i tratti erano tremolanti, a stento leggibili. Tutto gli sembrava irreale, come il riverbero di un sogno.

«Ma sei sicura che mia madre è lì?» le domandò, ancora frastornato e incredulo.

Elena fissò la macchina del caffè, dietro il bancone del bar, come se la vedesse per la prima volta.

«E se poi non la trovo?» incalzò lui, come se sperasse davvero di non trovarla, come se volesse essere rassicurato sull'esistenza di una possibilità di non raggiungere sua madre.

Elena sentì montare una rabbia sorda mista a delusione, e il mondo delle parole si riaffacciò nella sua mente. Scelse le prime arrivate e le pronunciò. «Michele, scusa, ma che domande mi fai? Cioè, ho avuto questa informazione e ti ho chiamato subito per dartela, poi io che ne so se chi dice di aver visto tua madre ha preso un abbaglio o... o che so io.

Invece di ringraziarmi, vuoi pure l'assicurazione?» disse con tono alterato.

«No, io... che c'entra», rispose Michele. «Era solo che...»

«Ehi, amico, con chi parli?» urlò Erastos che si era appena svegliato e aveva raggiunto Michele al pianterreno.

Elena sentì la sua voce attraverso il cellulare.

«Tu parli con una donna, vero amico? Si vede dalla faccia... tu scopata? Non ancora?»

«Shhh...» implorò Michele e tappò con una mano il microfono del cellulare.

«Scopata sì o no?» incalzò Erastos, stiracchiandosi.

«Zitto, per favore...» lo scongiurò Michele, mentre Elena non sentiva più alcun suono dall'altro capo della linea. «È una cosa importante.»

Erastos alzò ambedue le mani in segno di resa. «Preparo il caffè, amico...» E si avviò verso il fornello.

«Elena...» riprese Michele, parlando al cellulare. «Scusami, è un amico che mi ha ospitato.»

Lei annuì, sbuffando. «Bene. Sono contenta che almeno hai un amico», disse con tono freddo.

«L'ho conosciuto ieri, non lo so ancora se è proprio un amico», rispose Michele, imbarazzato.

«Certo. A te ci vuole un sacco di tempo per capire certe cose. E comunque l'hai detto tu che è un tuo amico, cerca di fare pace col cervello», tagliò corto Elena, in tono polemico. Si sentiva, ancora una volta, delusa e ferita.

Michele non rispose, colpito. Era impreparato a fronteggiare l'atteggiamento caustico e arrabbiato di Elena. Capì di essere troppo frastornato per sostenere una discussione e che, parola dopo parola, non avrebbe fatto altro che peggiorare la situazione.

«Elenaaa!!! 'Sti caffè li devo fare io?» urlò a sua volta Cosimo dalla cassa del bar. Michele sentì quel richiamo e tirò un sospiro di sollievo: era in salvo.

«Devo andare», disse Elena al cellulare, con tono sbrigativo.

«Sì, ho sentito», rispose Michele. E poi udì la comunicazione che si interrompeva, senza un saluto, come una porta sbattuta in pieno viso.

Si voltò verso Erastos che riempiva due tazzine di caffè. Si avvicinò al tavolo, si mise a sedere e prese la tazzina che il greco gli porgeva. La tenne tra le mani e provò un leggero senso di sollievo nel sentirne il calore. Capì che non voleva pensare. Cercava l'oblio. Desiderava il nulla, l'assenza, il buio. E cercò quel buio dietro le palpebre chiuse, come quando era bambino e chiudeva gli occhi nella speranza di rendersi invisibile e inattaccabile.

Nella mente risuonava ancora il suono della voce di Elena, ma non più il senso delle sue parole e del loro litigio. E lui si sentì galleggiare in uno stato di calma assoluta e di vuoto. Era come se tutte le porte che davano accesso alla sua coscienza si fossero chiuse.

Ma il vuoto e la calma si dileguarono al primo sorso di caffè. La consapevolezza della possibile vicinanza di sua madre lo invase all'improvviso, come un'onda di ritorno, e gli serrò la gola.

Il calore del caffè che scorreva sulla lingua gli sembrò abrasivo, si sentì graffiare all'interno del torace e il respiro si fermò.

«Ehi, amico, che succede? Hai una faccia da infarto», disse Erastos, che lasciò la sua tazzina sul tavolo e si alzò in piedi per avvicinarsi e battergli dei colpi con la mano aperta sulla schiena. «Respira. Piano. Tu guarda me e stai calmo. Prendi fiato, manda nei polmoni...»

Michele inspirò con forza e sentì l'aria che tornava a riempirgli i polmoni con un sibilo rauco. Fece un gesto rassicurante per informare Erastos che era tutto a posto, poi sorseggiò il resto del caffè che, stavolta, scivolò giù senza creargli alcun problema. Il respiro si fece regolare. Michele prese il foglietto con l'indirizzo del caseificio e lo mostrò a Erastos, chiedendogli indicazioni circa la strada da percorrere per arrivarci.

«È tanta strada, amico. Tanta strada...» disse Erastos dopo aver letto l'indirizzo. «Non puoi arrivare a piedi, ma c'è un autobus che porta vicino...»

Michele annuì, come intontito.

«Perché devi andare a questo caseificio?» chiese Erastos,

mentre addentava una fetta di pane rimasta a seccare sul tavolo dalla sera precedente.

«Perché mi hanno detto che lì c'è mia madre», rispose Michele, in un soffio.

Erastos spalancò i suoi occhi azzurri ed emise un fischio acuto. «Cazzo, amico! E sei ancora qui a bere il caffè? Paura fottuta di trovarla, vero?»

Michele non rispose. Sentì il profumo dei capelli di sua madre che si faceva largo tra l'aroma del caffè e i lieviti del pane rinsecchito, come un ricordo lontano che riaffiorava in maniera prepotente. E capì, finalmente, per quale motivo aveva paura di ritrovarla.

13.

I raggi di un sole ostinato, che gareggiava con il freddo delle montagne circostanti, si riflettevano sugli ottoni della banda comunale di Carvagnaso, giunta a Piana Aquilana in trasferta, e rimbalzavano sulle facciate delle abitazioni antiche mentre le note allegre e, allo stesso tempo, marziali della *Straniera* di Vicenzo Bellini sembravano sottolineare, ironicamente, i passi incerti di Michele, sorpreso e incredulo, costretto ad assecondare, per mancanza di spazio ai lati della strada, il piccolo corteo di curiosi e turisti che accompagnava lentamente i musicisti.

Al primo slargo il ragazzo superò il corteo e poco dopo raggiunse il centro storico di Piana Aquilana. Nella piazza della stazione c'era il capolinea degli autobus che collegavano la cittadina con il resto della regione. Un impiegato della biglietteria lo informò che l'autobus diretto a Carvagnaso sarebbe partito alle undici e che prevedeva due fermate abbastanza vicine al chilometro 9 della strada statale. Mentre l'impiegato staccava il biglietto, l'orologio antico sul campanile della piazza segnava le 9.10. Michele si chiese come avrebbe potuto impiegare il tempo dell'attesa senza farsi prendere dal nervosismo e dai dubbi, dalle tante domande che affollavano la sua mente, dal timore ma anche da quella strana speranza di non trovare sua madre in quel caseificio. A tratti, rivederla gli sembrava impossibile, un traguardo al quale non sarebbe mai riuscito ad accedere. Ma poi la sensazione di essere ormai a una manciata di chilometri da lei diventava palpabile, reale. E allora il cuore batteva forte e lo stomaco si contorceva fino a provocargli una nausea che riusciva a placare respirando a fondo, lentamente.

Si sentiva sporco. La doccia fatta nella pensione a Ferrosino gli sembrava un evento lontanissimo nel tempo. Pensò che, se avesse davvero trovato sua madre, sarebbe stato opportuno darsi una sistemata per presentarsi almeno in condizioni decenti. Acquistò una confezione di salviette detergenti. Poi cercò un bar, ordinò un caffè e, intanto, si diresse verso il gabinetto. Rabbrividì al contatto della pelle con il freddo liquido oleoso del quale erano imbevute le salviette. Scelse una maglietta pulita dallo zaino, si rivestì in fretta, tornò al bar e pagò il caffè dopo averlo appena sorseggiato.

Quando uscì di nuovo in strada, il vento gli portò alle narici il profumo di lavanda e agrumi che dalle salviette si era trasferito alla sua pelle. Si passò una mano su una guancia e la sentì rasposa. Realizzò che da due giorni non si radeva. Sollevò lo sguardo verso la vetrina di un negozio di abbigliamento e vide la sua immagine riflessa. A parte la barba non rasata, qualcosa era cambiato ancora nel suo fisico, tanto che a stento si riconobbe. La sua postura era migliorata, le spalle erano dritte, senza quella leggera incurvatura che lo caratterizzava quando si specchiava nel bagno di casa. Camminare tanto a lungo, in quei tre giorni, gli aveva fatto bene. I muscoli avevano ripreso elasticità e tono e, anche se il suo viso si era un po' scavato e probabilmente aveva perso peso, sembrava più tonico, perfino più tornito. Imboccò una stradina laterale, ricordando un negozio di barbiere nel quale era entrato il pomeriggio precedente per mostrare la fotografia di sua madre. Lo raggiunse, vi entrò e si accomodò in attesa del suo turno. Dopo circa un quarto d'ora, quando il barbiere terminò un taglio di capelli e congedò il cliente anziano, Michele si adagiò sulla sedia anatomica e ordinò uno shampoo e una rasatura di barba. Non erano neanche le 9.30 del mattino e aveva ancora più di un'ora e mezzo a disposizione, prima che l'autobus partisse.

L'acqua calda scivolò, insieme al liquido denso dello shampoo, sui suoi capelli e le dita del barbiere li percorsero come le zampe frettolose di un ragno. Michele assaporò il contatto rassicurante di quel massaggio sul cuoio capelluto e ricordò tutte le volte che, da bambino, aveva guardato suo padre, adagiato nell'identica posizione, nel salone del barbiere di Miniera di Mare. Allora, il salone gli appariva come il mondo segreto degli adulti. Col tempo Michele aveva imparato a tagliarsi i capelli da solo, con l'aiuto del tatto. Misurava la lunghezza dei capelli stringendoli tra le dita e schioccava leggere sforbiciate alle ciocche che sembravano più lunghe. Ma il ricordo del salone, delle lunghe attese mentre suo padre si faceva radere la barba e regolare i capelli, gli era rimasto impresso nella memoria come un tempo felice. Sottoporsi a quel lavaggio, al contatto con mani sconosciute, gli sembrò quasi una conquista raggiunta, la conferma di un passaggio improvviso a un mondo adulto al quale si era sentito estraneo fino a pochi giorni prima. Il barbiere gli coprì la testa con un piccolo asciugamani di spugna, la frizionò con delicatezza fino a quando i capelli non furono quasi asciutti e completò l'asciugatura con l'alito caldo di un phon. Poi, seguendo una ritualità dei gesti, avvolse un panno di cotone bianco intorno al collo di Michele e iniziò a insaponargli il viso con la schiuma densa del pennello da barba. Il tutto, fino a quel momento, si era svolto nel silenzio assoluto. Quando il rasoio cominciò a percorrere, gelido e preciso, le guance di Michele, gli sguardi dei due uomini si incrociarono nello specchio.

«L'ha trovata la donna che cercava?» chiese allora il barbiere, rivelando così di ricordarsi della visita di Michele il giorno precedente.

«Forse sì...» rispose Michele, dopo un attimo di esitazione.

Il barbiere annuì appena, poi passò a radergli la gola con gesti rapidi e sicuri. In pochi minuti, il volto di Michele fu rasato alla perfezione. Il barbiere lo asciugò con un panno morbido e fresco, poi fece ruotare la sedia davanti allo specchio, indicando a Michele la sua opera con ambedue le mani.

«Mettiamo un dopobarba?» chiese con aria complice, come se proponesse qualcosa di illecito e prezioso.

Michele annuì, più per compiacerlo che per convinzione.

Il barbiere saltellò verso uno scaffale, afferrò un flacone di dopobarba e lo spruzzò sul volto di Michele, poi lo massaggiò con le mani. Michele si sentì avvolto da un profumo impudente di menta mista a tabacco, poi si alzò lento dalla sedia, leggermente intontito, pagò i dieci euro richiesti, salutò il barbiere e uscì dal salone come si esce da un sogno per tornare alla realtà.

Il dopobarba bruciava appena intorno alle ferite, e il vento fresco che trasportava via le poche nuvole gli stava regalando un po' di sollievo quando Michele vide alcune persone correre verso una strada laterale. Aveva ancora tempo e si lasciò spingere dalla curiosità. Seguì quelle persone, accelerando il passo, e arrivò davanti a un giardinetto comunale dove una piccola folla si era radunata in circolo. Di tanto in tanto si sentivano alcuni applausi e una lingua di fuoco schizzava verso l'alto, accompagnata da mormorii di meraviglia e urla eccitate di bambini. Michele si fece largo tra la folla verso il centro del circolo, e finalmente lo vide. Era un uomo sulla trentina e indossava abiti colorati, di foggia indiana. Aveva i pantaloni arrotolati sui polpacci e i piedi scalzi che poggiavano su un tappeto di cocci di vetro. Mentre passeggiava sui cocci portava alla bocca una torcia infuocata, fatta di stracci imbevuti di benzina e avvolti intorno a un bastoncino di ferro, poi, come un drago, soffiava fiammate che incendiavano il cielo. Sembrava il padrone del Fuoco e dell'Assenza del dolore, con i piedi nudi che sfidavano le lame di vetro a ogni passo, mentre lui sorrideva. Michele seguì per un po' lo spettacolo, a bocca aperta, affascinato dalle fiamme, dal calore improvviso che avvolgeva l'aria a ogni soffio, dallo scricchiolio del vetro calpestato e da quel sorriso impertinente che sembrava accettare ogni sfida. Poi vide i capelli biondi e ricci dell'uomo e il suo naso leggermente schiacciato, vide il suo modo di agitare la mano mentre rispondeva agli applausi e tutto gli sembrò familiare, come un ricordo che riaffiorava all'improvviso. Incredulo, emozionato, avanzò ancora tra la gente e guadagnò la prima fila, inginocchiandosi per non dar fastidio alle persone che aveva superato.

"Non è possibile", pensò, "è solo una suggestione... non può essere lui..." Ma quando vide da vicino il suo sorriso, si accorse dell'incisivo spezzato e riconobbe il suo sguardo.

«Antonio...» sussurrò, con gli occhi lucidi e un'emozione difficile da sopportare. Era il suo amico d'infanzia che aveva perduto, il bambino che sognava di costruire navicelle spaziali senza partire mai, che voleva sposare la ragazzina della terza C e che giocava a pallone con lui, nel campetto di fianco alla scuola. Cercò il suo sguardo e quando lo incrociò gli fece un cenno di saluto. Antonio sollevò una mano, semplicemente, come se rispondesse solo al saluto di una persona del pubblico. Non l'aveva riconosciuto.

Lanciò ancora un paio di fiammate verso il cielo, poi inghiottì la punta della torcia e spense il fuoco e, tra gli applausi, saltellò a lungo sui pezzi di vetro, come se danzasse senza peso. Infine s'inchinò, spalancò le braccia e poi emise un fischio stridulo e potente. Lo stesso fischio che tante volte era riecheggiato nel cortile della scuola di Miniera di Mare.

Dopo un po', il pubblico cominciò a sfollare e qualcuno lasciò delle monete nella cassetta che Antonio aveva messo a terra, accanto a una vecchia Vespa carica di bagagli e a una custodia di chitarra. Michele rimase a guardarlo mentre sistemava la sua attrezzatura in un borsone, raccoglieva i cocci di bottiglia e le monete, poi gli si avvicinò.

«Antonio...»

Lui si girò e lo guardò, perplesso. «Ci conosciamo?» gli domandò, mentre scrutava i suoi lineamenti come se cercasse di inquadrarlo.

«Antonio Pepe...» ribadì Michele.

«Sì, sono io, ma tu chi sei? Non mi sembra che...» Poi si interruppe e spalancò lo sguardo. «Aspetta un momento... ma... sei Michele? Michele Airone?» chiese, incredulo.

Michele annuì, emozionato.

«No, vabbè!» esclamò Antonio. «Non è possibile!» Poi lo

afferrò per le spalle e lo tirò verso di sé, abbracciandolo con forza. «Ma che ci fai qui, eh? Mica ti avevo riconosciuto...»

Michele accennò un sorriso.

«No, aspè... beviamoci qualcosa e poi mi racconti. Avrei un po' la gola arsa, sai com'è...» propose Antonio, ammiccando.

«E ti credo!» rispose Michele, ridendo di gusto.

Si avviarono verso un chiosco all'interno del giardinetto e scelsero un tavolino libero, all'aperto. Antonio ordinò una bottiglia d'acqua minerale e due caffè. Michele lo guardava, incantato, e rivedeva nel suo viso i lineamenti del bambino che conosceva dai tempi della scuola, mentre lui si massaggiava i piedi, le piante inspessite e dure come suole.

«Come fai a camminare sui vetri?» gli chiese Michele.

«È una questione di testa... e di allenamento. Cioè, ti spiego... da dove parte il dolore? Dal cervello. È il cervello che attiva i centri nervosi, no? Ecco, spegni il cervello dalla parte del dolore e cammini su qualunque cosa che fa male, finché non ci fai il callo e diventa tutto normale.»

«E come fai a spegnere il cervello?»

«Con un *clic*», rispose Antonio, puntanto l'indice sulla sua fronte.

Risero entrambi.

«Dai, come fai?» chiese di nuovo Michele.

«È una tecnica di meditazione, difficile da spiegare. L'ho imparata in India, c'era una specie di santone che vendeva pollo *tikka masala* su un banchetto e nel tempo libero si rotolava sulle bottiglie rotte, tanto per rilassarsi.»

«Ma come diavolo ci sei arrivato in India?»

Antonio sorrise e in quel momento un cameriere servì i due caffè e la minerale.

«È successo tutto all'improvviso, Michè...» rispose. Poi si versò un bicchiere d'acqua che bevve in un solo, lungo sorso. «Mi ero laureato, sai? Ingegneria meccanica», disse, mentre riempiva di nuovo il bicchiere.

«Davvero? Per costruire le navicelle spaziali?»

Antonio fece una faccia sorpresa. «Te lo ricordi ancora? Esatto, proprio così. L'idea era sempre quella. Insomma, mi laureo a ventitré anni, praticamente un genio, Scuola superiore Sant'Anna di Pisa, massimo dei voti, c'era una donna che stavo per sposare...»

«Pure?» chiese Michele, stupito.

Antonio annuì. «Maria... bella ragazza, dolce, intelligente... non le mancava nulla. Solo che...» Lasciò la frase a mezz'aria e tracannò un altro bicchiere d'acqua. «Insomma, amico mio...» riprese poi. «Filava tutto liscio, la laurea, il matrimonio ormai prossimo, i miei che erano felicissimi. Avevo perfino dato l'anticipo per una casa, a Torino... ti ricordi che mi ero trasferito a Torino con i miei, no? Ecco, appunto. Solo che... come faccio a spiegarti? A un certo punto ho sentito che c'era qualcosa che non andava... Dormivo poco, oppure troppo. Mal di testa continui, digerivo male... insomma, sentivo montare una specie di insofferenza che mi faceva penare.» Prese il caffè zuccherato che Michele gli porgeva, lo sorseggiò, poi ricominciò a raccontare. «Vabbè, tu non ci crederai, ma è scattato tutto una mattina mentre andavo in macchina a un colloquio di lavoro... Colpa di Francesco De Gregori...»

«Ma chi, il cantautore?»

«Proprio lui. Insomma sto in macchina, fermo a un semaforo che non scatta, e io mi incazzo come un imbecille perché sono in ritardo... poi a un certo punto, sento alla radio *Pezzi di vetro*. La conosci?»

Michele sollevò le spalle, indeciso.

«Non lo so... mi sembra di sì, ma non sento molta musica...»

Antonio gli fece cenno di attendere.

«Hai un attimo di tempo?»

Michele controllò l'orologio, aveva ancora quasi un'ora prima della partenza dell'autobus e la stazione era a quattro passi. Quindi annuì, convinto.

Antonio si alzò, corse verso la sua Vespa, prese la custodia della chitarra e tornò al tavolino. «Te la faccio sentire... è il mio secondo lavoro. Quando non mi va di fare i rutti col fuoco e camminare sui vetri, mi siedo in qualche angolo e canto. Ci si campa, sai?»

Michele, sempre più allibito, vide il suo amico sfilare la chitarra dalla custodia e accordarla velocemente.

«Senti le parole, è importante», annunciò con un tono quasi solenne.

Poi iniziò a cantare, accompagnandosi con la chitarra.

L'uomo che cammina sui pezzi di vetro
dicono ha due anime e un sesso
di ramo duro il cuore
e una luna e dei fuochi alle spalle
mentre balla e balla
sotto l'angolo retto di una stella.

La voce di Antonio era calda, intonata e leggermente roca. Michele chiuse gli occhi, immerso in una sensazione di pace. Antonio se ne accorse e sorrise, continuando a cantare.

Non conosce paura
l'uomo che salta e vince sui vetri
e spezza bottiglie e ride e sorride
perché ferirsi non è possibile
morire meno che mai e poi mai.

«Capisci?» disse Antonio, interrompendo la canzone e posando la chitarra sul tavolino. «*Ferirsi non è possibile, morire meno che mai*... Be', in quel momento io ho capito che mi stavo ferendo e che se continuavo così in qualche modo sarei morto nel modo peggiore, cioè rimanendo vivo.»

Michele emise un piccolo gemito. "È quello che è successo a me", pensò. "Morire e rimanere vivo..."

«Be', non te lo so spiegare come è successo...» continuò il suo amico. «Però ho capito che l'unica cosa che volevo fare nella vita era camminare sui pezzi di vetro e girare il mondo. Così ho mollato tutto, ho lasciato Maria, ho salutato i miei genitori e sono partito per l'India, perché sapevo che i migliori fachiri erano lì. Poi ho imparato pure a fare il mangiafuoco, ma è stato solo per conquistare una donna, in Norvegia, che aveva la passione per queste cose. Mi sono ustionato mezza bocca, però non me l'ha data lo stesso.»

Michele rise di gusto, mentre Antonio scuoteva la testa divertito.

«Insomma... questa è la tua vita?»

Antonio sospirò e fece un cenno di assenso. «Voglio girare il mondo, intanto. Anzi, ci siamo incontrati per caso, perché sto scendendo giù in Sicilia e poi proseguo per la Tunisia.»

«E non ti manca la tua vita di prima?» chiese Michele, perplesso.

«Qualche volta... però mi passa subito. Mi piace troppo quello che faccio, questa libertà assoluta... sono anni che non ho un orologio né un telefono, né un indirizzo fisso... dovunque vado è casa mia, dormo quando voglio, mangio quando posso e mi sento felice, capisci?»

«E quando sarai vecchio? Che cosa farai?»

«Michè, mi sembri mio padre. Pure lui mi ha fatto questa domanda, anzi, me la fa ogni volta che li passo a trovare... Che ti devo dire? Quando sarò vecchio, sempre che ci arrivo, ci penserò. La vita è oggi, no? Ieri è già passato e domani non esiste ancora. Quando passerà, domani diventerà ieri e così via. Finché non arrivo fino a cento, non mi fermo.»

«Cento?» domandò Michele, aggrottando la fronte.

Antonio rise sommessamente e fissò il suo amico d'infanzia negli occhi. «Ora ti spiego. Sai quali sono stati i due momenti più emozionanti con Maria e anche della mia vita prima di partire? Te lo dico io... quando mi ha detto per la prima volta "ti amo"... e quando mi ha mandato affanculo perché l'ho lasciata. Due parole, due emozioni diverse... Ecco, io ho deciso che devo riuscire a farmi dire sia "ti amo" che "vaffanculo" in ogni lingua del mondo. E le lingue riconosciute sono cento, una più una meno, dal cinese mandarino allo slovacco. Ho escluso i dialetti, altrimenti diventa troppo impegnativo. Rischio di non farcela...»

Risero ancora, di gusto.

«Sei pazzo...» sospirò Michele, poi si fece pensieroso. «Io ho fatto tutto il contrario di te», confessò.

«Raccontami...» disse Antonio e si sistemò sulla sedia, assorto.

Michele raccontò. Dalla partenza di sua madre fino a quel giorno. E i motivi che l'avevano spinto al primo viaggio dopo anni di solitudine e stazione ferroviaria, di come, in pochi giorni, la vita gli stesse piombando addosso all'improvviso con tutte le variabili e gli imprevisti che non riusciva a controllare.

Quando terminò il suo racconto, Antonio emise un fischio prolungato, che esprimeva sorpresa e ammirazione.

«Caspita, amico mio. Hai più coraggio di me. Ti sei iscritto a un corso accelerato di salto nel vuoto e hai lasciato a casa il paracadute. Non è facile mettersi in gioco dopo aver fatto una vita come la tua, lo sai?»

«So solo che non ci capisco più niente, e non so a cosa andrò incontro: se troverò davvero mia madre in quel caseificio, cosa le dirò, cosa farò... Non riesco a immaginare niente», rispose Michele, con un filo di voce.

«Devi stare tranquillo. Pensa solo che la vita è sempre un rischio, per chiunque. Ma se stai attento e usi il cervello, è un rischio controllato. In qualunque momento ti puoi fermare e tornare indietro... a meno che non sei morto. Tutto qui. E tu non mi sembri morto.»

Michele annuì, per nulla rincuorato, e, proprio in quel momento, un pallone di gomma piombò sul tavolino e gettò all'aria le tazzine e i bicchieri. I due amici sobbalzarono. Un ragazzino corse verso il tavolo, si scusò rapidamente, poi afferrò il pallone e tornò verso il centro dei giardinetti, dove altri coetanei lo attendevano per giocare.

Antonio fissò Michele con un lampo negli occhi. «Ti ricordi che coppia a pallone, io e te?»

«Certo che mi ricordo...»

«E da quanto tempo non ci giochi?»

«Anni e anni, Antò...» sorrise Michele.

«Ma lo sai che pure io non tocco un pallone da secoli? Chi lo sa se siamo ancora bravi...» ammiccò Antonio.

Michele sorrise. Un attimo dopo, si alzarono insieme, corsero verso i ragazzini e chiesero il permesso di fare una partita con loro.

Ti vedo, Antonio. Vedo i tuoi riccioli biondi e quel tuo modo di correre scomposto, come se rimbalzassi a pelo d'acqua. So che quando mi fai un cenno con la mano, mentre corri, vuol dire che sei sicuro di superarli tutti nello scatto. So che ti aspetti che io, che ho il pallone tra i piedi, gli faccia disegnare nel cielo quella parabola a effetto, che poi ti arriva proprio sulla fronte. E non è perché io sia bravo a fare i lanci, ma è perché sei tu che riesci a indovinare dove finirà. Forse perché ce l'hai nel sangue, il senso misterioso del vagare tra le cose della vita, la regola disordinata e ferrea dell'improvvisazione. E adesso la vedo, la tua mano che si alza verso l'alto, come un saluto. E ti rispondo col tocco del mio piede sul pallone. Lo vedi come vola, ora? Vedi come disegna la sua traiettoria sopra i tetti del mondo? Stai attento, amico mio: fra un po' comincia a scendere, il pallone. Fatti trovare pronto, come un tempo, al nostro appuntamento…

Antonio colpì di testa il pallone e il portiere avversario non riuscì a parare.

«Goool!» gridarono insieme, a squarciagola, i due amici ritrovati. E corsero l'uno incontro all'altro per abbracciarsi. Felici e sudati, come un tempo. «Goool!» urlarono ancora, come se non ci fosse altro da conquistare nella vita.

E mentre urlavano si accorsero che piangevano di gioia, perché a volte il tempo fa il miracolo di tornare indietro come un nastro impazzito e ti regala attimi già vissuti, che ormai sembravano sepolti nell'oblio.

Da qualche parte, forse da una chiesa lì vicino, risuonarono i tocchi di una campana. Uno dopo l'altro:

din…

don…

din…

don…

Fino a undici.

Michele impallidì. «L'autobus!» urlò. «Mi parte l'autobus! Sono le undici!»

«Dai, sbrigati che fai in tempo», gli disse Antonio, ancora affannato.

Michele corse verso il tavolino, raccolse al volo il suo zaino, poi abbracciò l'amico che lo aveva raggiunto.

«Ti passo a trovare un giorno o l'altro, te lo prometto. Alla stazione...»

«Ci conto», rispose Michele, poi corse via, veloce.

Antonio lo seguì con lo sguardo, sudato, scalzo, libero e felice.

"In bocca al lupo, amico mio..." pensò. Poi ritornò a giocare con i ragazzini.

Arrivò di corsa nella piazza mentre le porte dell'autobus si stavano chiudendo con un sibilo metallico. Saltò dentro appena in tempo e tutti lo guardarono, infastiditi e diffidenti. Era in un bagno di sudore, i capelli attaccati alla fronte, la maglia inzuppata, il fiato corto e il lavoro certosino del barbiere completamente annullato. Cercò di calmare l'affanno e andò a cercarsi un posto tranquillo. Scelse un sedile nella penultima fila, accanto al finestrino, sulla destra. Sistemò lo zaino e l'autobus si mise in movimento. Distese le gambe sotto il sedile anteriore e vide la piazza e i suoi edifici scorrergli davanti agli occhi. Controllò il suo orologio: l'autobus avrebbe raggiunto il caseificio in meno di un'ora, a quanto gli avevano detto. Solo una sessantina di minuti, poi il verdetto. Rimpianse di non aver comprato qualcosa da bere e da mangiare. Dopo la partita a pallone si sentiva quasi disidratato e lo stomaco iniziava a brontolare senza controllo, a contrarsi, rilassarsi e poi di nuovo a contrarsi. Frugò nello zaino e trovò un paio di biscotti ormai rinsecchiti della signora dai capelli viola. Erano sbriciolati sul fondo del cartoccio, ma li mangiò comunque, provando un senso di sollievo.

L'autobus, intanto, uscì dal centro della città, percorse un tratto di rettilineo e poi si arrampicò verso i monti più alti della catena degli Appennini. Seduto accanto al finestrino, Michele vide il paesaggio cambiare in maniera repentina, chilometro dopo chilometro. Al terzo tornante, che aggirava la montagna e la fitta boscaglia, il bianco della neve prese definitivamente il sopravvento su ogni altro colore. Corvi imperiali e gracchi corallini disegnarono arabeschi nel cielo e fecero ombra al sole, stagliandosi sulle sagome sempre più vicine dei picchi innevati e dei ghiacciai d'alta quota. L'ambiente riscaldato dell'autobus fronteggiava il gelo esterno e provocava una spessa condensa sui vetri dei finestrini, che Michele spazzava via col palmo della mano, attento a seguire con lo sguardo la strada, per individuare l'inizio della statale che conduceva a Carvagnaso.

Dopo quasi mezz'ora, la strada statale si annunciò con un cartello arrugginito. Michele vide una pietra miliare che indicava il primo chilometro e il suo cuore cominciò a sussultare con ritmo irregolare.

La salita si fece più ripida e poi, dopo due o tre chilometri, iniziò un falsopiano. Ai lati della strada cominciarono ad apparire sporadiche abitazioni, con i tetti a spiovente carichi di neve e i comignoli dei camini che sbuffavano nuvole di fumo grigio. Le cataste di legna, al riparo sotto tettoie di tegole antiche, raccontavano un lavoro previdente e laborioso per difendersi dal gelo. Poi le abitazioni diventarono più numerose, si infittirono a mano a mano che il falsopiano si addolciva e si allargava in un tratto pianeggiante, fino a formare un piccolo borgo. Michele intravide una chiesa, alcuni negozi, una trattoria, una scuola.

L'autobus si fermò e l'autista aprì le porte. Alcuni passeggeri scesero, ma Michele non ebbe il coraggio di seguirli. Decise di aspettare la fermata successiva perché forse era più vicina al chilometro nove, ma in realtà voleva solo prendere tempo e dilatare l'attesa. Quando le case ripresero a diradarsi e la strada si riportò in salita, scorse una pietra miliare che segnava l'ottavo chilometro della statale e sentì il gelo penetrargli nelle mani, che iniziarono a formicolare. Incollò lo sguardo al finestrino e, poco dopo, vide il caseificio.

Era una costruzione bassa, in pietra antica, rettangolare e

vasta. Sullo spiazzo davanti alla strada c'erano alcune automobili parcheggiate e un furgone con una scritta sulla fiancata: CASEIFICIO ORLANDINI.

Sul retro, alcuni recinti con palizzate in legno si affacciavano su un bosco di pini neri e contenevano una cinquantina di vacche di razza Bruna, abituate alle altitudini e a stanare l'erba rinsecchita sotto gli strati di neve e di ghiaccio. Michele capì che quelle vacche fornivano il latte al caseificio che, intanto, si allontanava alle sue spalle. Sperò che la fermata successiva non si trovasse a troppa distanza e, qualche minuto dopo, sentì l'autobus rallentare e fermarsi all'altezza dell'undicesimo chilometro. Prese lo zaino, indossò il giaccone pesante e un berretto di lana, quindi scese dall'autobus e lo guardò mentre ripartiva e si allontanava insieme al suono cadenzato e ritmico del motore a gasolio.

Poi, si guardò intorno. Per la prima volta nella sua vita, provò la sensazione di vedere il gelo. Lo attraversò, avviandosi lungo la strada, verso il caseificio. Percorse un chilometro, a passo lento.

Cercava di elaborare una strategia: cosa avrebbe fatto una volta giunto al caseificio? Sarebbe entrato e avrebbe chiesto se qualcuno conosceva sua madre, Laura Puglia? E se invece l'avesse vista subito, cosa avrebbe fatto? Cosa le avrebbe detto? E lei, l'avrebbe riconosciuto? Lui sì che l'avrebbe riconosciuta, al primo sguardo, anche se fosse invecchiata più del dovuto, anche se avesse cambiato taglio e colore dei capelli, anche se avesse finto di essere un'altra persona, di avere un altro nome e un'altra storia. E se lei, invece, avesse fatto finta di non conoscerlo? Cosa avrebbe fatto, in quel caso? Sarebbe andato via senza discutere? Avrebbe provato rabbia o delusione? Pena o disprezzo?

Cosa sarebbe accaduto, di lì a poco?

Prese fiato e fissò, di nuovo, la sagoma del caseificio. Le automobili parcheggiate lì davanti erano aumentate di numero. Si avvicinava l'ora del pranzo e Michele intuì che erano arrivati i clienti dello spaccio a fare la spesa. Raggiunse l'ingresso del parcheggio e, in quel momento, si sentì invadere da una calma irreale. Era come se si fosse staccato dal suo essere e si stesse osservando da un punto di vista estraneo e lontano. Si vide mentre si avvicinava alla porta d'ingresso del negozio, mentre allungava un braccio in avanti per afferrare la maniglia e abbassarla.

Ma il contatto col metallo gelido lo fece rientrare in sé e una fitta di dolore allo stomaco lo paralizzò. Staccò la mano dalla maniglia e fece un passo indietro. Quella calma irreale era sparita. E con lei il coraggio di oltrepassare quella soglia. Provò a respirare lentamente, a caricare d'aria i polmoni. Poi vide, sulla sua destra, una vetrina che esponeva i prodotti del caseificio. Si accostò al vetro con l'intento di spiare all'interno senza essere visto. Una decina di clienti si affollavano davanti al bancone e due donne in camice azzurro e cuffietta bianca di cotone erano impegnate a servirli. Fissò il volto delle due donne, entrambe sui quarant'anni, l'una bassina e magra, l'altra più alta e dal fisico massiccio. Nessuna delle due somigliava neanche lontanamente a sua madre. Poi vide un'altra donna, di spalle. Anche lei indossava il camice azzurro da commessa del caseificio.

Tirò fuori tutta l'aria che aveva nei polmoni. Il fisico di quella donna era identico a quello di sua madre; i capelli castani raccolti sotto la cuffietta, la forma del collo e della nuca, tutto apparteneva all'immagine che conservava di lei. Non era ingrassata. Al contrario, sembrava più snella, la schiena diritta come un fuso, proprio come lui la ricordava.

Michele si morse un labbro e iniziò a tremare. Attese che la donna si voltasse per guardarla in viso, trattenendo il fiato.

Quando lei si voltò, la riconobbe.

Era sua madre.

E in quel momento, sentì lo stomaco contorcersi e ribellarsi.

Corse via, raggiunse il retro del caseificio, si appoggiò al muro e sentì esplodere con violenza tutta l'angoscia e l'incredulità che l'avevano trafitto nell'attimo in cui aveva visto quel volto. Spalancò la bocca senza riuscire a urlare, si lasciò andare ai singhiozzi senza riuscire a piangere, poi si mise a sedere sul selciato, con la schiena poggiata alla parete, e si prese la testa fra le mani.

Guardò il cielo, in cerca di una spiegazione.

«Non è possibile...» sussurrò quando il respiro diventò più regolare. «Non è possibile...»

Si rialzò di scatto. Tornò davanti alla vetrina e spiò di nuovo attraverso il vetro.

Lei ora parlava con un cliente e gli sorrideva, mentre incartava alcuni pezzi di formaggio e li infilava in una busta di plastica. Il suo sorriso, leggermente obliquo. I denti bianchi, perfettamente allineati come le perle di una collana.

Davanti agli occhi di Michele c'era di nuovo sua madre.

Era la stessa, identica donna che aveva visto partire tanti anni prima, in una mattina di novembre.

Ma non era invecchiata neanche di un giorno. Anzi, sembrava ringiovanita.

14.

La pietra era fredda dietro le sue spalle. Michele era rimasto immobile, seduto sul retro del caseificio, imprigionato nel tempo, quel tempo che sembrava improvvisamente impazzito. Tre giorni erano stati sufficienti per scavargli il volto. Più di vent'anni non erano bastati per segnare il volto di sua madre, per disegnarle almeno qualche ruga sottile intorno agli occhi come avviene a qualunque persona.

"Perfino le statue invecchiano..." pensò, "le statue, gli oggetti, le pietre. Invecchiano i ricordi, i sogni, le parole scritte e pronunciate. Invecchiano gli amori. Invecchia la riva del mare, che si ritrae con i contorni della costa; invecchia il greto del fiume, il profilo delle montagne, che cambia di stagione in stagione. E invecchia il cielo, perché perde le sue stelle. Perché questo è il potere del tempo: cambiare i volti, trasformare l'amore in abitudine, sfumare i ricordi, distruggere i sogni, scolpire la pietra, inghiottire il mare e far morire le stelle. Però... però riusciamo a vederle, alcune stelle. Anche se sono già spente. Stelle che beffano il tempo, perché la loro luce rimane fissa nel firmamento, anche se sono precitate nell'abisso da millenni. Che cosa ho visto, allora? Il riflesso luminoso di una persona che è già sparita da tempo? Oppure il destino mi ha voluto regalare la possibilità di ritrovare mia madre e vederla invecchiare come non ho potuto fare in tutti questi anni?"

Frugò all'interno dello zaino e prese la fotografia. La guardò in silenzio. Era la stessa donna che, all'interno del negozio, serviva formaggi e latticini come se non esistesse altro nella vita.

Poi la vide di nuovo. Era uscita dal caseificio e ora indossava un giubbotto pesante, nero, sopra un paio di jeans infilati all'interno di stivali robusti. Aveva un borsone a tracolla e si avviava in discesa, pronta a percorrere a piedi il falsopiano che conduceva al borgo.

Michele si alzò in fretta, infilò la fotografia nello zaino e cominciò a seguirla.

Lo spiazzo davanti al caseificio si era ormai svuotato. Le due commesse, l'una bassa e minuta e l'altra corpulenta, uscirono serrando a chiave la porta del negozio. Michele passò davanti alle due donne e si pose sulla scia di sua madre, che si era già allontanata a passo veloce.

Già una volta l'aveva seguita di nascosto, dentro un pomeriggio di aprile, lungo le strade di Miniera di Mare, quando lui aveva solo quattro anni. Si era svegliato all'improvviso sul divano di casa, giusto in tempo per vederla uscire. Senza pensarci, era corso fuori per seguirla, era passato a pochi metri dalla biglietteria dove suo padre, distratto da una discussione con alcuni colleghi, non si era accorto di lui, poi si era messo sulla scia di sua madre e non l'aveva persa di vista, fino all'imbocco della piazza principale. Voleva farle una sorpresa e afferrarle una mano senza preavviso, per dimostrarle che ormai era grande ed era già capace di meravigliarla. Ma poi, dopo che lei aveva voltato l'angolo, l'aveva persa di vista tra i passanti e aveva provato una paura fino a quel momento sconosciuta. La paura di rimanere solo per sempre, di averla perduta. Si era messo a piangere, fino a quando non la vide: sulla soglia di un negozio, nel quale stava per entrare, aveva sentito il suo pianto e si era voltata. Quella volta lei gli era corsa incontro e lo aveva rimproverato dolcemente, poi lo aveva stretto a sé, gli aveva riempito le guance di baci e carezze. Gli aveva comprato un gelato e gli aveva giurato che non avrebbe detto nulla al papà, per non farlo arrabbiare. «Ma tu mi devi promettere che non uscirai mai più da solo. Almeno finché non sarai più grande. Capito, tesoro?»

Michele promise. E mantenne la promessa.

Ora la seguiva di nuovo, tanti e tanti anni dopo. E lei aveva ancora quel modo di portare verso l'esterno il piede destro mentre camminava. Ora i capelli erano sciolti sulle spalle, castani e lucidi, come Michele ricordava. E si capiva che aveva fretta, perché allungava il passo, metro dopo metro.

Raggiunse il paese, chiamato Borgo Sale, e si fermò davanti alla scuola che Michele aveva già visto attraverso il finestrino dell'autobus. Bambini e bambine, nei grembiuli bianchi o blu, uscivano a frotte, spinti dal trillo della campanella che segnava la fine delle lezioni. Michele osservò da lontano il profilo della donna, il naso affilato e all'insù, proprio come lo ricordava, gli occhi appena incavati, la bocca carnosa e imbronciata. Si fermò a una ventina di metri da lei, affannato per l'emozione. Sfilò lo zaino dalle spalle e lo poggiò ai suoi piedi. Poi la vide mentre fissava il portone della scuola e riconobbe lo stesso sguardo che gli regalava quando le lezioni erano finite e lui le correva incontro, per volare tra le sue braccia.

E vide il bambino.

Aveva circa sei anni. I capelli castani, gli occhi neri come una pozza di petrolio. E correva verso sua madre. La raggiunse e si infilò nel suo abbraccio senza alcun pudore. Michele riconobbe in quel bambino la sua stessa rincorsa, il suo stesso sorriso, lo stesso amore sconfinato e l'abbandono totale tra le braccia della madre.

La donna e il piccolo si presero per mano, si avviarono lungo la strada.

Michele riprese a seguirli. Anche i loro passi, quel tenersi per mano, richiamavano immagini del suo passato. Il bambino, però, a parte gli occhi neri e i capelli castani, non somigliava a Michele da piccolo. Era più gracile, anche i lineamenti del volto erano diversi, il naso leggermente schiacciato, le labbra sottili. Quando il bambino guardò sua madre e le sorrise, Michele impresse quel profilo nei suoi occhi e vi riconobbe un dolore silenzioso.

Era lo stesso dolore che aveva dentro Michele dopo la partenza di sua madre.

"Per quale motivo?" pensò, scosso. "Perché quel dolore se sua madre è con lui e lo tiene per mano?"

Madre e figlio passarono accanto a un gruppetto di bambini e uno di loro, vedendoli, sorrise in maniera insolente. Aveva una folta capigliatura scura e gli occhi verdi e sottili come fessure.

«Uè, Gianni!» urlò. «Salutaci l'orso bianco, se lo vedi...»

I bambini del gruppetto scoppiarono in una risata di scherno. Michele vide il piccolo stringersi ancora di più a sua madre, arrossendo di una rabbia repressa mista a mortificazione. Ricordò i sorrisi beffardi, a scuola, quando sua madre era scomparsa, le frasi sussurrate dai compagni per ferirlo, le battute oscene urlate in strada mentre tornava a casa da solo, dopo la scuola.

Anche la donna sembrò ferita da quelle risate e strinse a sé il bambino, come a volergli fare coraggio.

"Quindi il bambino si chiama Gianni..." annotò mentalmente Michele, dopo pochi passi. E quel nome, così comune, così reale, in qualche modo lo rassicurò. Non stava sognando. Non era impazzito. Doveva solo trovare una spiegazione razionale a tutto ciò che stava vivendo.

Michele continuò a seguire a distanza il piccolo Gianni e sua madre.

Percorsero alcuni vicoli del borgo e arrivarono fino a una casa a due piani, i mattoni di tufo dipinti di giallo crema, circondata da un piccolo giardino completamente imbiancato di neve. Di fronte alla casa si ergeva in lontananza la poderosa sagoma del Corno Grande del Gran Sasso, con i suoi tre picchi innevati e i ghiacciai. Michele vide sua madre e il piccolo Gianni entrare in casa. Quando la porta d'ingresso si richiuse alle loro spalle, si avvicinò lentamente. Sentì il profumo della legna bruciata nel camino e il rumore dei passi all'interno dell'abitazione.

Si accostò a una finestra al pianterreno e vide un soggiorno arredato in maniera accogliente: un tavolo in legno massello, un divano di fronte al camino acceso, una grande credenza antica piena di piatti, bicchieri e alcune bottiglie di liquore. Poi vide arrivare Gianni. Aveva tra le mani un binocolo. Il bambino si avvicinò alla finestra e Michele si ritrasse nascondendosi di lato, accanto a un cumulo di legna accatastata per l'inverno.

Un attimo dopo, la finestra si aprì e la testa di Gianni spuntò all'esterno. Impugnava il binocolo e guardava in direzione del Corno Grande. Michele si pietrificò, col fiato sospeso, nel timore di essere visto. Se avesse mosso un solo passo, il bambino l'avrebbe sentito.

Parlava tra sé e sé, come spesso fanno i bambini, in un sussurrio rassicurante, come si parla a un amico immaginario.

«Dai, fatti vedere... tanto lo so che ci sei... Così glielo faccio vedere io, se sono un bugiardo...»

La sua voce era leggermente roca, con una impercettibile inflessione dialettale di quelle zone. La carnagione bianca, il mento leggermente sfuggente, le mani magre e affusolate.

Poi il piccolo eseguì una lenta panoramica ruotando il volto e il binocolo verso il lato occidentale del Gran Sasso, proprio in direzione di Michele, che si ritrasse ancora, istintivamente, nel timore di essere inquadrato dalle lenti del binocolo. Urtò un tronchetto di legna, che rotolò giù rimbalzando sul selciato. Il bambino si scosse, scostò il binocolo dagli occhi e vide Michele. Rimase a guardarlo, sorpreso, a bocca aperta. Michele accennò un sorriso per non spaventarlo, sollevò una mano in cenno di saluto.

E Gianni, candidamente, lo salutò. «Ciao», disse, appena guardingo.

«Ciao», rispose Michele, imbarazzato, cercando di assumere un atteggiamento disinvolto. «Che... che cosa stavi guardando?»

«L'orso polare...» replicò il bambino, dopo una piccola esitazione.

Michele lo guardò, perplesso.

«Sì, lo so che gli orsi polari stanno al Polo...» lo anticipò Gianni, come se fosse abituato e rassegnato a dover ribattere sempre alla solita obiezione. «E che sono tutti bianchi. Però mio padre ha visto proprio un orso bianco, là sopra, vedi? Proprio sopra dove stanno i ghiacciai. E anche io l'ho visto. Proprio ora. Lo vedo sempre. C'è, c'è proprio, sta là sopra...»

E indicò le vette lontane. Michele annuì, intenerito, e rivide ancora una volta negli occhi del bambino la radice di un dolore profondo, un dolore che sentiva familiare.

«Non sono un bugiardo», sottolineò il bambino, come a rassicurare più sé stesso che il suo interlocutore.

Michele lo rassicurò con un cenno della testa, in silenzio. Cosa volevano dire quelle parole? Cosa si nascondeva dietro il dolore che riusciva a leggere in quegli occhi così simili ai suoi? E perché quel dolore gli ricordava il dolore provato da bambino?

«Ma tu come ti chiami?» gli chiese il piccolo.

«Michele.»

«E cosa fai con quello zaino? L'esploratore?»

Michele accennò un sorriso.

«No, io... lavoro in una stazione...»

«Di benzina?»

«No, una stazione dei treni.»

«Mi piacciono i treni!» disse Gianni, e il suo sguardo si illuminò. «Tu li sai guidare?»

Michele stava per rispondere, quando sentì una voce alle sue spalle e si interruppe.

«Lei chi è? Le serve qualcosa?»

Si voltò di scatto. La donna lo fissava con diffidenza. Era impaurita, ma pronta a difendere suo figlio da qualunque pericolo. Non riconobbe la voce di sua madre, ma gli occhi erano identici, lo stesso sguardo, la stessa luce, lo stesso colore delle pupille.

Michele aprì la bocca, come a voler rispondere. Ma sentì di non riuscire a emettere un solo fiato. Era come paralizzato dall'emozione. Ma anche dalla delusione e dal dolore. Lei non l'aveva riconosciuto. Continuava a fissarlo e non mostrava alcuna emozione se non quel senso di paura e diffidenza.

«Allora?» incalzò la donna. «Mi vuole spiegare?»

Michele le fece cenno di attendere. In cambio delle parole pensò di offrirle una risposta inequivocabile, qualcosa che testimoniasse la sua storia e tutti i suoi perché senza dover spiegare altro.

Frugò nello zaino, con le mani che tremavano all'impazzata, poi tirò fuori la vecchia fotografia e la porse alla donna.

"Guarda, mamma... mi riconosci, ora? Ora hai capito chi sono?" pensò in un lampo, senza riuscire a parlare, con le labbra che mimavano una preghiera silenziosa, mentre la donna, dopo un attimo di esitazione, prendeva la foto tra le mani.

La osservò a lungo, in silenzio. E la sua espressione cambiò, passando dallo stupore al dubbio. Poi fissò Michele, come a studiarlo e sembrò molto turbata.

«Questa è una foto di mia madre...» disse, in un soffio.

«Sua... sua madre? Laura Puglia?» farfugliò Michele.

«Sì, Laura Puglia è mia madre», ribadì lei. «Ma lei come lo sa? Come fa ad avere questa foto? Chi è lei? Me lo spiega?»

Michele chiuse gli occhi per un attimo e si trovò di fronte alla spiegazione di quella somiglianza incredibile. Sua madre aveva avuto una figlia che adesso era lì, di fronte a lui.

Sentì la sua stessa voce spiegare che quella donna ritratta in foto era anche sua madre. E che lui era il bambino accanto a lei nella stessa fotografia, che quella era la loro casa, dentro la ferrovia.

«Abita qui?» domandò Michele, con un filo di voce. «Mia madre... abita qui?»

La donna scosse la testa.

«No, non abita qui...» rispose, imbarazzata. E, prima che Michele potesse fare altre domande, lo anticipò. «E ora se ne vada, per favore.»

«Ma io...»

«Non è giusto quello che sta facendo, lei non può piombare qui, a casa mia, con una fotografia che chissà da dove viene, chissà da chi è stata fatta e... e dire che mia madre è anche sua madre.»

«Ma è vero», balbettò Michele. «Io le assicuro che... insomma, se mi lascia spiegare, io...»

«Le ho detto di andare via!» incalzò la donna, più impaurita che arrabbiata. «E tu chiudi quella finestra!»

Gianni guardò Michele, perplesso, poi obbedì. La finestra si chiuse, mentre Michele sentiva la schiena incurvarsi di nuovo e annaspava cercando altre parole per convincere la donna.

«Io... io voglio solo sapere dov'è mia madre», tentò di spiegare.

«Non è qui. E non credo che sia sua madre», replicò la donna. Poi rientrò a casa e chiuse la porta con forza. Michele sentì il rumore della chiave che ruotava nella serratura e lo schiocco secco di un chiavistello.

Rimase fermo, immobile, con la fotografia tra le mani e la mente offuscata dalla delusione e dalla rabbia, che si alternavano a intermittenza impedendogli di essere lucido e di trovare una soluzione. Una nuvola densa coprì il sole e l'aria diventò ancora più fredda. Michele si appoggiò al muro, sfinito, privo di forze, con la voglia di annullarsi per sempre e spegnere il dolore.

Erano lacrime di stupore e paura, quelle della giovane donna, poggiata con la schiena contro la porta che aveva appena serrato alle sue spalle. Cercò di controllare i piccoli fremiti che le facevano tremare le labbra e le mani, per non impaurire suo figlio che la guardava, sorpreso.

«Stai tranquillo, amore... stai tranquillo. Non è successo niente», gli sussurrò, e lui corse ad abbracciarla.

«E allora perché piangi? Ti difendevo io, se quel signore era cattivo...» assicurò il bambino. «Però mica mi sembrava cattivo...» aggiunse, sincero.

La mamma gli accarezzò i capelli e accennò un sorriso.

«Mi ha detto che lui lavora dentro una stazione, con il treno. È un bel lavoro, vero?»

Lei sentì un brivido, qualcosa d'impercettibile come un richiamo lontanissimo.

«Ti ha detto così?»

«Sì, era gentile... Gli ho detto che mi piacciono i treni e lui sembrava contento.»

I treni. I treni...

Per un attimo la donna sentì il profumo di sua madre e la sua voce.

C'era un treno... un treno...

Era una sensazione, più che un ricordo. Qualcosa di lontano nel tempo che non riusciva a mettere a fuoco. Le labbra di sua madre... una coperta pesante...

C'era un bambino... un bambino...

Risentì il vento che soffiava alla finestra, la mano di sua madre che rimboccava la coperta pesante. Poi di nuovo la sua voce...

Un bambino con gli occhi neri...

Il fiato si fermò per un attimo, chiuse gli occhi e cercò di visualizzare nella mente la fotografia che l'uomo le aveva mostrato, il volto del bambino accanto a sua madre, i suoi occhi neri, così simili ai propri, la casa che affacciava sui binari della ferrovia. E il ricordo, finalmente, riaffiorò dal gelo di una lontana serata d'inverno.

La mamma si avvicina al letto della bambina, le rimbocca le coperte e si china per baciarla. La piccola la supplica con lo sguardo: non ha sonno, ha bisogno di ascoltare la sua voce per allontanare la paura della notte che avanza e che porta sempre troppo buio e silenzio. La mamma annuisce e sorride, si siede accanto alla bambina, sul bordo del letto. Le accarezza i capelli e si sorprende, ancora una volta, di quanto sua figlia le assomigli. Di quanto quegli occhi da bambina le ricordino altri occhi, neri come una pozza di petrolio.

È una serata diversa dalle altre, forse perché il gelo è più impietoso del solito, forse perché quegli occhi neri le riportano quel dolore che, stavolta, è più impietoso del gelo. Allora decide di raccontare una storia diversa dalle solite. Non «Cappuccetto rosso». E nemmeno «Biancaneve». Non quel cartone animato che hanno visto alla televisione e che alla bambina è piaciuto tanto da farselo narrare ancora e ancora e ancora.

È una serata diversa, quella. E il dolore deve volare via insieme al vento che sibila fuori, deve trovare una via d'uscita. E allora, la mamma racconta una storia che non aveva mai raccontato prima.

«C'era una volta un bambino bello, con gli occhi neri, proprio come i tuoi... abitava in una casa dentro una stazione. Ogni giorno guardava i treni che partivano e tornavano... e sognava di partire anche lui...»

La donna continua a raccontare del bambino, inventa una trama buffa e un lieto fine per alleviare il suo dolore e, a poco a poco, la sua voce si affievolisce e diventa simile al soffio del vento. La bambina si addormenta dolcemente, mentre la donna interrompe la storia e, finalmente, può lasciare che una lacrima le scorra sul viso... e lenisca il dolore.

Quando la porta di casa si aprì, Michele era ancora lì, appoggiato al muretto, lo sguardo perso nel vuoto. Si voltò e vide la donna che lo fissava, scossa e imbarazzata. Aveva tra le mani un pacchetto di sigarette, fece un paio di passi in avanti e ne accese una con gesti nervosi, mentre Michele rimaneva a guardarla, in attesa di capire cosa stesse accadendo. La donna tirò una lunga boccata, poi espirò il fumo lentamente e fissò un punto lontano. Poi tese una mano verso Michele.

«La foto...» disse. «La posso rivedere?»

Michele assentì con un gesto del capo, poi le porse la fotografia. La donna la osservò a lungo, assorta, tesa. Le sue dita sfiorarono il volto del bambino, poi quello della donna ritratta accanto a lui.

«Hai i suoi stessi occhi...» sussurrò, con un filo di voce.

Michele non rispose. Sentì qualcosa di tiepido che scivolava nel suo petto e lo associò al respiro della donna che colorava l'aria di fumo caldo. Come se fosse arrivata a respirargli dentro.

«Hai detto a mio figlio che lavori in ferrovia. È vero?»

Michele annuì, perplesso. E vide la donna impallidire impercettibilmente.

«Come mio padre...» aggiunse, sentendosi in dovere di fornire ulteriori spiegazioni. «Sono nato e vissuto in quella stazione che vedi nella foto. È sempre stata la mia casa.»

La donna sospirò e sembrò in imbarazzo; abbassò gli occhi, come a volersi scusare. «Quando ero piccola, mia madre mi raccontava la storia di un bambino che viveva in una stazione e guardava i treni che partivano...» disse, come a liberarsi di un peso.

Michele sentì la pressione del sangue aumentare, l'emozione batteva nelle sue tempie come un tamburo.

«E poi? Che... che diceva la storia?» chiese, cercando di richiamare la saliva che si era dileguata in fondo alla gola.

La donna scosse la testa, lo sguardo sempre basso.

«È passato tanto tempo, avevo tre o quattro anni al massimo, non ricordo altro. Solo questo bambino con i treni», rispose. E poi lo guardò con improvvisa tenerezza. «Ma... forse quel bambino eri tu.»

Michele socchiuse gli occhi e respirò a fondo.

La donna esitò. «Non hai solo gli stessi occhi di mia madre... ma anche i miei», aggiunse. E la commozione incrinò la sua voce.

E allora gli occhi di Michele si piantarono dentro quelli di sua sorella, così simili ai suoi, che ora si erano improvvisamente velati di lacrime.

No, io non piango. Non ci riesco più da molto tempo. Forse da qualche parte hai le mie lacrime? Cerca di ricordare, magari sai dove la mamma le ha nascoste, perché se l'è portate via, sul treno, insieme al mio diario, tanti e tanti anni fa. Magari prestami qualcuna delle tue, visto che i nostri occhi sono così uguali, perché avrei davvero bisogno di piangere un po', adesso. Non poter piangere fa male, sai? Perché il dolore non sa più da quale parte uscire e ti ri-

mane dentro, incatenato, ti cammina nel sangue, il dolore, come una bestia in gabbia che va avanti e indietro, per tutto il giorno e giorno dopo giorno e dopo giorno... E tu vorresti farlo uscire, vorresti liberarlo ma non sai più come si fa. Mi aiuti a piangere?

La donna gettò a terra la sigaretta, la spense con la suola, poi indicò a Michele la porta d'ingresso e gli fece cenno di entrare.

«Nostra madre è a Piana Aquilana. Più tardi, se vuoi, ti ci accompagno, così potrai vederla», sussurrò.

Michele esitò, poi la seguì all'interno della casa.

15.

Miniera di Mare, 23 marzo 1992

A me mi piace quando mamma ride e poi si mette la mano davanti alla bocca perché sta ridendo troppo e non ci vogliamo far sentire da papà che dorme sul divano per la stanchezza dei treni che ha fatto partire lui da solo. Ieri facevano un film di comiche alla televisione e ci siamo fatti tante risate che poi ridevamo di più proprio perché poi andava a finire che papà si svegliava e si arrabbiava che l'avevamo svegliato con le risate che una volta ho sentito mamma che parlava al telefono e diceva che a papà le risate a volte sembra che gli danno fastidio. Mamma mi ha spiegato che quando non puoi ridere ti viene ancora di più che devi ridere per forza e ho pensato che è proprio vero perché quando viene il prete a scuola che ci impara i santi a noi ci viene da ridere di più perché poi lui se se ne accorge poi si arrabbia e poi ci dice le parolacce che poi dice che non le ha dette e che abbiamo capito male.

Ora che la osservava da vicino, riusciva a notare alcune differenze nei suoi lineamenti rispetto a quelli di sua madre. La fronte era leggermente più ampia e al centro del mento mancava quella piccola fossetta che Michele ricordava bene. Anche il naso era più affilato e asimmetrico, con la punta che virava impercettibilmente verso il lato destro del viso. Gli occhi, invece, erano identici: il nero assoluto delle pupille, le ciglia lunghe, quel leggero rigonfiamento delle palpebre inferiori che le dava un'aria assonnata e dolce. Ma soprattutto, lo stesso modo di guardare, mai completamente centrato, come se fosse attratta solo dai contorni delle cose e delle persone.

Erano seduti al tavolo di legno massello, al centro del soggiorno, e i ciocchi nel camino scoppiettavano in sottofondo. Michele le aveva raccontato la sua storia, dalla partenza di sua madre fino al ritrovamento del diario sul treno. Poi le aveva dato il diario e lei ora lo stava leggendo, assorta. A mano a mano che scorreva le pagine si lasciava andare a ombre di sorrisi, pieni di tenerezza e commozione. Di tanto in tanto, sollevava lo sguardo e lo puntava verso Michele, come a voler condividere le emozioni, come a volergli scavare dalla profondità degli occhi i ricordi e farli propri. Come a dirgli: "Sono con te, ti capisco, ti vedo, ti chiedo scusa, ti ringrazio, ti assomiglio". Come a volergli dire: "Sono tua sorella anche se non lo sapevamo".

Dalla cucina veniva un profumo di brodo e di spezie e Gianni si era messo a sedere sul divano, con un libro di scuola tra le mani, e fingeva di concentrarsi e di studiare. Invece, anche lui alzava lo sguardo verso Michele, furtivo, per poi rituffarlo sulle pagine aperte ogni volta che i loro occhi si incontravano e Michele accennava un sorriso imbarazzato.

Quando terminò di leggere il diario, la donna lo richiuse e fece scorrere le dita sulla copertina rossa, in silenzio. Poi lo restituì a Michele; quando lui allungò la mano per riprenderlo, i loro polpastrelli si sfiorarono e il diario scivolò sul tavolo. Lei gli prese la mano tra le sue. Erano fredde, leggermente sudate.

«Mi chiamo Luce», disse in un soffio. E poi tutto si tinse di rosso. Il suo viso, le sue mani, l'intera stanza, perfino il bianco della neve che si intravedeva dalle finestre. Michele si sentì immerso in quel rosso senza riuscire a capire cosa stesse accadendo. Poi intuì che quella strana sensazione aveva a che fare con la teoria dei colori di Elena. Quel rosso era il colore di Luce e Michele riusciva a distinguerlo. Era rossa come lui, avevano la stessa, identica tinta.

«Quello che non capisco è come ha fatto questo diario ad arrivare fino a te...» sussurrò Luce, come se parlasse a sé stessa.

«Tu non l'avevi mai visto prima?» chiese Michele, perplesso, mentre ritornava alla realtà.

Luce scosse la testa. «Non sapevo neanche che esistesse», disse, sincera, «così come non sapevo che esistessi tu.»

Michele la guardò sorpreso e sconcertato.

«Però io l'ho visto quel quaderno. La nonna ce l'aveva nella cassa... era proprio quello. Stava nascosto in mezzo alle altre cose», intervenne Gianni, con tono sicuro.

Michele e Luce si voltarono verso il bambino, sorpresi.

«Ma che dici, Gianni...» disse Luce. «Sei sicuro?»

«Sì, mamma... la cassa di nonna, dove tiene la biancheria e tutte quelle cose che le regaliamo», rispose il bambino, fiero.

«Non dire bugie, tesoro. Non mi sembra il caso», incalzò Luce, con tono di tenero rimprovero.

«Io non le dico le bugie», puntualizzò Gianni. «l'ho visto in quella cassa... almeno dieci anni fa.»

«Ma se ne hai sei...» sorrise sua madre, divertita.

«Intanto l'ho visto. Giuro», ribadì il piccolo.

Luce guardò Michele come a dirgli: "Se le inventa tutte".

«In ogni caso, anche se il quaderno era in quella cassa, resta da capire com'è arrivato sul treno», concluse la donna.

«Io... io ho pensato che forse nostra madre è salita su quel treno e...»

Luce lo interruppe. «No, questo è impossibile.»

Michele le chiese, sorpreso, per quale motivo ritenesse impossibile una cosa così logica e semplice.

Luce sospirò e scosse la testa come chi sta per affrontare un discorso complicato. «Come faccio a spiegarti?» disse con tono imbarazzato. Poi incrociò le braccia e si abbandonò sullo schienale della sedia. «Inutile girarci intorno, Michele... sono quattro anni che nostra madre non ci sta più con la testa. Non riconosce le persone, non capisce i discorsi... non parla, anzi a volte qualche parola la dice, ma sono parole senza senso. Quando la vedrai, capirai.»

Michele chiuse gli occhi e cercò di ritrovare il fiato. Lei gli prese di nuovo una mano tra le sue e la strinse con forza, come a fargli coraggio.

«Ma... com'è successo?» le domandò, smarrito.

«Magari te lo farò spiegare dal medico che la tiene in cura. Comunque, ha avuto una specie di infarto che le ha provocato un'anossia cerebrale. Si chiama così. Il cuore si ferma, il sangue non affluisce al cervello e se passa troppo tempo i danni cerebrali possono diventare irreversibili. A lei è successo. A casa non c'era nessuno e quando ce ne siamo accorti era troppo tardi. Si è salvata per un pelo, nel senso che quelli dell'ambulanza sono riusciti a rianimarla, ma ormai il danno era fatto.»

Michele annuì, in silenzio. Si sentiva frastornato e incredulo.

«A volte sembra che abbia dei momenti di lucidità, sembra quasi che ti riconosca e che capisca le parole... Ma dura solo un attimo. Poi torna nel suo mondo dove nessuno può raggiungerla», aggiunse Luce. Poi si rivolse a Michele con un lampo negli occhi. «Voglio farti vedere una cosa...» disse. Si alzò, gli fece cenno di attendere e si avviò verso un mobile accanto alla finestra. Michele la guardò mentre frugava nei cassetti, poi volse lo sguardo verso Gianni che, stavolta, gli sorrise.

«Allora sei mio zio?» gli chiese il bambino, con aria eccitata.

Michele annuì, sorpreso. Luce tornò verso il tavolo, aveva una fotografia tra le mani.

«Ho una foto quasi come la tua», annunciò. Poi porse la fotografia a Michele. Ritraeva un ambiente montano. Una baita nel verde, circondata da pini e, sullo sfondo, il massiccio del Gran Sasso. E in primo piano, un uomo e una donna che teneva per mano una bambina.

«Quella sono io a dieci anni», disse Luce, indicando la bambina nella foto. «Poi c'è nostra madre... e quello era mio padre, che ormai non c'è più.»

Michele guardò nella foto il volto di sua madre e la riconobbe all'istante. Provò un brivido nel vedere i primi segni del tempo sul suo viso, i tratti della maturità, lo sguardo addolcito e un po' malinconico. Indossava un maglione a collo alto e dei pantaloni da montagna. Accanto a lei, un uomo anziano, alto, i capelli bianchi e il viso squadrato, l'aria simpatica e bonaria, un amore sconfinato nello sguardo.

Michele fissò il volto dell'uomo e trasalì. Il suo ricordo ritornò fino a quell'ultima estate trascorsa con sua madre, quando passeggiavano, a piedi nudi, sulla battigia e si tenevano per mano. Rivide quello sguardo, nella penombra della sera, che si perdeva dentro l'orizzonte, come se cercasse una risposta a una domanda misteriosa. Poi ricordò un tramonto, piantato nel cuore di un agosto assolato.

Sua madre distoglie lo sguardo dal mare, come se rispondesse a un richiamo, e lo punta verso la strada. Mentre lei si volta, Michele segue il suo profilo e coglie un sorriso sulle sue labbra. Un uomo dai capelli argentati ricambia il sorriso, da lontano. E la guarda con un amore sconfinato.

Lo stesso amore impresso negli occhi del padre di Luce, ritratto nella foto.

«Si conoscevano già...» mormorò Michele, scosso.

Luce lo guardò, perplessa.

«Io me lo ricordo, tuo padre», continuò Michele. «Veniva qualche volta sulla spiaggia di Miniera di Mare. Lui e mia madre si guardavano... Ma lui mi sembrava un uomo anziano.»

«Sì, era molto più grande di nostra madre», confermò Luce.. «Dunque, vediamo... io sono nata nel marzo del 1993, quindi lui allora aveva cinquantasette anni. Quasi trent'anni in più di lei.»

Michele la fissò, mentre cercava di ragionare velocemente. «Scusami... hai detto che sei nata a marzo del 1993? Quindi... nove mesi prima era giugno. E mia madre abitava ancora con noi. Questo vuol dire che quando è andata via era già incinta di almeno quattro mesi», concluse infine. E provò un sentimento di rabbia profonda, mista a delusione. "Mio padre sapeva?" si domandò Michele. "Ne avevano discusso? E se sapeva che era incinta, perché non me l'ha mai detto?"

Luce, turbata, riprese la fotografia e andò a riporla nel mobile accanto alla finestra. Michele la seguì con lo sguardo. “Mi ha lasciato per colpa tua. Per farti nascere senza problemi. Forse per non farlo sapere a nessuno. Neanche a mio padre”, pensò, guardando sua sorella che tornava verso il tavolo.

Lei abbassò lo sguardo, come se gli avesse letto nel pensiero. «Immagino cosa provi...» sussurrò.

«No, che non lo immagini!» urlò Michele. «Nessuno lo può immaginare! Tu che ne sai di cosa si prova, eh? A te è andata bene. Tu ce l’hai avuta una madre! Ora sta male, però ce l’hai avuta! Non sai cosa vuol dire sentirsi abbandonato senza una spiegazione. Non sai cosa vuol dire per un bambino vedere sua madre partire e non sapere più niente di lei!»

Aveva urlato più di quanto volesse. E ora Luce lo fissava e tratteneva a stento una rabbia sorda. Con quell’espressione sul volto somigliava ancora di più alla loro madre e Michele, per un attimo, si sentì confuso.

«Gianni, vai un momento in camera tua e chiudi la porta», disse Luce, rivolta al bambino.

«Ma... mamma...»

«Non discutere e vai. Ti chiamo io quando è pronto da mangiare», ribadì la donna, continuando a fissare Michele negli occhi.

Gianni sospirò, rassegnato, prese il suo libro e si allontanò. Poi imboccò una scala nel corridoio e cominciò a salire verso il piano superiore della casa.

Luce e Michele rimasero in silenzio, a guardarsi, fino a quando non sentirono il rumore di una porta che si chiudeva al piano di sopra.

«Ma come ti permetti di alzare la voce in casa mia?» ringhiò la donna, avvicinandosi a Michele. Poi lo anticipò, ancora prima che lui potesse rispondere. «Mi chiedi cosa ne so? Cosa si prova a essere abbandonati? Bene, allora te lo posso raccontare, cosa si prova...» aggiunse. «Anzi, te lo può raccontare mio figlio, se proprio ti interessa.»

Michele la guardò senza capire. Luce si avvicinò alla finestra, prese il binocolo che Michele aveva già visto tra le mani del bambino e glielo mostrò.

«Ogni giorno prende questo binocolo e guarda verso le montagne. Cerca l'orso polare. Capisci? Un orso polare sugli Appennini...» disse. E il suo tono di voce era già cambiato, aveva perso la rabbia e l'indignazione per riempirsi di dolore.

«Prima, quando ero fuori... mi ha detto che l'aveva visto», ammise Michele che non riusciva ancora a cogliere la direzione delle parole di sua sorella.

«Lo dice a tutti...» annuì Luce. «È diventato la barzelletta del paese. E sai perché? Perché suo padre, un anno fa, è uscito di mattina presto, mentre io dormivo. Gianni l'ha sentito, si è alzato dal letto, è corso da lui per sapere dove andava. E sai cosa gli ha detto mio marito? "Ho visto l'orso polare sulle montagne. Adesso vado, lo fotografo e poi diventiamo famosi, perché è una grande scoperta." Così gli ha detto. E poi gli ha chiesto pure di non dire niente a nessuno, soprattutto a me. Così mi avrebbero fatto una sorpresa...»

Luce trattenne a stento il pianto, mortificata, carica di vergogna, risentimento e dolore.

«E... non è più tornato?» domandò Michele con un filo di voce.

«Sparito», rispose lei. «Senza una spiegazione, né un motivo apparente. Forse si era stufato di me. Ci siamo messi insieme che andavo ancora a scuola. Ho avuto Gianni a diciassette anni, forse era troppo presto... Forse lui aveva un'altra storia... che ne so, forse non lo saprò mai. Perché se fosse per me, avrei già smesso di aspettarlo. Ma per mio figlio non è così. Lui lo aspetta, giorno dopo giorno, proprio come facevi tu con nostra madre... e dice di vedere l'orso bianco col binocolo. Forse lo fa per crederci ancora. Forse lo dice per farsi coraggio. O per fare coraggio anche a me. Ecco perché sappiamo che cosa significa essere abbandonati senza un motivo, né una spiegazione. Lo sappiamo anche troppo bene. Lo capisci, ora?»

Michele fece un cenno di assenso, poi le si avvicinò a sua volta. «Scusami», disse, semplicemente.

«Non è colpa tua», replicò Luce. Poi lo abbracciò e si tennero stretti, in silenzio.

«L'orso polare...» ripeté lei a voce bassa, e un sorriso ironico affiorò tra le sue lacrime. «Come si dice, in genere? "Vado a comprare le sigarette." È questa la classica scusa del marito che scompare, no? Lui invece si è inventato l'orso bianco, a quanto pare. È sempre stato un tipo fantasioso...»

Anche Michele sorrise. Luce lo guardò e annuì in maniera buffa, con una mezza risata che si annunciò improvvisa sulle sue labbra. Si ritrovarono a ridere sommessamente, quasi vergognandosene, di un riso nervoso che diventava, a poco a poco, irrefrenabile. Come quando ridi e non potresti farlo.

Più tardi, Luce chiamò suo figlio per avvisarlo che il pranzo era pronto. Il bambino si sistemò a tavola tra sua madre e Michele e, per tutta la durata del pasto, guardò entrambi con aria soddisfatta e mangiò con appetito, ponendo a Michele mille domande sulla sua vita, sul lavoro di ferroviere e sui treni.

«È bello mangiare in tre...» disse a un tratto. E i due adulti si guardarono, commossi e inteneriti. Michele riconobbe il suo stesso dolore, ricordò il vuoto e il silenzio dei pasti consumati insieme a suo padre, la nostalgia del terzo posto a tavola, che risaltava ancora di più, con la sua assenza, rispetto ai due piatti, ai due bicchieri e alle stoviglie presenti sul tavolo. Quei dettagli: la tovaglia a quadri bianchi e rossi che suo padre continuava a macchiare di vino, i bicchieri spessi, di vetro verde opaco, le posate sempre spaiate, le molliche di pane sparse dovunque, l'odore di muffa, diventarono talmente vividi nella sua mente, da risultare più reali della tavola apparecchiata con ordine e gusto alla quale era seduto. Si scosse soltanto quando Luce si rivolse al bambino e gli disse che, dopo pranzo, avrebbe accompagnato Michele a trovare la nonna e quindi lui sarebbe rimasto a casa da solo.

«Mi raccomando, studia e non aprire a nessuno», puntualizzò Luce con tono dolce e deciso allo stesso tempo.

«Se mi spieghi dove devo andare, posso arrivarci anche da

solo...» disse Michele, preoccupato al pensiero del piccolo Gianni da solo a casa.

«Preferisco venire con te», rispose Luce. «Non è orario di visite e magari se ti presenti da solo non ti lasciano entrare. E poi direi che di cose da solo ne hai fatte abbastanza, non credi?»

Michele annuì, sorpreso. Lo sguardo andò ancora verso Gianni che lo fissava a sua volta, deciso a non perdere neanche un fiato dei discorsi che si svolgevano in quella stanza.

Terminarono il pranzo e Michele aiutò Luce a sparecchiare e portare le stoviglie sporche in cucina. Poi Gianni lo chiamò a voce alta dal soggiorno, lui lo raggiunse e vide di nuovo il binocolo tra le mani del bambino, affacciato alla finestra, le lenti puntate verso la montagna.

«L'ho visto! L'orso polare! Guarda!» esclamò Gianni e gli porse il binocolo. Michele esitò poi lo prese tra le mani, lo puntò verso la finestra.

«Devi guardare in alto a sinistra, vedi? Dove c'è quella macchia verde in mezzo alla neve!» disse il bambino, con tono euforico.

Michele guardò attraverso il binocolo e il bianco assoluto della neve sui picchi montuosi gli invase la vista, insieme all'azzurro sfacciato e implacabile del cielo terso. Bianco e azzurro, a lampi disordinati, smossi. Vedere qualcosa con quel binocolo, a tale distanza, era impossibile.

«L'hai visto? Hai visto che c'è l'orso polare come ha detto papà?» incalzò Gianni.

Michele continuò a scrutare col binocolo, per non deluderlo.

«Allora?» insisté il bambino.

Michele sospirò, sentì la tenerezza nei confronti del piccolo, poi accennò un movimento del capo, come a voler assentire. «Forse sì... forse ho visto qualcosa... tipo un orso...» sussurrò con tono incerto.

Il bambino assunse un'espressione di sorpresa e di gioia.

«Mamma! Mamma!» urlò verso la cucina. «Michele l'ha visto anche lui! Ha visto l'orso polare! Hai visto che è vero? Hai visto che non dico bugie?»

Luce apparve sulla soglia del soggiorno e guardò Michele con aria contrariata. Lui abbassò lo sguardo, poi sollevò le spalle, come a dire: "Che potevo fare?".

«Io sono pronta. Prendo le chiavi della macchina e andiamo», disse lei, seria.

Michele annuì. Restituì il binocolo a Gianni e lo guardò mentre compiva alcuni saltelli in giro per la stanza, felice. Quell'euforia mostrata senza pudore, quella gioia incontenibile che si esprimeva sul volto e nello sguardo del bambino, gli riportarono alla mente Elena, quel suo modo di non riuscire a nascondere i sentimenti. Sentì che gli mancava e che avrebbe voluto telefonarle. Ma Luce era già pronta. Era ora di andare.

16.

Mentre il sole lottava a denti stretti con le nuvole grigie che volevano occupare il suo spazio, Luce guidava con prudenza sulla strada ghiacciata. Al suo fianco, Michele la osservava in silenzio. Aveva un'aria concentrata e assorta mentre affrontava i tornanti che si avvitavano intorno alle pareti rocciose delle montagne e conducevano a Piana Aquilana. D'un tratto, l'auto raggiunse un grosso trattore che la precedeva e Luce fu costretta a rallentare.

«Quando trovi questi pachidermi ti devi rassegnare e andare a dieci all'ora. Non li superi più finché ci sono queste curve...» disse lei, con aria dispiaciuta, come se fosse responsabile dell'impedimento imprevisto.

Michele annuì in maniera meccanica, distratto dalle mille domande che gli venivano in mente e che non osava formulare.

«L'hai mai cercato tuo marito?» disse infine, prendendo coraggio.

Luce abbassò il finestrino dell'auto, poi lo guardò di sottecchi. «Ti dà fastidio se fumo in macchina?» chiese, frugando con la mano destra nella borsa.

«No, nessun fastidio...» rispose lui con un filo di voce. Si sentiva in imbarazzo, temeva di essere stato invadente e che Luce avesse eluso di proposito la sua domanda ritenendola inopportuna.

Lei prese un pacchetto di sigarette dalla borsa, ne tirò fuori una, esitò prima di posarla tra le labbra e la porse a Michele. «Scusami, non ti ho chiesto se fumi. Vuoi?» disse con tono sbrigativo.

«No, non fumo, grazie», replicò Michele.

Luce accese la sigaretta, tirò una lunga boccata, poi soffiò il fumo denso in direzione del finestrino aperto. «L'ho cercato in tutti i modi», disse d'un tratto. «La sera stessa, visto che non tornava, non telefonava e il cellulare risultava irraggiungibile, ho telefonato a tutti gli ospedali di zona. Il giorno dopo sono andata dai carabinieri a Piana Aquilana e ho denunciato la scomparsa. L'hanno cercato, almeno dicono, ma nulla da fare. Completamente sparito.»

Michele sospirò, solidale e risollevato perché lei gli aveva risposto.

«Pensa...» riprese sua sorella con tono divertito. «I carabinieri mi avevano detto di non preoccuparmi, che appena prelevava i soldi col Bancomat l'avrebbero rintracciato. Non c'era un euro, sul conto. Che doveva prelevare?»

«Potevano rintracciare il cellulare: ho letto che si riesce a localizzare il punto preciso dove...» provò a suggerire Michele, ma lei lo interruppe con una risata istintiva.

«Seee, domani! Pensi che si mettono a perdere tempo e soldi per localizzare il cellulare di uno che se n'è andato via di casa? Poi aveva un vecchio catorcio, a stento riusciva a telefonare...» continuò e, un attimo dopo, accelerò con decisione e sorpassò il trattore, sfruttando un piccolo rettilineo.

L'auto riprese a viaggiare a una velocità decente. Luce spense la sigaretta nel posacenere del cruscotto e richiuse il finestrino.

«Lo amavi?» chiese Michele mentre fissava la strada che scorreva davanti ai suoi occhi.

Luce lo guardò di sottecchi, accennò un sorriso ironico. «Giuro che non riesco a capirti...» disse, scuotendo la testa.

Michele la guardò, sorpreso.

«Insomma... ti sto portando da nostra madre e tu parli di tutto tranne che di lei. Mi chiedi di mio marito... Sembra quasi che lei sia una cosa che non ti riguarda più», concluse la donna.

«Non è così», rispose Michele. «Cerco solo di non pensarci... mi aiuta a stare calmo.»

Luce annuì, silenziosa. Abbassò il finestrino e accese un'altra sigaretta.

L'auto iniziò il tratto in discesa ripida. Michele guardò le mani di Luce, che erano identiche a quelle di sua madre. Pensò a quante e quali cose ricordava di lei. La voce, il modo di parlare e di ragionare, le mille maniere in cui riusciva a essere una madre. Poi, un pensiero si fece largo tra i ricordi e lui cercò di scacciarlo, come era solito fare con le illusioni. Ma quel pensiero tornò e ritornò, mentre percorrevano la discesa innevata che conduceva a Piana Aquilana, si insinuò nella mente e prese le sembianze di una speranza. La speranza che lei, nel vederlo, l'avrebbe riconosciuto, che sarebbe guarita, che avrebbe ricordato tutto. E allora, grazie a lui, anche Luce avrebbe riavuto sua madre.

Arrivarono nel centro di Piana Aquilana quando il sole aveva perso la sua lotta contro le nuvole ed era già scomparso dietro le cime dei monti. L'automobile percorse la strada isolata lungo la quale, la sera precedente, Michele aveva incontrato Erastos. La vecchia 127 Fiat era ancora ferma al suo posto, priva di una ruota e con un finestrino sfondato. Michele la vide, scorrendo veloce, e sorrise impercettibilmente. Poco dopo raggiunsero la piazza medievale della cittadina e Luce imboccò una strada in salita che Michele aveva già percorso durante il giorno precedente, poi svoltò a destra, incuneandosi in un vicolo tortuoso che li condusse fino a una costruzione a tre piani, immersa nella vegetazione di un parco imbiancato dalla neve. Era una casa di cura per anziani. Sul cancello spiccava una grande targa dorata che recava la scritta: VILLA FRANCESCO CILEA. Michele aveva già visto quell'edificio, la sera prima. E si domandò per quale motivo l'avesse escluso dalla sua ricerca, come se una casa di cura appartenesse a un mondo estraneo alla sfera di sua madre. Luce lo informò che quella costruzione era stata, un tempo, una casa di riposo per musicisti in pensione. E che ciò spiegava che fosse intitolata al compositore calabrese.

«Poi sono venuti a mancare i fondi e l'hanno trasformata in una specie di ospedale psichiatrico...» concluse, mentre parcheggiava l'auto in un piccolo spiazzo nei pressi dell'entrata.

Il cuore di Michele iniziò a dare segni di sconvolgimento generale. Il suo colorito si fece pallido, l'espressione tesa. Luce se ne accorse.

«Te la senti?» gli chiese dolcemente.

Michele annuì appena. Poi aprì la portiera e si immerse nel gelo del primo pomeriggio. Luce scese a sua volta dall'auto. Insieme guardarono la palazzina che si ergeva davanti ai loro occhi. Poi si avviarono in silenzio verso l'ingresso.

L'androne della villa era ampio e riscaldato. Alle pareti, alcune stampe che raffiguravano volti di musicisti famosi. Michele sentì gli sguardi di Giuseppe Verdi e di Franz Schubert puntati su di lui, come se lo scrutassero da una dimensione lontana. Per il resto, l'androne sembrava deserto. Dai piani superiori provenivano rumori ovattati di passi e di sussurri, qualche lamento non decifrabile e l'eco lontana di un televisore. Poi, l'odore dolciastro dei medicinali e quello più intenso e acre dei disinfettanti. Luce si avvicinò a un bancone di legno piazzato in fondo al vasto ambiente. Si sporse e fece tintinnare un campanello di ottone. Michele notò che evitava di guardarlo, come se si sentisse ancora più tesa e a disagio di lui. Poco dopo, un'infermiera si palesò da una porta laterale e venne loro incontro, sorridendo a Luce.

«Bentornata signora», le disse, con un marcato accento slavo. Luce le si avvicinò e le parlò a bassa voce. L'infermiera l'ascoltò con attenzione e intanto fissava Michele annuendo, sorpresa. Poi gli si avvicinò, gli tese una mano con aria partecipe e, almeno così sembrò a Michele, compassionevole.

«Molto piacere», disse. «Mi chiamo Lena. L'accompagno subito dalla signora Puglia.»

Michele sussurrò il proprio nome e le strinse la mano. L'infermiera gli fece cenno di seguirla. Lui si voltò verso Luce, come a chiedere aiuto, sostegno e forza.

«Vuoi che venga anch'io?» gli domandò.

Michele riteneva scontato che Luce l'avrebbe accompagnato. Annuì e sentì che aveva la gola secca, non riusciva più a deglutire.

Si avviarono verso la scalinata che portava ai piani superiori.

«È al primo piano», annunciò l'infermiera, come a voler rassicurare Michele.

Salirono in silenzio, lentamente, gradino dopo gradino, battito dopo battito del cuore, lo sguardo rivolto verso il basso, fino ad arrivare a un lungo corridoio, sul quale si affacciavano varie porte di legno bianco. Lo percorsero per qualche metro. Poi Lena si fermò in corrispondenza di una porta e guardò Michele.

«La signora Puglia è qui», disse. Poi guardò Luce come se attendesse un suo cenno. Luce annuì, ringraziò a voce bassa e l'infermiera si allontanò.

Michele la seguì con lo sguardo, poi si voltò a guardare la porta, bianca e chiusa.

«Sei pronto?» chiese Luce.

Michele annuì, senza riuscire a prendere fiato. Luce allungò la mano e afferrò la maniglia della porta.

Michele le toccò un braccio, d'istinto. «Aspetta...» mormorò. E cominciò a tremare.

Luce tolse la mano dalla maniglia e la poggiò su una spalla di Michele. «Apri tu, quando sei pronto», disse, semplicemente.

Michele chiuse gli occhi, inspirò con forza. Poi aprì la porta.

17.

La stanza era quadrata, piccola ma accogliente. Le pareti erano verniciate di bianco crema; un letto singolo sulla sinistra, perpendicolare alla parete, occupava metà dell'ambiente. Sulla destra, un armadio a muro con le ante di legno intarsiate a disegni geometrici e una poltrona rivestita di stoffa spessa color marrone scuro. Michele si guardò intorno prima di trovare il coraggio di puntare lo sguardo sulla donna che era in piedi, rivolta verso le vetrate della finestra. Indossava una vestaglia di lana di un blu sbiadito e calzava pantofole dello stesso colore. I capelli erano lunghi sulle spalle e precocemente imbiancati, come se uno strato di brina avesse ricoperto la tinta castana originaria. Il corpo sembrava rimpicciolito, anche se la figura si conservava snella e ben proporzionata. Michele rimase fermo sulla soglia e, per un attimo, dubitò che quella donna potesse essere davvero sua madre. Se l'avesse vista così, senza preavviso, senza aver salito quelle scale insieme a Luce e all'infermiera, non l'avrebbe riconosciuta. E quasi si aggrappò a quel dubbio, alla speranza di essere vittima di un equivoco. Sentiva il sangue che pulsava sulle tempie e nelle orecchie e si domandò come potesse quel ritmo ossessivo dipendere dal battito del suo cuore, che invece gli dava l'idea di essersi fermato nello stesso istante in cui aveva messo piede nella stanza. Cercò con lo sguardo Luce, come a chiedere aiuto. Lei chiuse la porta alle sue spalle, mosse un passo verso la donna che continuava a guardare la finestra, immobile, silenziosa.

«Mamma...» sussurrò Luce. E Michele sentì uno scoppio nel petto che coincise con la ripresa dei battiti del suo cuore. Ma stavolta erano battiti accelerati e aritmici, come se la circolazione del sangue avesse improvvisamente cambiato verso e seguisse percorsi improvvisati, ignorando arterie e vene, nell'assoluta anarchia.

La donna alla finestra non si mosse, non mostrò alcuna reazione. Luce le si avvicinò ancora, le poggiò una mano su una spalla e la chiamò di nuovo.

«Mamma...»

La donna, stavolta, si voltò lentamente, senza mostrare sorpresa. Gli occhi, puntati in avanti, seguivano il movimento di rotazione del busto e del collo, senza precederlo. Michele vide il profilo, poi il viso che si era rivolto verso la figlia. Era inespressivo, gelido, come se avesse subito un espianto della coscienza e dei sentimenti. Michele la riconobbe ed emise un gemito, si appoggiò alla porta chiusa per rimanere ancora fermo sulle gambe che sembravano potessero cedere da un momento all'altro.

«Mamma... guarda chi c'è...» disse Luce, con tono tranquillo e dolce. E poi indicò Michele. La donna mostrò una piccola reazione, seguì con lo sguardo l'indicazione di Luce e i suoi occhi si posarono su Michele. Non seguivano più i contorni delle cose e delle persone, come lui ricordava. Le pupille erano ferme, fisse a scrutare il centro esatto del nulla. Ma si rivolsero verso la figura di Michele, mentre lui congiungeva le mani davanti al viso in un accenno di preghiera, come se implorasse di essere riconosciuto. Le labbra di Michele tremavano e non riusciva a serrarle per tenerle ferme. La donna continuò a fissarlo senza vederlo, come se lo attraversasse con lo sguardo e cercasse qualcosa oltre la porta chiusa.

«Michele, mamma... è Michele... ti ricordi di Michele?» incalzò Luce. Poi guardò il fratello come a invitarlo a venire avanti.

«Di' qualcosa, Michele. Provaci...» disse Luce in un sussurro.

Michele provò a parlare, a emettere almeno un suono. Gli sembrò che non esistessero più parole, che non fossero mai esistite, che «parlare» fosse un verbo sconosciuto e privo di significato. Mosse un passo in avanti, poi un altro. Ora vedeva quel volto da vicino. Se avesse allungato una mano avrebbe potuto toccarlo. Ma anche «toccare» era una parola di cui aveva smarrito il significato. Poi, sentì il suo profumo. Era il profumo della pelle di sua madre, così come lo ricordava. Ma non aveva più vita. Era, piuttosto, simile al profumo ancora racchiuso nei cassetti pieni di biancheria appartenuta a una persona andata via da molto tempo. La donna iniziò a voltarsi di nuovo, lentamente, verso la finestra. Michele intuì che, se si fosse girata del tutto, l'avrebbe persa di nuovo, per sempre. E allora trovò la forza di allungare un braccio e sfiorarle una spalla. Quel contatto gli fermò di nuovo il cuore, mentre lei tornò a guardare in direzione di Michele. Stavolta sembrava esprimere un dubbio, come se rivolgesse una domanda a sé stessa. Sembrava volesse dire: "Cosa c'è? Cosa succede?". Michele si immerse nei suoi occhi, cercò il loro contatto. Poi frugò nello zaino e prese il suo diario. Lo mostrò a sua madre, poi glielo porse. La donna abbassò lo sguardo verso il diario. Michele lo avvicinò ancora di più e lei, lentamente, sollevò una mano. Poi lo afferrò. Michele e Luce si guardarono, sorpresi. Provarono insieme una sottile speranza. Poi, lui sentì la voce e le parole rientrare all'improvviso nella sua coscienza.

«È il mio diario. Avevo sette anni. Te lo ricordi, mamma? Sono io… sono Michele. Sono tuo figlio… mi riconosci?» disse d'un fiato.

La donna lasciò cadere il diario sul pavimento e sembrò non rendersene conto. Quindi si voltò lentamente verso la finestra, immersa nel silenzio della sua stessa assenza. Luce sospirò, affranta e rassegnata. Michele rimase immobile, guardò il diario sul pavimento, poi sollevò gli occhi verso la schiena e la nuca di sua madre e capì che non l'avrebbe mai riconosciuto. Fu come un secondo abbandono, come se, ancora una volta, l'avesse lasciato solo senza una spiegazione.

E allora, finalmente, sentì il pianto salirgli alla gola. Le lacrime che sua madre aveva portato via con sé, tanti anni prima, gli furono restituite, come una ricompensa per averla ritrovata. Si rifugiò col viso tra le mani e cominciò a singhiozzare, come quando era bambino, come non riusciva a fare da anni.

Luce gli si avvicinò e lo abbracciò. Lo tenne stretto fino a quando il pianto si calmò.

«Io ora devo andare...» disse. «Fra mezz'ora ricomincia il turno di lavoro.»

Michele annuì, accennò a raccogliere lo zaino per seguirla, ma Luce lo fermò.

«Se vuoi puoi rimanere qui: ti passo a prendere stasera, verso le otto. Così puoi stare un po' con lei. Credo che tu ne abbia bisogno», aggiunse con tono materno.

Michele guardò sua madre, che era rimasta immobile. E decise di restare.

«Sul comodino c'è un pulsante, lo vedi? Qualunque cosa ti serva, basta premerlo e arriva un'infermiera. Oh, e poi se non la fai sedere o stendere sul letto, è capace di stare anche tutta la notte vicino a quella finestra. È più facile di quanto credi, la prendi per mano e lei ti segue. Capito?»

«Capito», rispose Michele, dopo una breve esitazione.

«In bocca al lupo», disse Luce, sorridendo. Poi prese la sua borsa e andò via.

Ora erano soli, come tanti anni prima. Michele si guardò intorno, poi si avvicinò a sua madre a passi lenti. Si fermò al suo fianco e sentì il contatto con la sua spalla. Guardò con lei, attraverso i vetri, il cortile imbiancato, deserto e immobile. Poi intravide Luce che si avviava verso la sua auto, nel piccolo parcheggio. La vide aprire la portiera e poi voltarsi verso la finestra. Quando i loro sguardi si incrociarono, lei accennò un saluto sollevando appena una mano. Michele rispose al saluto con un cenno del capo. Luce sorrise e salì in macchina. Poco dopo le luci di posizione dei fanalini posteriori si illuminarono, per poi allontanarsi oltre il cancello.

Michele guardò di nuovo sua madre e scorse le rughe sul suo viso, la linea del collo che si era ammorbidita, la leggera peluria che era apparsa sul mento. Sfiorò quel viso col dorso della mano, timidamente. Lei non accennò alcuna reazione. E allora sentì il bisogno di una sua carezza. Le prese una mano tra le sue, mentre lei continuava a inseguire con lo sguardo qualcosa di misterioso che si trovava al di là del vetro. Portò lentamente quella mano al proprio viso e la appoggiò sulla guancia. Poi chiuse gli occhi. Sentì di nuovo, dopo anni, il calore di quella carezza che ricordava bene, il senso di amore e protezione che gli donava, ripercorse i sentieri di una serenità lontana e ritornò bambino.

«Scotti, amore mio, hai le guance bollenti. Ora la mamma ti misura la febbre e sta vicino a te. Ti fa male la gola quando tossisci? Allora prendiamo lo sciroppo. Perché no? Non ti piace? Ma tu lo sai che ogni volta che fai un colpetto di tosse, io la vedo? Esce dalla bocca, la tua tosse, cade a terra e poi si nasconde sotto il letto. Ma se prendi lo sciroppo, la tosse si spaventa e va via, non torna più...»

Il bambino si convince e prende lo sciroppo. La mamma gli sorride, poi guarda sotto il letto.

«La tosse non c'è più! È scappata!»

Il bambino ride, la mamma gli accarezza il viso, fino a quando, lentamente, lui si addormenta...

D'un tratto Michele sentì bussare alla porta che, un attimo dopo, si aprì. Lasciò andare immediatamente la mano di sua madre, che ricadde, come senza vita, lungo il suo fianco. Provò un senso di pudore e di vergogna istintivo e si allontanò da lei. Lena apparve sulla soglia, con un sorriso gentile.

«Mi scusi, ma dobbiamo metterla un po' stesa», disse. Poi avanzò verso la finestra, raggiunse la madre di Michele, le prese con delicatezza un braccio e la guidò verso il letto. La donna si distese docilmente. Lena le sfilò le pantofole, le poggiò sul pavimento, poi le sistemò le gambe sotto la coperta. Infine si rivolse a Michele.

«Se serve qualcosa sono qui. Basta premere...»

«Il pulsante sul comodino, lo so», la interruppe Michele, ancora imbarazzato.

«Bene», rispose Lena. Poi andò via e richiuse la porta alle sue spalle.

Stesa sul letto, sua madre ora fissava il soffitto e respirava regolarmente. Sembrava serena. Le guance apparivano più distese, meno rugose, anche se leggermente incavate. Gli occhi sembravano più grandi e neri di quanto Michele ricordasse. La guardò ancora, poi si mise a sedere sulla poltrona, di fronte a lei.

«Mamma...» sussurrò. «Mamma...»

Lei rimase immobile, senza dare alcun segno di reazione. I suoi occhi esprimevano l'abisso e Michele sentiva il peso delle mille domande che avrebbe voluto rivolgerle pesare su quello stesso abisso.

«Davvero non mi senti? Davvero non capisci cosa ti dico?» insistette, caricandosi addosso una speranza ostinata. Si alzò dalla poltrona e si avvicinò al letto, si chinò su di lei e le piantò lo sguardo dritto negli occhi, a pochi centimetri dal viso. La donna reagì con un leggero battito di ciglia e, per un attimo, sembrò ricambiare lo sguardo. Ma poi i suoi occhi trafissero Michele con una lama di assenza, lo trapassarono da parte a parte, si piantarono sul soffitto e gli apparvero irraggiungibili nel loro vuoto assoluto. Michele capì che aveva ritrovato sua madre solo per scoprire che non esisteva più un posto né un tempo, né una speranza dove potesse andare ancora a cercarla. Capì che le sue domande – perché mi hai lasciato; perché non sei più tornata; cosa volevi; cosa cercavi; cosa ti ha impedito di portarmi con te; come hai fatto a dimenticarmi, se mi hai davvero dimenticato; mi hai più pensato; hai sentito la mia mancanza; sei stata felice; hai provato un attimo di pentimento; hai mai sentito la voglia di tenermi ancora una volta fra le braccia o di sapere come stavo, se ero felice, se e come ero cresciuto – sarebbero rimaste per sempre senza risposta. Cos'altro gli rimaneva? Starle vicino e respirare, comunque, la sua assenza? Aspettare e sperare in un bagliore di presenza, in un attimo di lucidità per afferrarlo e approfittarne?

D'un tratto, sentì arrivare il passato. Ricordò che non c'erano solo domande rimaste in sospeso, ma anche tutta una vita, la propria vita, da raccontare. E allora tornò a sedersi in poltrona e cominciò a parlare, come se lei potesse ascoltarlo.

«C'era la cenere nei piatti, mamma, dopo che andasti via. E la casa, la nostra casa, sembrava non avesse più un riparo. Tirava vento anche con le finestre chiuse. Un vento di tempesta. C'era la cenere nei piatti, alla fine della cena. E papà non parlava, masticava in silenzio, lo sguardo fisso sul televisore acceso. Poi fumava e beveva, come se ogni notte potesse essere l'ultima notte. Curvo sul bicchiere, lasciava che la cenere cadesse e che i fulmini colpissero qualunque mio accenno di parola. Io gli restavo accanto e aspettavo uno sguardo, un gesto, una carezza. C'era la cenere nei piatti, quando finalmente si decideva a parlare. E allora i fulmini diventavano le sue parole. Mi diceva di non fidarmi di nessuno, neanche del sole e del cielo sereno. Mi diceva di non fidarmi delle donne, di nessuna donna. E nemmeno degli amici. "Neanche di me, ti devi fidare", mi diceva, mentre versava il vino nel bicchiere. Mi diceva di non fidarmi della vita, perché lui si era fidato di te. E allora capivo che tu eri tutta la sua vita, anche dopo la tua partenza. Capivo che aveva già deciso di morire, appena io fossi stato in grado di proseguire da solo, sul cammino della diffidenza. Poi c'era il sabato. E ogni sabato una donna diversa, che lui pagava per stargli accanto nel letto, per sopportare la sua barba ruvida e la puzza di vino delle sue parole oscene. Io mi chiudevo in camera e cercavo di studiare. Ma sentivo gemiti e bestemmie che esplodevano sul vostro letto, la rete sotto il materasso che cigolava. Poi arrivava il silenzio e, col silenzio, il sollievo. Sentivo lo scrosciare dell'acqua provenire dal bagno. Poi i passi nel corridoio, il suono ostinato dei tacchi a spillo portati senza eleganza, la porta di casa che si apriva durante un saluto veloce e poi si richiudeva. Era questo il mio sabato sera, mamma. Sabato dopo sabato, fino a quando non ho afferrato i miei vent'anni e lui ha deciso che era giunto il momento di lasciarsi andare per davvero. Avevo il diploma del liceo e per lui è stato più facile supplicare la direzione generale e lasciarmi in dote il suo lavoro, il suo dolore, la sua diffidenza, il treno e la stazione. Ricordi quanti treni arrivavano e quanti ne partivano dai nostri binari, quando c'eri tu? Mi dicevi che le partenze e i ritorni si assomigliano, che si alternano e si scambiano i ruoli come la vita e la morte. Io ero piccolo e non capivo bene cosa volessi dire. Però ora so che la tua partenza non ha avuto alternanza col ritorno, che ha scambiato il suo ruolo solo con la morte, mamma. Non c'è stata più vita. Non c'è stata alternanza. Solo cenere nei piatti e puttane di sabato sera. E alla fine, è rimasto un treno. Un treno solo. Quello che ho visto partire e tornare ogni giorno, dentro questi anni, nella mia divisa da ferroviere. Col tempo, ho imparato a fidarmi di quel treno. Solo di quel treno, perché di qualcosa mi dovevo fidare, per non impazzire. Ho riempito la mia casa di oggetti, perché non vanno via se io non voglio. E ho cercato, ogni mattina, il tuo viso riflesso nello specchio, perché i nostri occhi si assomigliano. E nei miei occhi, cercavo i tuoi. Poi, sono rimasti solo gli occhi, i miei occhi nello specchio, perché il tuo viso scompariva dalla memoria, giorno dopo giorno, si sfumava nei contorni come un sogno che non ricordi più al risveglio.»

La donna tossì appena, poi fece scorrere la punta della lingua sulle labbra. Michele capì che aveva sete. Si alzò dalla poltrona, raggiunse il comodino e versò dell'acqua nel bicchiere. Poi le sollevò con la mano sinistra la testa e con la destra le accostò il bicchiere alle labbra. Mentre lei sorseggiava l'acqua, sentì la sua nuca sottile adagiata nella sua mano. Era minuta, leggera, indifesa. Le allontanò il bicchiere dalle labbra, per farle riprendere fiato. Lei sollevò una mano, lentamente, e la poggiò su quella di Michele, come una carezza. Michele chiuse gli occhi e rimase immobile, fino a che la mano di sua madre ricadde stancamente, anche stavolta, lungo il fianco. Allora poggiò il bicchiere sul comodino e si mise a sedere sul bordo del letto, accanto a lei.

Poco dopo, la donna si addormentò e la sera cominciò a calare le sue serrande sui vetri della finestra. Michele rimase in silenzio fino a quando la porta della stanza si aprì lentamente alle sue spalle. Lui si voltò, sorpreso, e vide una donna ferma sulla soglia. Aveva un'età indefinibile; la pelle del viso, tonica e lucida, contrastava con i capelli tinti di nero che mostravano l'argento della ricrescita alla base della fronte. Indossava una gonna lunga e un maglione, ambedue neri, e calzava scarpe chiuse, di pelle, color testa di moro. Gli occhi di un azzurro sbiadito e acquoso, ingranditi da lenti spesse, fissarono Michele.

«Lei chi è, scusi?» chiese la donna, con aria diffidente. Michele balzò in piedi, mentre lei gli si avvicinava, a passi lenti.

«Io... ehm... Michele... Michele Airone, piacere», disse e porse la mano alla donna, nel tentativo di presentarsi.

«Non è esattamente orario di visite», sentenziò lei, guardandolo con aria severa, senza stringergli la mano.

Michele le spiegò velocemente di aver ottenuto un permesso per stare lì; accennò a Lena, l'infermiera che l'aveva accompagnato fino alla stanza, assicurò che presto sarebbe andato via e...

«Quindi lei è un parente della Laura?» lo interruppe la donna, che aveva un marcato accento settentrionale.

A Michele sembrò strano sentire il nome di sua madre pronunciato da una sconosciuta. Annuì, con un certo pudore, e ammise di essere suo figlio. La donna sorrise.

«Michele, ma certo...» disse, osservandolo attentamente. «La Laura mi ha parlato spesso di lei.»

Michele trasalì, si voltò istintivamente verso il letto dove sua madre dormiva, tranquilla.

«Che... che vuol dire?» chiese, guardingo. «Quando le ha parlato di me?»

«Lo fa ogni tanto, quando si chiacchiera tra noi», rispose la donna.

«Ma... non capisco...» rispose Michele. «Com'è possibile?»

La donna lo fissò, perplessa. Poi gli si avvicinò e abbassò il tono della voce, che divenne confidenziale, quasi cospiratorio.

«Guardi che la sua mamma sta benissimo. Fa solo finta di non capire, non lo sa?»

Michele era senza fiato.

«Lo fa per rimanere qui, al sicuro. Non le va di tornare a casa sua», incalzò la donna. «Ha paura. E non ha tutti i torti. La vita fuori di qui è difficile...»

Poi si rivolse direttamente alla madre di Michele. «Laura...» le disse. «Hai visto che c'è tuo figlio? Diglielo tu, diglielo pure che stai bene...»

Michele guardò sua madre che continuava a stare immobile, gli occhi chiusi. In quel momento, entrò Lena, trafelata.

«Mi scusi...» sussurrò, rivolgendosi a Michele.

Poi prese con gentilezza la donna per un braccio. «Angela, dobbiamo tornare in camera», le disse, con tono dolce e fermo.

«Ma non posso. Devo aspettare che la Laura si svegli e poi dobbiamo partire. Noi due si va in viaggio di nozze, sa?» rispose la donna, convinta.

«Certo, allora andiamo a preparare le valigie...» replicò Lena, sorridendo. Poi guardò Michele come a chiedere ancora scusa.

Angela annuì e si lasciò portare via, docilmente.

Michele sospirò e la sua tensione si sciolse. Si sorprese a provare un senso di sollievo nel capire che sua madre non fingeva di essere malata, perché in quel caso si sarebbe sentito doppiamente tradito, disprezzato, ancora una volta rifiutato. Sorrise appena, nel considerare la propria ingenuità. Chiunque altro avrebbe capito immediatamente che la donna entrata nella stanza era una paziente della clinica.

"Ma in fondo", ammise, "la mia vita reale è ricominciata da poco. Ho ancora tanto da imparare e da capire." E, per la prima volta, provò una tenerezza nei confronti di sé stesso, un senso di perdono che, fino a quel momento, gli era sconosciuto. Sentì che forse era possibile scrollarsi di dosso il peso della sua strana vita, quel senso di continua penitenza alla quale si era sottoposto, senza rendersene conto, nel corso degli anni. Forse la fiducia negli altri, prima o poi, non gli sarebbe più apparsa come una soglia invalicabile. Forse avrebbe potuto ricominciato a vivere, a rischiare il dolore e la delusione, se avesse smesso di difendere la propria anima, di erigerle intorno confini immaginari e di scavare trincee per preservarla dall'imprevedibile. Si voltò di nuovo a guardare sua madre che ora aveva aperto gli occhi e fissava i suoi pensieri, inseguendoli con lo sguardo sul soffitto, come ombre misteriose che solo lei era in grado di vedere. Poi andò verso la finestra. Fuori, la neve che ricopriva il selciato era così liscia e compatta da sembrare un velo di sfoglia spianata da un mattarello. Fiocchi impalpabili cadevano dal cielo scuro, assorbivano la luce dei lampioni accesi e mulinavano nell'aria come granelli di polvere di un vecchio tappeto percosso da un battipanni. Michele si chiese come potesse la stanchezza essere dolce come in quel momento, come la sua spossatezza potesse somigliare a una voglia di tregua, a una carezza sugli occhi che lo invitava a chiuderli. Li chiuse. E sentì che le parole che aveva da dire a sua madre non erano ancora finite.

«Me l'ha portata il treno. Mi è entrata in casa e nella vita nello stesso istante, mamma. Le ho restituito una bambola che aveva smarrito e lei mi ha dato in cambio la speranza. Quando è entrata in cucina ha spazzato via, in un lampo, il ricordo della cenere nei piatti e il silenzio degli anni che ho vissuto da solo. Lei parla dei colori in modo strano, sai? Dice che sono rosso e si porta appresso l'allegria. Spesso si arrabbia, ma non conosce la tristezza. Io penso che sia la tristezza a starle lontano, perché è chiaro che ha paura di lei. Se avesse un corpo, la tristezza, Elena sarebbe un cancro nel suo petto. Elena, sì, si chiama Elena. So che ha una sorella gemella che ha lo stesso nome della bambola smarrita, so che lavora in un bar e so che non riesco a non amarla. Ce l'ho messa tutta, a non amarla, mamma. Sono stato duro con lei, ho serrato porte, finestre, cancelli e perfino il mio cuore. Ma lei ha spalancato ogni porta, ogni finestra, ogni cancello, poi ha trovato un varco segreto, che nemmeno io conoscevo, e mi è entrata ugualmente in quel cuore che avevo serrato. Ha apparecchiato un tavolo vicino ai binari e mi ha servito il suo amore tra le mani. Poi, quando il treno ha riportato il mio diario, lei mi ha convinto a salire su quel vagone per venirti a cercare. Mi ha dato l'indirizzo per venire qui a scoprire che ho una sorella e per trovare te. Ora dovrò capire cosa darle in cambio, perché non voglio perderla. Dovrò capire come fare per essere sicuro che non mi lascerà, da un giorno all'altro, senza una spiegazione. Devo imparare, mamma. Perché comunque è questa, la mia paura. La diga che trattiene l'amore. Il nodo che mi serra il cuore. Voglio imparare a fidarmi di lei e a non avere più timore. Voglio imparare a crederle, mamma. Le voglio credere e sento che ci riuscirò. Forse perché me l'ha portata il treno...»

Sentì dei passi alle sue spalle e riconobbe il profumo di Luce. Si voltò a guardarla e lei sorrise, come se il vedersi fosse già un'abitudine, un fatto antico e rassicurante.

«Com'è andata?» gli chiese, avvicinandosi al letto.

Michele sollevò le spalle e sospirò. «Diciamo che... che ho provato a parlarle. E che forse mi ha fatto bene. Non lo so. Non riesco ancora a rendermi conto di cosa sta succedendo», confessò, sincero.

Luce annuì, rimboccò la coperta a sua madre, le accarezzò il viso. «Fra un po' ti portano la cena...» le sussurrò. «Noi intanto andiamo. Ci vediamo domani, va bene?»

Lo disse come se lei potesse sentirla e Michele provò una sottile invidia verso quel senso di consuetudine che sua sorella riusciva a mostrare nei confronti di sua madre.

Uscirono insieme dalla stanza e la donna rimase sola con il suo silenzio. La porta si chiuse. Laura si scosse appena, lo sguardo si staccò dal soffitto e cominciò a vagare lungo le pareti, assente, vuoto. Poi si fissò sul pavimento, in direzione del diario, e gli occhi sembrarono accendersi di una luce diversa. La donna sollevò la testa dal cuscino, puntò i gomiti sul materasso e si mise a sedere. Poi si alzò e si diresse, lentamente, verso il diario. Si chinò e lo prese tra le mani. Quando le sue dita sfiorarono la copertina rossa e sbiadita, i suoi occhi si riempirono di lacrime.

18.

«Com'era nostra madre con te?» le chiese Michele quando imboccarono in auto il tratto in salita che li avrebbe ricondotti a casa. Luce si grattò il naso con l'indice della mano sinistra, poi gli chiese di passarle una sigaretta. Era evidente che amava prendere tempo e fumare, prima di rispondere a domande personali, pensò Michele. Poi cercò il pacchetto di sigarette nella borsa di sua sorella e gliene porse una.

«Ti andrebbe di accenderla?» chiese lei, concentrata a superare un dosso innevato che precedeva il primo tornante a gomito che si annodava intorno alla montagna. Michele esitò, poi cercò l'accendino, lo prese, poggiò il filtro della sigaretta tra le labbra e avvicinò la piccola fiamma al viso. Aspirò con prudenza il fumo caldo e aromatico del tabacco, lo sentì mentre gli scorreva sul palato prima di invadergli i polmoni, prepotente e deciso. Poi, il fumo gli esplose tra le tempie e, per un attimo, la vista si annebbiò. Quando tornò a respirare in maniera regolare, sentì il richiamo della sigaretta, per la prima volta nella sua vita. Fino a quel momento aveva odiato quelle candelette di tabacco, rivestite di carta leggera e bianca, che gli ricordavano le lunghe serate a casa, insieme a suo padre e ai suoi silenzi, ma ora, mentre porgeva la sigaretta appena accesa a Luce, se ne sentì improvvisamente attratto.

«Posso?» le domandò, indicando il pacchetto che aveva ancora tra le mani. Luce sorrise, sorpresa.

«Cos'è... ti è venuta voglia?» disse con un tono complice che a Michele piacque moltissimo.

«È strano», rispose, «ma sembra di sì.»

«Cerca di non prenderci l'abitudine. È da stronzi mettersi a fumare alla tua età», precisò Luce.

Michele assentì, poi portò una sigaretta alle labbra e l'accese. Quando aspirò il fumo, l'effetto che ne seguì fu decisamente gradevole, come un dolore benefico, rassicurante, simile alla tensione che avvertiva nelle fibre muscolari quando riusciva a stendersi sul letto dopo aver ripulito e lucidato il treno. Aprì il finestrino, come aveva visto fare a Luce, e l'aria fredda dell'esterno penetrò nell'auto, duellando con il calore emanato dall'impianto di riscaldamento.

«Era dolce, era felice... e piangeva spesso», disse Luce, a voce bassa, lo sguardo fisso sulla strada che scorreva davanti ai loro occhi.

Michele aspirò un altro tiro di sigaretta e sentì che già il fumo non gli esplodeva più tra le tempie, ma gli dava l'impressione di schiarirgli le idee.

«Lo so che era dolce... me lo ricordo bene», disse a sua volta. «Però io non l'ho mai vista piangere.»

Luce lo ascoltava, pensierosa.

«E ora che ci penso... forse non l'ho mai vista neanche felice», aggiunse Michele. «Cioè, mi ricordo la sua risata, rideva spesso quando stavamo insieme... Ma forse ridere non vuol dire essere felici.»

«Questa è una cosa che diceva spesso», disse Luce, guardando Michele con aria sorpresa, «diceva che ridere non vuol dire essere felici.»

«Come mai lo diceva?» domandò a sua volta Michele.

«Forse... perché papà le faceva notare che non rideva mai», rispose Luce, d'istinto.

Michele terminò la sua sigaretta, la spense nel posacenere. «Quindi, era dolce sia con me che con te. Però con te era felice ma piangeva... con me non era felice, ma rideva...» disse, amaro e perplesso.

«Ho sempre pensato che fosse felice, perché non ho mai visto due che si amavano come lei e mio padre», affermò Luce. Poi guardò Michele come a scusarsi.

«E ora che so di te...» aggiunse, «penso che piangesse spesso perché le mancavi.»

Michele soppesò quell'ultima frase, poi sorrise con amarezza. «Se le mancavo, come mai non è più tornata? Perché non mi ha mai cercato?» ribatté con tono polemico.

Luce trasse un sospiro profondo, scalò una marcia con la sigaretta tra le labbra, poi la riprese tra le dita.

«A volte in tivù vedo persone che si ritrovano dopo anni che non si vedevano», disse con aria assorta. «Mariti e mogli, vecchi fidanzati, ma soprattutto figli che cercano i genitori, oppure genitori che tornano dai figli... pare sia una cosa che succede molto più spesso di quanto immaginiamo. Ma il fatto strano è che c'è sempre la stessa domanda: "Perché non mi hai cercato in tutti questi anni?". E le risposte sono sempre uguali: "Ci ho provato, ma non potevo"... "Una volta ti ho telefonato ma tu non eri a casa"... "I miei suoceri non volevano, mi odiavano"... un sacco di scuse assurde e non c'è mai una risposta vera.»

Michele annuì, in silenzio. «Magari non la vogliono dare, la risposta vera», affermò poi, amareggiato.

Luce lo guardò in tralice, con un impercettibile sorriso. «A volte penso che mio marito possa tornare da noi», ammise, con una punta di malinconia. «È una speranza che non ti lascia mai... e tu lo sai meglio me.»

«Sì, è vero», ammise Michele.

«Poi cerco di immaginare la sua faccia», proseguì Luce «la sua espressione, nel momento in cui ritorna a casa... E non ci riesco.»

«Che vuoi dire?» chiese Michele, perplesso.

«Voglio dire che tornare è difficile, quando sei stato via per molto tempo, quando hai ferito le persone che amavi. Hai una faccia per partire... ma la faccia per tornare rischi di non trovarla mai. Forse è questo il vero motivo.»

Michele si voltò a guardarla, scosso.

«In ogni caso, non ne verremo mai a capo. Inutile farsi domande», concluse Luce e scalò di nuovo una marcia per affrontare la salita che conduceva al falsopiano della statale. Fumarono un'altra sigaretta ciascuno, in silenzio e, quando le luci del borgo apparvero in lontananza, Luce rallentò impercettibilmente.

«A casa c'è una sorpresa per te», disse a Michele. Poi colse il suo sguardo interrogativo. «I miei parenti ti vogliono conoscere...» aggiunse, con tono complice.

Michele non pronunciò parola. Con le dita che tremavano appena, accese la terza sigaretta della sua vita.

La casa era piena di gente e la fiamma del camino arrostiva costolette di maiale disposte in fila su una grande griglia di acciaio. Il profumo della carne abbrustolita con le spezie invadeva l'intero soggiorno e il fumo della legna che bruciava era denso come la nebbia di una brughiera. Michele esitò, prima di entrare. Colse gli sguardi degli astanti fissi su di lui, accesi di una curiosità affettuosa.

«Sono tutti parenti di mio padre», gli spiegò Luce, a bassa voce. Poi lo precedette nella sala e lo presentò.

«Piacere, sono Caterina, la sorella di Angelo», disse una signora sugli ottanta, stringendo la mano a Michele.

«Angelo era mio padre», precisò Luce, mentre Caterina guardava Michele con dolcezza. Gli accarezzò i capelli, materna. Poi si avvicinarono i suoi figli: un uomo sulla cinquantina con sua moglie e una donna leggermente più giovane, insieme a suo marito. Poi fu la volta dei nipoti di Caterina: due ragazze robuste e un ragazzone sui diciotto anni. Michele strinse mani su mani e ricambiò i sorrisi delle persone presenti. Si sentiva spaesato e imbarazzato ma, allo stesso tempo, provava un sottile e insolito piacere nell'essere al centro dell'attenzione. Ciascuno dei parenti pronunciò il proprio nome nel presentarsi, ma nessuno aggiunse altro. Pur sorridendogli, evitarono di fare commenti. Come se la storia di Michele fosse un fatto implicito e già dispensato da spiegazioni e domande.

Quando l'assembramento che lo circondava cominciò a diradarsi, Michele scorse un uomo vecchio, chino sul camino e intento a rivoltare le costolette sulla griglia. Era alto e snello, nonostante l'età avanzata, e ricordava nei tratti del viso l'espressione di Angelo, il padre di Luce. Aveva le guance rubizze, arse dal calore della brace. L'uomo si voltò a guardare Michele e rimase al suo posto, come se aspettasse che fosse il nuovo ospite ad avvicinarsi. Michele esitò, accennò un sorriso che si spense quasi subito, di fronte all'espressione guardinga, quasi diffidente del vecchio.

«Lui è zio Roberto, il fratello di mio padre», disse Luce. Michele si avvicinò al vecchio, gli porse la mano, sussurrando il proprio nome e Roberto gliela strinse frettolosamente, senza dire altro. Poi rituffò lo sguardo tra le costolette, come a voler evitare ulteriori convenevoli.

«La cena è pronta. Tu, Michele, siediti a capotavola...» intervenne Caterina, indicandogli una sedia. Michele arrossì, imbarazzato e andò a sedersi. Gianni, che fino a quel momento era rimasto in disparte accanto alla finestra, corse verso il tavolo e andò a sedersi accanto a lui. Il bambino guardò Michele con una complicità intrisa di timidezza. Michele gli sorrise. Poi, davanti ai suoi occhi, si materializzò il concetto di famiglia. Si annunciò con un sentore di profumi in arrivo, che sovrastarono presto l'aroma intenso della carne arrostita: l'invadenza decisa dei formaggi di capra, l'essenza terrena delle verdure appassite in padella, la fragranza dei lieviti, la prepotenza gentile dei salumi stagionati a lungo. Il tutto viaggiava all'interno di vassoi portati a tavola da Luce, da Caterina e dai suoi figli. Sembrava che danzassero; i movimenti fluidi, i passi intorno al tavolo, le curve morbide dei vassoi tenuti a mezz'aria, passati di mano in mano e poi adagiati sulla tovaglia linda, disegnavano coreografie rituali, eseguite con grazia e naturalezza. Michele osservava in silenzio ogni gesto, ogni occhiata, ogni sguardo scambiato tra i commensali. Accolse con stupore la premura che ognuno mostrava nel servirgli sul piatto tutto ciò che era contenuto nei vassoi, ammirò il sincronismo col quale ciascuno si mise a sedere al proprio posto, la gara a riempire i bicchieri dei propri vicini di acqua e di vino. Poi, Roberto si discostò dal camino e andò a sedersi al suo posto.

E fu silenzio.

Tutti gli sguardi puntarono su Caterina, che afferrò un bicchiere di vino e lo sollevò lentamente, come se volesse offrirlo al futuro.

«La vita non finisce mai di regalarci qualcosa...» disse con voce intrisa di tranquillità e di vecchiaia. «A volte ci ha portato dolori di cui avremmo volentieri fatto a meno. Altre volte ci ha fatto assaporare gioie immense e momenti di felicità. Stavolta ci ha voluto fare una sorpresa... una grande sorpresa. Ci ha portato Michele.»

Caterina guardò Michele e sorrise. Lui abbassò lo sguardo, emozionato e in imbarazzo.

«Nessuno di noi sapeva che Laura avesse un figlio...» continuò Caterina. «Nessuno lo poteva immaginare, perché Laura non ce ne aveva mai parlato...»

Michele provò un vuoto nel petto, la strana sensazione di non essere mai esistito fino a quel momento, di non aver mai avuto un nome né un volto, né un tempo condiviso col mondo reale.

«Non ce ne ha mai parlato neanche Angelo, anche se immagino che lui sapesse tutto», proseguì la donna. «Non sta a noi giudicare, visto che non sappiamo i motivi di questa scelta. C'è una sola cosa che possiamo fare: accogliere Michele tra di noi ogni volta che vorrà. E sperare che prima o poi, trovi le sue risposte... e che ci consideri parte della sua famiglia.»

Michele accennò un timido «grazie», ma era senza fiato. Dentro di lui si agitavano sentimenti contrastanti: le persone che aveva intorno erano legate all'uomo che gli aveva portato via sua madre, che gli aveva negato una vita normale, una famiglia come tutte le altre. Eppure ora quelle stesse persone gli restituivano un senso di appartenenza. Gli offrivano l'approdo alla loro famiglia. Rancore e gratitudine si alternavano sulla tastiera dei suoi sentimenti, come le mani di un fisarmonicista che, mentre suonano, si avvicinano e si allontanano, senza toccarsi mai. Eppure eseguono la stessa musica. Fu un applauso a scuoterlo dai suoi pensieri: vide tutti intenti a battere le mani, a sorridergli, poi a sollevare di nuovo i bicchieri. Solo Roberto non si unì all'applauso. Bevve il suo vino in un solo sorso, poi tornò verso il camino a controllare la cottura delle costolette.

A Michele sembrò che quell'uomo nutrisse nei suoi confronti un astio che non riusciva a spiegarsi. "In fondo", pensò, "sono io la parte lesa, sono io a essere stato abbandonato. Perché ce l'ha con me? Ma forse non è astio, forse si sente in colpa per suo fratello che ha portato via mia madre..."

«Dai, adesso assaggia qualcosa e dimmi se ti piace», gli sussurrò Luce. Michele annuì, si guardò intorno e contò mentalmente i commensali. Erano undici; non era mai stato seduto a una tavola così affollata.

La cena proseguì tra chiacchiere, risate e aneddoti di vita quotidiana. Roberto portò in tavola le costolette arrostite e Michele fu il primo a essere servito. Le trovò squisite, cotte in maniera magistrale, leggermente croccanti all'esterno, ma vellutate nelle fibre, cedevoli e dolci tra i denti. Il vecchio rispose con un brusco borbottio ai complimenti che gli venivano rivolti, poi finalmente andò a sedersi al suo posto e riempì il suo piatto di verdure perché, come si scoprì dai commenti dei parenti, era vegetariano da tempo, nonostante la sua abilità nel cucinare la carne. Tenne lo sguardo basso sul piatto, masticando lentamente, in silenzio.

«Anche Michele ha visto l'orso polare!» disse d'un tratto Gianni, approfittando di un attimo di silenzio. Fremeva già da tempo per lanciare la sua rivelazione, come una rivincita personale nei confronti della diffidenza degli adulti.

«Non è vero? Diglielo tu che l'hai visto», aggiunse il bambino, fissando Michele con una supplica nello sguardo. Lui esitò, poi fece un piccolo cenno di assenso imbarazzato.

«Era grande, vero? Grande e tutto bianco. Proprio come ha detto papà...» insistette il piccolo.

Michele recepì l'imbarazzo degli adulti e le occhiate d'intesa, leggermente irriverenti nei confronti del bambino e dell'argomento, che i ragazzi si scambiarono tra loro. Si sentì accomunato a Gianni da un medesimo destino, dalla stessa folle speranza di un ritorno, dalla ricerca di una ragione, di un motivo che spiegasse il perché di un abbandono.

«Sì, era enorme... e tutto bianco», disse. Vide lo sguardo del bambino illuminarsi di gratitudine. Poi si accorse che Roberto lo stava fissando in silenzio. Aveva smesso di mangiare, rigirava il bicchiere tra le mani e intanto lo guardava, gli occhi acquosi e arrossati dal fumo, le labbra serrate.

«Perché non sei venuto prima?» gli chiese il vecchio, all'improvviso. Aveva parlato a voce bassa, eppure quella voce aveva sovrastato i mormorii e il tintinnio delle posate nei piatti, zittendo il tutto.

Michele deglutì a fatica, spiazzato.

«Perché hai aspettato tutto questo tempo per cercare tua madre?» insistette Roberto, mentre nessuno osava fiatare. Michele cercò lo sguardo di Luce, poi rispose a sua volta.

«Io... non sapevo dove cercarla», disse infine, vincendo l'imbarazzo.

«Te l'ho spiegata la storia del diario, Roberto», intervenne Caterina, come a voler spalleggiare Michele. «Lui l'ha trovato sul treno e poi...»

«E poi che cosa?» la interruppe il vecchio. «Io, se perdo a mia madre, la vado subito a cercare, mica aspetto vent'anni.»

Tutti si guardarono tra loro, imbarazzati. Michele sentì montare dentro di sé un improvviso istinto di ribellione. E quasi si sorprese per le parole che rivolse a Roberto.

«E allora perché non è stata lei a cercarmi?» disse. «Io non lo sapevo dov'era mia madre. Ma lei sì, lei lo sapeva benissimo dov'ero io! E invece di tornare stava qui, insieme a tuo fratello! Lui me l'ha portata via!»

Nella sala calò un silenzio gelido, carico di tensione. Caterina cercò di stemperare la situazione.

«Michele ha ragione», sussurrò a Roberto. «Bisogna capirlo e...»

«Sì, sì, ho capito», disse bruscamente il vecchio. Poi si alzò e si avviò verso la porta, uscendo di casa.

Caterina guardò Michele e gli fece un cenno, scuotendo la testa, come a voler giustificare suo fratello.

«È fatto così», sussurrò a bassa voce. «È scontroso, ma è buono come il pane. E poi è rimasto sconvolto da questa storia, come tutti noi... credevamo di sapere tutto di Laura. Pure il silenzio di Angelo ci ha feriti. Forse Roberto si sente in colpa nei tuoi confronti. Forse per questo ha reagito così.»

Michele assentì, poi sorseggiò del vino, tanto per darsi un

tono e per far capire che l'incidente era da considerarsi chiuso.

La cena volse al termine, spinta verso il dolce e il caffè da silenzi imbarazzati e poche parole scambiate nel tentativo di alleggerire l'atmosfera. Poi gli adulti sparecchiarono in fretta e Michele cercò di rendersi utile; trasportò alcuni piatti in cucina, aiutò Luce a scrollare la tovaglia e a ripiegarla.

Poco dopo, gli altri iniziarono a indossare soprabiti e giacconi prima di tornare alle rispettive abitazioni. Caterina si avvolse in una sciarpa di pesante lana gialla, poi si avvicinò a Michele e lo abbracciò con tenerezza.

«Quando riparti?» gli domandò.

«Domani è domenica e ho ancora due giorni di ferie», rispose Michele. «Credo che resterò fino a lunedì, così sto ancora un po' con mia madre.» Poi si rivolse a Luce, preoccupato. «A proposito... c'è una pensione da queste parti?»

«No. Ma tanto stanotte dormi qui», annunciò lei con un tono che non ammetteva repliche.

Michele sospirò, leggermente imbarazzato. Gli faceva piacere aver trovato un posto sicuro dove passare la notte, ma temeva di recare disturbo.

«Guarda Gianni com'è felice che dormi qua...» gli disse Caterina come se gli avesse letto nel pensiero, indicando il bambino che aveva una sfacciata esultanza dipinta sul volto.

Michele sorrise. Poi espresse il suo rammarico per non aver potuto salutare Roberto, che non era più tornato.

«Non ti preoccupare, magari domani v'incontrate in paese», lo rassicurò Caterina. Poi si avviò verso l'uscita.

«Domani mi accompagni tu alle prove?» chiese Gianni a Michele.

Luce aveva messo a letto il bambino, mentre Michele era rimasto a guardare sulla soglia.

«Domani mattina ha le prove di una recita scolastica», spiegò lei, mentre gli rimboccava le coperte.

«Se vuoi, lo accompagno», disse Michele.

Luce esitò, poi guardò Gianni che sembrava supplicarla con lo sguardo.

«E va bene. Mi faresti un favore perché domani il caseificio è aperto, anche se è domenica. Così non devo accompagnarlo in anticipo e posso andare tranquillamente al lavoro», ammise la donna.

«Nessun problema», assicurò Michele. Il piccolo esultò e lui sentì una stretta al cuore. Era chiaro che Gianni vedeva in lui una figura paterna e che, proprio per questo, si stava legando alla sua presenza, come un cucciolo randagio che crede di aver ritrovato un padrone. Pensò a quanto sarebbe stato difficile ripartire e lasciarlo di nuovo solo con sua madre. Avrebbe approfittato, decise, delle ore di scuola, mentre il piccolo era occupato in classe, per andare via ed evitare il peso di un addio. E quel pensiero gli diede una scossa elettrica. "Proprio come voleva fare mia madre, quella mattina che la sorpresi con la valigia pronta", pensò. "Fare i bagagli e partire mentre io ero a scuola, per non salutarmi. Forse è una cosa che lei mi ha lasciato nel sangue. L'istinto della fuga per non affrontare la realtà..." Del resto, non era fuggito anche lui dalla vita reale per non affrontarla?

«Ci fumiamo una sigaretta?»

La domanda di Luce lo distolse dai suoi pensieri. Fece un cenno di assenso, poi, insieme, lasciarono Gianni al suo sonno e si allontanarono in silenzio.

Uscirono all'aperto ed era già notte. Il cielo era grigio, denso della promessa di pioggia e di neve. Seduti l'uno accanto all'altra sul gradino di marmo dell'ingresso, accesero due sigarette che, in quel buio, presero il posto delle stelle. Luce aveva portato con sé una bottiglia di vino e due bicchieri. Ne versò per entrambi, poi sorseggiarono e fumarono in silenzio.

«Mi hai chiesto se lo amavo...» disse lei, a un tratto.

Michele ricordò la domanda che le aveva rivolto in auto, nel pomeriggio, mentre andavano verso Piana Aquilana.

Sorrise. Ormai si stava abituando alle risposte a scoppio ritardato di sua sorella.

«Amavo Gerardo più di qualunque altra cosa al mondo, se lo vuoi sapere», continuò lei, mentre il fumo si mescolava col suo fiato.

«Cosa... cosa amavi di lui?» chiese Michele.

Lei lo guardò, sorpresa. «Questa è una domanda da donna, lo sai?»

Michele arrossì nel buio, spiazzato.

«È un complimento, scemo», disse lei, ridendo. «Hai fatto una faccia offesa come il più classico dei maschietti. Cosa c'è, ti vergogni di essere sensibile?»

Michele pensò che non si vergognava. Era soltanto sorpreso di scoprire, attraverso i giudizi di sua sorella, aspetti della sua personalità che mai aveva scandagliato né sospettato di possedere. In realtà aveva posto quella domanda per cercare di capire cosa si prova quando si ama, quali e quanti aspetti dell'altra persona provocano un sentimento così potente. E voleva paragonarli con ciò che sentiva di provare per Elena.

Luce sorseggiò ancora un po' di vino, poi lo guardò, come a voler soppesare la risposta che stava per dargli.

«Amavo il modo in cui mi prendeva», sussurrò infine. E guardò le nuvole come se assaporasse una nostalgia che aveva tenuto a distanza. «Aveva qualcosa negli occhi, mentre facevamo l'amore... qualcosa che era a metà tra una minaccia e una promessa. Come se avesse deciso di farmi male con le sue carezze, come se dovessi accettare il dolore prima di provare il piacere. E la cosa buffa è che desideravo quel dolore come si desidera di essere felici...» Si interruppe e lo guardò di sottecchi. «Capisci cosa voglio dire?»

«Un po'...» rispose Michele. «Cioè, forse sto cominciando a capirlo.»

«Sei innamorato? Hai una donna?» domandò Luce, mentre accendeva un'altra sigaretta.

Michele sorrise, cercò il coraggio nell'ultimo tiro della sua sigaretta, poi raccontò in che modo si era innamorato della prima donna che gli era entrata in casa dopo anni e anni di solitudine e silenzio.

Le descrisse Elena, il suo modo di parlare, la sua euforia contagiosa e il suo modo di arrabbiarsi, la sua generosità imprudente. Luce rise di gusto, poi rivolse lo sguardo verso il pavimento.

«Per capire se l'ami devi rispondere a qualche domanda che tu stesso ti devi fare...» disse infine.

Michele la guardò, incuriosito.

«La prima è se riesci a immaginare la tua vita senza di lei.»

«Certo che ci riesco», rispose Michele. «Sarebbe uguale a prima.»

«E quale delle due vite preferisci?» incalzò Luce.

«Quella con lei», sussurrò Michele, come se rivelasse a sé stesso la risposta.

«Bene. La seconda è... la scoperesti?» chiese Luce, fissandolo intensamente. «Non ti ho chiesto se faresti l'amore con lei. Ti ho chiesto se la scoperesti. Ti eccita?»

«Lei... lei mi piace, certo. Però dovrei riuscire a distinguere la differenza tra fare l'amore e scopare», ammise Michele. «Visto che non ho mai fatto nessuna delle due cose.»

«Giusto...» rispose lei, pensierosa. «E questo è un problema.» Poi vide l'espressione preoccupata di Michele e sorrise. «Tranquillo... per ora sappi che devi avere voglia di scoparla. Poi se hai scopato o se hai fatto l'amore con lei te ne accorgi solo dopo che ci sei stato a letto.»

Lui la guardò in modo interrogativo.

«Se dopo che siete stati a letto hai voglia di essere altrove, ci hai solo scopato. Semplice», precisò lei.

«Uhm...» disse lui, cercando di tenere tutto a mente.

«E infine, c'è la terza domanda», aggiunse Luce. «Ti fidi di lei?»

Michele sospirò: fidarsi era il suo grande problema da quando aveva sette anni. Però, dovette ammettere, cominciava a fidarsi di Elena. *Voleva* fidarsi di Elena.

«Bene», disse Luce. «E allora stai attento, perché questa è la risposta completa alla tua domanda di prima. Cosa amavo di Gerardo... Non riuscivo a immaginare la mia vita senza di lui, volevo scoparlo e volevo che mi scopasse, perché mi piaceva, mi piaceva il suo sguardo, mi piaceva il suo odore, mi piaceva la sua pelle e mi eccitava da morire. E poi... mi fidavo di lui.» Gettò la cicca della sigaretta con un gesto stizzito. «E proprio quest'ultima cosa mi ha fregato, visto come sono andate le cose», aggiunse. «E sai qual è il bello? È che quando ti fregano, quando ti ingannano o ti tradiscono, sei tu che perdi qualcosa di importante, perché credi di perdere la fiducia negli altri, ma invece la perdi in te stessa. Pensi che te lo sei meritata, perché ti sei fidata come una scema. Perché non sei riuscita a capire chi avevi accanto. Non sei riuscita a vedere le cose per come erano davvero. E se avevi un po' di autostima, si... si sgretola. Risultato? Sei tu che non vali niente. Ecco, questo succede. E sai cos'è che mi fa più male? Che è successa la stessa cosa anche a mio figlio, che si è inventato l'orso polare sulle montagne, che insiste a dire che l'ha visto e che suo padre aveva ragione, solo per non sentirsi una nullità. È questo che non potrò mai perdonare a Gerardo.» Lo guardò intensamente, con gli occhi lucidi. «Tu che ti sei inventato, quando la mamma se n'è andata?»

Michele aveva ascoltato le parole di Luce ed era stato come scavare a mani nude il terreno della propria anima, fino a trovare le radici della sua insicurezza, dei suoi limiti e delle sue paure.

«Gli oggetti smarriti sul treno. Ce li ho tutti a casa. Mi fanno compagnia», sussurrò, semplicemente. E dallo sguardo di Luce capì che non aveva bisogno di spiegare altro.

Lei gli prese una mano e seguì il silenzio. E in quel silenzio continuarono a parlarsi. Gli occhi puntati verso il cielo plumbeo, continuarono a considerare le loro vite come se leggessero insieme il racconto degli anni vissuti separatamente per farlo diventare, infine, un unico racconto, un'unica vita.

Poi Luce ritrasse la sua mano, si alzò e stiracchiò le braccia verso l'alto.

«Vado a nanna», disse. «Domani ho una levataccia. Vieni, ti faccio vedere la tua stanza.»

Michele si alzò a sua volta, raccolse la bottiglia e i due bicchieri e la seguì, come se le volesse bene da sempre.

Appena rimase solo, spalancò la finestra della camera e sentì la leggerezza. Sembrava fosse stata trasportata dal vento gelido. Entrò nella stanza, volteggiò sul soffitto e poi lo investì come uno scroscio d'acqua tiepida, attraversò la lana delle maglie che indossava, si infilò sotto la pelle, tra le fibre dei muscoli e i vasi sanguigni, ruotò intorno alle sue ossa e lo invase completamente. Lui chiuse gli occhi e respirò l'autunno. Sentì il profumo delle montagne, crudo e speziato, così diverso dalla dolcezza densa della salsedine del mare. Provò la nostalgia di casa, la voglia di un ritorno lento alla sua vita.

Poi, nella sua mente ci fu solo Elena.

La terza vibrazione la strappò dal sogno. Il mare agitato nel quale cercava di rimanere a galla con tutte le sue forze si dissolse all'improvviso, e lei si risvegliò nel proprio letto. La sveglia, sul comodino, annunciava le 2.15. Elena sbadigliò, sorpresa, poi cercò a tastoni il cellulare che continuava a vibrare, lo afferrò e vide che a chiamarla era Michele. Il sonno si dileguò, risucchiato dalla scarica di adrenalina che sentì scorrere nel sangue. Durante l'intera giornata aveva combattuto contro la voglia di chiamarlo per sapere se finalmente avesse trovato sua madre. Ma un senso profondo di amor proprio glielo aveva impedito. Che se ne andasse al diavolo, aveva detto a Milù, lui e la sua voglia di stare solo, lui e la sua paura di tutto, lui e la sua solitudine ostinata, lui e l'amore che le negava, lui e i suoi occhi neri come una pozza di petrolio, lui e le sue labbra carnose e rosse che le mettevano i brividi, lui e i suoi lividi sul volto, lui e la sua timidezza. Lui... e lei stessa, che non riusciva a dimenticarlo, a non amarlo, a non desiderarlo.

Ora lui era lì, la sua presenza pulsava dentro la vibrazione ostinata del cellulare che spappolava il silenzio della notte, interrompeva i sogni, accelerava i battiti del cuore, fermava il respiro, gelava le dita delle mani, attorcigliava le viscere e spalancava il ritorno alla speranza.

Spinse il pulsante verde che lampeggiava e portò il cellulare all'orecchio. «Michele...» sussurrò.

«Scusami. Lo so che è tardi», disse lui, senza riuscire a nascondere l'emozione che gli faceva tremare la voce.

«Non importa... cos'è successo?»

«Ho trovato mia madre.»

Elena balzò a sedere sul letto. «Raccontami», implorò. E Michele cominciò a raccontare. Attraverso le sue parole, Elena vide il caseificio incastonato tra i monti innevati; provò lo sgomento di ritrovare, dopo venticinque anni, una madre che sembrava ancora giovane come il giorno in cui era partita; si stupì quando seppe che quella donna, in realtà, si chiamava Luce e che era la sorella di Michele.

Conobbe un bambino che cercava l'orso polare sui monti dell'Appennino e masticò il suo dolore, provò sdegno per la scusa assurda con cui Gerardo l'aveva abbandonato, ammirò il coraggio di Luce, rimasta sola, giovanissima, a fare da madre a Gianni.

Poi salì le scale di una clinica insieme a Michele; con il suo stesso batticuore entrò nella stanza e vide sua madre rivolta verso la finestra, provò il vuoto e l'angoscia del non essere riconosciuti, il suo silenzio e l'abisso del suo sguardo perso nel nulla.

Guardò dalla finestra di quella stanza insieme a lui e vide la neve che sembrava spianata da un mattarello sul selciato, provò la sua stessa stanchezza e quel senso di pace che allontana il tormento. Ascoltò il racconto della cenere nei piatti e rabbrividì al cigolio della rete sotto il materasso ogni sabato sera.

Assaporò il tepore familiare di una tavola imbandita e si commosse al brindisi di Caterina, spalleggiò la risposta di Michele alle accuse di Roberto e sentì, infine, il sapore delle sigarette fumate sotto il cielo plumbeo insieme a Luce.

Poi, Michele la ricondusse nella clinica, seduta accanto a lui sulla poltrona.

E lei sentì il suo nome: Elena, pronunciato da lui a bassa voce, rivelato a sua madre, come un nuovo battesimo.

Con gli occhi lucidi, ascoltò il racconto dell'amore.

Era l'amore silenzioso e segreto che Michele provava per lei e che ora aveva rivestito di coraggio per riuscire a dichiarargliello.

Accolse la confessione delle sue paure, mentre la rabbia accumulata durante il giorno si dileguava definitivamente.

E gli giurò che avrebbe spazzato via quelle paure nel corso della vita. E che l'avrebbero strappata a morsi, la loro vita, insieme, giorno dopo giorno, da quella notte in poi.

Guardarono entrambi fuori dalla finestra e il buio stava già andando via, spinto dall'aurora che trascinava un nuovo giorno.

Era domenica.

19.

Venne Gianni a svegliarlo, con un caffè e la gioia negli occhi.

«Hai dormito bene?» gli chiese il bambino.

«Benissimo!» rispose Michele. E sorseggiò il caffè trovandolo buono come non mai. Poi si alzò, mentre fuori nevicava e le montagne incombevano sul borgo. Si lavò, si vestì in fretta, vide con soddisfazione che le piccole ferite sul volto erano quasi del tutto sparite. Restava ancora qualche segno sulle mani, ferite quasi impercettibili che ricoprì comunque con due cerotti puliti. Poi raggiunse Luce che l'aspettava in cucina.

«Mentre eri in bagno ha telefonato lo zio Roberto», disse lei, mentre preparava un altro caffè. «Ha detto che ti vuole parlare... ti aspetta a casa sua.»

Michele fece un'espressione perplessa.

«Forse si vuole scusare per ieri sera», lo rassicurò Luce.

«Ma... come faccio a trovarlo?» chiese Michele, mentre Gianni lo raggiungeva e si sedeva al suo posto, al tavolo della cucina, pronto per la colazione.

«Gianni ti farà vedere dove abita mentre lo accompagni. È sulla strada per arrivare a scuola», disse Luce.

«Sì, io lo so dov'è. Poi ti faccio vedere», ribadì il bambino, che non vedeva l'ora di rendersi utile e sentirsi importante.

Sorseggiarono il caffè, poi Luce si preparò per andare al lavoro.

«Gianni, sbrigati a fare colazione, che fra dieci minuti devi essere pronto», disse prima di uscire. Poi si rivolse a Michele: «Potresti passare a riprenderlo dalle prove verso le undici?».

«Certo», rispose Michele.

«Grazie. Le chiavi di casa sono nella serratura. Poi, se vuoi, nel pomeriggio andiamo insieme dalla mamma», concluse Luce.

Michele ringraziò e accettò l'offerta. Poi, rimase solo con il bambino.

Mentre Gianni terminava di bere il latte, sentì il bisogno di una sigaretta. Stava diventando un fumatore senza neanche accorgersene e si meravigliò per questo e, allo stesso tempo, se ne preoccupò, non per i danni del fumo ma per una strana idea scaramantica: suo padre fumava, e la sua vita era stata infelice. Anche quando a casa erano in tre, non ricordava un suo sorriso, un solo momento di buonumore. Fumava. Fumava e rimuginava i suoi tormenti, in una sorta di incapacità di adattarsi al mosaico della vita, come se si sentisse una tessera deformata. Lui non voleva riprodurre quell'immagine, eppure si rammaricò di non aver chiesto una sigaretta a Luce prima che andasse via. Si guardò intorno, cercò con gli occhi le tracce di un pacchetto di sigarette sui mobili della cucina. Gianni lo osservava, attento, e d'un tratto sembrò leggergli nel pensiero.

«Se cerchi le sigarette, mamma le tiene in quel cassetto», disse il bambino indicando una credenza antica, accanto al frigorifero. Michele sorrise, aprì il cassetto e trovò due pacchetti gialli di Camel. Uno era già aperto, quindi sfilò una sigaretta, prese i fiammiferi che erano poggiati vicino ai fornelli e si diresse verso la finestra, l'aprì e aspirò il primo tiro di tabacco. Il fumo gli esplose di nuovo tra le tempie e lui accolse quello strano stordimento con sollievo.

«Mi accompagni a trovare l'orso bianco?»

Michele si voltò, sorpreso, a guardare Gianni. «Ti devo accompagnare a scuola per la recita. Non a trovare l'orso bianco», disse, tranquillo.

«Sì, ma io dico dopo. Mi vieni a prendere alle undici e ci andiamo», supplicò il bambino.

Michele non rispose, perplesso.

«Allora?» insistette Gianni.

«Non credo che tua madre sarebbe d'accordo.»

«Ma se ci vado con te non si arrabbia. Io lo so dove sta l'orso...» disse il bambino e si avvicinò alla finestra, indicando un punto vago, verso le montagne che sembravano enormi palizzate di pietra che ostruivano qualunque altro orizzonte. «C'è una stradina che parte da lì, vedi? Si arriva fino al valido del Sasso... no, valico, valico del Sasso. Così mi ha detto papà. E lì c'è l'orso bianco. Proprio quello che abbiamo visto ieri.»

Michele espirò il fumo della sigaretta, imbarazzato. Si domandò per quale motivo quella richiesta di aiuto gli procurasse un sottile fastidio, una sorta di risentimento senza nome che non riusciva a controllare né a placare.

«Poi ne parliamo...» disse, per troncare il discorso. «Ora andiamo, se no fai tardi.»

Gianni si aggrappò a quella sorta di vaga promessa, sorrise, poi corse a indossare il suo giaccone.

Attraversarono insieme il borgo e la barriera candida dei fiocchi di neve che cadevano giù dal cielo, davanti ai loro occhi, fitti come la pioggia di un acquazzone estivo. Le impronte delle scarpe che affondavano nella coltre bianca sparivano pochi secondi dopo il loro passaggio, ricoperte e colmate dai nuovi fiocchi. Michele notò che Gianni, nonostante il terreno impervio e ghiacciato, procedeva impettito, fiero, come se lo zio fosse un trofeo da mostrare in pubblico. Le persone che incrociavano li osservavano, attratti dalla presenza dell'adulto che accompagnava il bambino, con quegli sguardi famelici e silenziosi degli abitanti dei piccoli paesi arroccati sui monti, carichi di curiosità e di domande che non osavano formulare. A poche decine di metri dalla scuola, Gianni si fermò e indicò un edificio a due piani che sembrava una piccola torre incastonata tra la chiesa e una scalinata in pietra che conduceva alla parte alta del borgo.

«Zio Roberto abita lì», disse, emozionato per il ruolo importante che sentiva di aver assunto nel fornire un'informazione così fondamentale. Michele guardò la casa e annuì, poi proseguirono in silenzio, fino a raggiungere la scuola.

Quando si fermarono, il gruppo dei bambini che il giorno precedente avevano preso in giro Gianni li superò accelerando il passo. Il ragazzino con gli occhi verdi come fessure si fermò, si voltò per un attimo e fissò Gianni con aria di sfida.

«Attento all'orso, bugiardò!» gridò. E tutti gli altri risero in maniera sguaiata. Poi corsero di nuovo verso l'entrata. Michele guardò Gianni e notò che era arrossito di una rabbia repressa, mista a frustrazione.

«Sono solo dei cretini...» gli disse. E riconobbe, ancora una volta, nello sguardo del bambino la sua stessa rabbia al tempo della scuola per le prese in giro dei compagni dopo la partenza di sua madre, intrise di quella crudeltà innocente dei bambini che non hanno la misura del dolore altrui.

«Se troviamo l'orso bianco e poi tu glielo dici, vedi che la smettono di dire che sono un bugiardo...» sussurrò Gianni.

«Ora vai. È già tardi», disse Michele, nel tentativo di cambiare discorso.

«Me l'hai promesso che ci andiamo», ribadì il bambino.

«Non te l'ho promesso. Ho detto solo che poi ne parliamo. Prima dobbiamo chiedere a tua madre cosa ne pensa», rispose Michele.

Il bambino annuì, a metà tra il soddisfatto e il rassegnato. Poi fece per avviarsi verso la scuola ma, dopo un paio di passi, esitò, si fermò, tornò verso lo zio e, di slancio, lo abbracciò. Michele provò una tenerezza languida e densa, simile a un dolore benefico. Ricambiò l'abbraccio con una carezza tra i capelli. Poi seguì con lo sguardo il bambino fino a quando non oltrepassò l'entrata della scuola.

Sulla porta d'ingresso della torretta a due piani non c'era traccia di un campanello né di un batacchio. Michele esitò, si guardò intorno, poi bussò sul legno con le nocche di una mano e la porta, lentamente, si dischiuse sotto la spinta dei colpi con un leggero stridore dei cardini. Dall'interno della casa filtrarono un fascio di luce artificiale e il profumo della legna bruciata. Lui rimase fermo, non osando attraversare la soglia.

«È permesso?» disse e la sua voce gli sembrò amplificata, come quando parlava tra sé e sé nella sala d'attesa della stazione ferroviaria deserta. Un attimo dopo sentì i passi leggermente strascicati di Roberto.

«Entra e chiudi la porta», disse, secco e deciso.

Michele entrò in casa e si chiuse la porta alle spalle. Un lungo corridoio, illuminato da due lampade a parete, si distendeva davanti al suo sguardo.

«Sto qua... prima porta a destra», sentì esclamare da Roberto.

Varcata la soglia, vide Roberto seduto a una vecchia scrivania, ricoperta da una lastra di spesso vetro verde. Una lampada da tavolo e il fuoco che ardeva nel camino gli illuminavano il volto e le mani, che teneva distese davanti a sé, poggiate sul vetro. Il vecchio gli fece un cenno, invitandolo a sedersi di fronte a lui. Michele si accomodò su una sedia con i braccioli e si guardò intorno, ammirando le pareti interamente occupate da vecchi libri, disposti su mensole e antiche librerie scarne e funzionali. L'unica finestra della stanza era nascosta da tende di velluto spesso, a coste, color carta da zucchero, che trasformavano la luce del giorno in una leggera penombra. Roberto fissava Michele in silenzio, con aria assorta, come se stesse ripassando un discorso meditato a lungo. D'un tratto si percepì un profumo di caffè e, poco dopo, una domestica entrò nella stanza, reggendo un piccolo vassoio d'argento con due tazzine e una caffettiera annerita e fumante. Michele calcolò che la donna superasse a stento il metro e mezzo di statura; era magra e incurvata, con i capelli bianchi raccolti in uno chignon all'altezza della nuca, un grembiule candido legato al collo e alla vita, occhiali dalle lenti spesse come fondi di bicchiere.

«Grazie, Matilde. Posalo qua e vai...» disse Roberto, come se la presenza della donna rischiasse di distoglierlo dai suoi pensieri. La domestica poggiò il vassoio sulla scrivania e, senza degnare Michele di uno sguardo, si ritirò con passo silenzioso e leggero.

Il vecchio prese una tazzina e fece cenno a Michele di servirsi. Sorseggiarono il caffè immersi in un silenzio ostinato, rotto appena dai rumori esterni che provenivano ovattati attraverso la finestra chiusa e i tendaggi.

«Quindi tu non sapevi dove stava tua madre...» disse a un tratto Roberto, fissando il fondo della tazzina appena vuotata.

Michele scosse la testa, sorpreso. Il vecchio fece roteare la tazzina con una mano, come a voler amalgamare lo zucchero con le ultime gocce di caffè.

«Non ho capito. Ti sei perso la voce?» incalzò Roberto, in dialetto stretto.

«No, non lo sapevo», ribadì Michele, dando fiato alle corde vocali.

«Sicuro?» insisté il vecchio. E stavolta lo guardò dritto negli occhi.

«Certo...» rispose Michele, a disagio.

«Giura!» incalzò Roberto.

Michele assentì, paziente. «Lo giuro.»

Il vecchio trasse un sospiro profondo. «Io sapevo di te... sapevo che Laura teneva un figlio», disse.

Michele sentì i battiti del cuore accelerare.

«So' due anni che lo so... solo due anni», aggiunse il vecchio.

Nella mente di Michele si affastellarono mille pensieri, intravide una piccola luce sul fondo dell'infinita galleria di misteri che aveva attraversato negli ultimi giorni.

«Allora... sei stato tu a mettere il mio diario sul treno?» chiese, poggiando la tazzina sul vassoio.

«No, io manco sapevo che esisteva, questo diario... L'ho saputo ieri, quando m'hanno detto che eri arrivato», replicò Roberto, con tono sbrigativo.

Michele si passò una mano sul viso, esasperato.

«Invece ci sta una cosa più importante che devi sapere», aggiunse il vecchio. Aprì un cassetto della scrivania, alla sua sinistra. Ne estrasse una busta da lettere ingiallita, la posò sul piano e la ricoprì con una mano. «Quando Angelo, mio fratello, è morto, tua madre già stava male da due anni. Due anni che non parlava, non capiva... Angelo è morto di dolore, secondo me, perché lui ci campava, per Laura. Però la cosa strana è che un giorno, all'improvviso, è venuto qua da me. Non l'ho mai capito perché proprio quel giorno. Forse se lo sentiva, che era diventato troppo vecchio per campare a lungo. S'è messo proprio là, là dove stai seduto tu. E mi ha dato questa lettera», disse il vecchio. Mostrò la busta, sventolandola nell'aria. «Fino a quel momento io non sapevo niente», continuò. «Non sapevo che Laura teneva un figlio, non sapevo che era già sposata. Nessuno lo sapeva. Ma questo è perché mio fratello Angelo è sempre stato un tipo... come posso dire? Uno strano. Teneva una bella testa, però pensava sempre a modo suo. E guai a cimentarlo, a quello! Insomma, visto che lui e Laura non si volevano sposare, nessuno è andato a domandare se era già sposata... Poi, quando m'ha portato questa lettera, ho saputo da Angelo che tuo padre non ha mai voluto darle la soddisfazione della separazione. E che c'erano troppi inghippi legali, avvocati, tribunali, casini... e così hanno rinunciato.»

«Come sarebbe?» sobbalzò Michele. «Che vuol dire? Che mia madre e mio padre erano in contatto?»

Roberto gli fece cenno di tacere e aspettare. Fece una pausa: sembrava teso, indeciso se andare avanti col discorso. Poi sospirò e si fece coraggio. «Comunque...» riprese. «Questa è la lettera che mi ha dato Angelo e che m'ha detto di conservare senza dire niente a nessuno. Però a questo punto, secondo me, visto che sei arrivato fino qua, è giusto che tu la leggi.» Porse la busta a Michele. «È una lettera di tuo padre», concluse.

Quell'ultima frase risuonò nella testa di Michele come un'eco che si moltiplica all'infinito. Afferrò la busta e riconobbe la calligrafia di suo padre.

Era indirizzata a Laura Puglia, sua madre. Vico Mercadante 3. Borgo Sale.

«È la casa dove abitavano Angelo e Laura», precisò Roberto, anticipando la domanda di Michele.

Lui aprì la bocca, masticò alcune parole che non riusciva

a pronunciare e il vecchio annuì, come se avesse capito ciò che Michele temeva.

«Sì, tuo padre lo sapeva, dove stava tua madre. Sapeva tutto.»

Michele lo fissò, in silenzio. Il cuore gli batteva nella punta delle dita che reggevano la lettera. Estrasse un foglio dal lato già aperto della busta e lo spiegò lentamente.

Miniera di Mare, 18 ottobre 1995

Michele calcolò che sua madre era andata via da circa tre anni.

In risposta alla tua, ti comunico che Michele sta bene. Cresce e studia. È tranquillo. E visto che insisti, ti dico che non ha bisogno di te. E nemmeno io, tanto per chiarire. Gli ho detto che tu hai avuto una figlia dal tuo amante e che ora lo vuoi vedere, ma lui ha risposto di no. Lui non ti vuole vedere e non ti vuole incontrare e dice che visto che hai una figlia è meglio se stai con lei e ci dimentichi.

Il sangue affluì alla testa di Michele in un attimo. Tutto il sangue che gli circolava nelle arterie e nelle vene abbandonò i tessuti, gli organi, le braccia, le mani, gli arti inferiori e si riversò nell'area del cervello che amplifica il dolore e blocca il respiro. Cercò di incamerare l'aria, ma si sentiva immerso nel fondo di un oceano sconosciuto. Fu il calore delle mani nodose di Roberto, che sentì poggiarsi sulle sue spalle, paterne, solidali, a permettergli di riprendere fiato e continuare a leggere.

Comunque, io gli ho dato il tuo indirizzo e, quando sarà più grande, deciderà lui cosa vuole fare. Se ti vorrà venire a trovare sarà libero di farlo. Ma per ora penso anch'io che è meglio se stai lontana, visto che già hai fatto tutti i danni che potevi fare. E se gli vuoi bene davvero, a Michele, lascialo in pace, che ha trovato il suo equilibrio e non è giusto che vai a riaprire una ferita che è guarita e poi lo fai soffrire ancora di più.

Hai fatto la tua scelta, questa è la conseguenza. Ti avviso che se mi mandi altre lettere le rimando al mittente e l'avvocato dice che sono nel diritto, visto che sei stata tu che hai abbandonato il tetto coniugale con un figlio per andartene con il tuo amante.

«Tuo padre non ti ha mai detto niente, vero?»

La voce di Roberto scosse Michele e lo risucchiò dall'abisso nel quale era precipitato. Si guardò intorno, come se non ricordasse più dove si trovava, poi incontrò lo sguardo del vecchio e vi si immerse, in cerca di aiuto.

"Perché mio padre ha fatto questo? Perché non mi ha mai detto che sapeva dov'era mia madre? Perché non mi ha mai detto che lei mi voleva vedere? Perché mi ha nascosto tutto?" avrebbe voluto chiedergli. Invece ricominciò a sprofondare, stavolta dentro una debolezza improvvisa. Sentì il sangue defluire verso il basso e un senso di gelo avvolgergli lo stomaco. Un grumo amaro affiorò nella sua gola e dilagò all'interno della bocca.

Roberto sollevò con forza Michele dalla sedia e lo condusse fuori dalla stanza, poi spalancò la porta di un bagno. Michele vomitò a lungo, mentre il suo respiro sibilava ogni volta che riprendeva fiato. Poi si diresse verso il lavandino e fece scorrere l'acqua, si sciacquò la bocca, il viso. Si guardò allo specchio e provò pena per l'uomo che vi vedeva riflesso. Era un uomo smarrito, più di qualunque oggetto avesse mai raccolto dal treno.

Quando tornò nella stanza, Roberto lo attendeva in piedi, accanto al camino. Michele si diresse verso la scrivania, afferrò la lettera di suo padre e la gettò tra le fiamme. Poi rabbrividì perché si rese conto che non provava pentimento per quel gesto, voleva che le menzogne contenute in quel foglio bruciassero per sempre, insieme al ricordo di suo padre. Lo maledisse urlando e gli augurò l'inferno.

Il vecchio gli tappò la bocca con una mano. «Sta' zitto. Zitto...» gli sussurrò. «Non devi dire così perché certe cose, una volta che le dici, non ti lasciano più. Dentro, ti restano, dentro, come la malerba. *S'attaccano a lu core e l'ammarciscono.* Non lo dire, figlio mio...»

Poi lo abbracciò con forza. Ma quell'abbraccio non portò

conforto. Michele si staccò dal vecchio, lentamente, lo guardò in silenzio, poi sentì che aveva bisogno di uscire, di affrontare la neve.

Appena sveglia, Elena aveva assaporato la felicità. C'era il sole, il profumo del caffè e tutto intorno era domenica. Era domenica nel suo sbadiglio da gatta, nelle braccia che si stiracchiavano nel letto, nel cuscino tiepido dei suoi capelli, nello scroscio d'acqua fresca che aveva portato al viso prima di guardarsi allo specchio. Era domenica nel sorriso che aveva dentro gli occhi, nel richiamo dei suoi familiari che erano pronti in cucina per fare colazione. Era domenica nella maglietta pulita da indossare sopra i jeans, nella spazzola che la pettinava, nel passo leggero che la conduceva fuori dalla sua stanza. E sarebbe stata domenica per sempre, da quel giorno in poi e per tutta la sua vita, perché Michele era la sua domenica, era un giorno di festa senza fine, il sogno realizzato, la felicità perfetta. Si era seduta al tavolo della cucina e aveva poggiato davanti a sé il cellulare, con la speranza di ricevere presto una telefonata di Michele, mentre ascoltava la musica che proveniva dalla radio, poi sua madre le aveva preparato la spremuta d'arance, da sorseggiare dopo il caffè bollente e zuccherato. Aveva preso la tazzina tra le mani e aveva immaginato che il bordo caldo e spesso fosse la bocca di Michele, così l'aveva portata alle sue labbra, le aveva dischiuse e il primo sorso era stato una rivelazione. Era così piena di felicità da non accorgersi che quella felicità traboccava da ogni singola componente del suo essere. Non c'era più spazio per altro che non fosse l'amore dichiarato di Michele. Così, quando il primo sorso di caffè aveva raggiunto lo stomaco, l'aveva trovato serrato, chiuso per gioia. Invece di espandersi sulle pareti interne, tra i liquidi gastrici, era stato respinto con forza verso l'alto, in cerca di una via di fuga. Elena si era alzata in fretta ed era corsa nel bagno, trattenendo il rigurgito improvviso. Poi si era chinata sul water e aveva vomitato, insieme al caffè, tutta la delusione accumulata nei giorni precedenti insieme alla rabbia e al dolore. Il suo corpo non aveva più spazio per quelle sensazioni tristi e amare. Si trovò, così, a vomitare nello stesso istante in cui vomitava Michele, a duecento chilometri di distanza. Lui per il dolore, lei per la gioia. Sentimenti entrambi tanto potenti da rivelarsi insopportabili. Poi aveva sentito i passi di Milù alle sue spalle, la sua mano calda sulla fronte. E la sua voce cristallina che, ridendo, le diceva che da quel momento in poi avrebbe dovuto abituarsi a una vita fatta di domeniche. Elena aveva sorriso e lo stomaco si era rilassato. Poi aveva fatto scorrere l'acqua del rubinetto per lavarsi i denti.

Michele aveva accolto la neve che scendeva giù dal cielo come il fuoco accoglie l'acqua quando vuole spegnersi per sempre. Si era guardato intorno e tutto aveva preso le sembianze del dolore. Era dolore il passaggio frettoloso dei viandanti, il contorno dei tetti colorati di bianco, il fumo denso che usciva dai comignoli. Era dolore il suo respiro, le parole di suo padre, il gelo che afferrava i polpastrelli e li tingeva di blu. L'odio che sentiva lievitare nel suo petto era dolore. E i passi che scavavano la neve erano passi nel dolore. Così si mise a sedere sul ciglio della strada e, per non impazzire, cercò di ricordarsi che quel giorno era domenica e che Elena era la sua domenica, l'unico rifugio nel quale rannicchiarsi, l'unica speranza di un conforto. Cercò il cellulare nelle tasche, lo strinse tra le mani, poi decise di chiamarla.

Il cellulare di Elena vibrò sul tavolo della cucina. Lei era ancora in bagno, a sciacquarsi il viso e la bocca, a osservare nello specchio il colorito pallido che strideva col rossore delle sue labbra e l'azzurro del dentifricio appena usato.

Alla terza vibrazione, sua madre si voltò a guardare il cellulare. Quando lesse il nome che appariva sullo schermo, sentì un brivido lungo la schiena. Si avvicinò al tavolo, afferrò quel nome che lampeggiava di una luce metallica, esitò, poi rispose con la voce che tremava un po' per la sorpresa e l'emozione.

«Pronto...»

Michele sentì quella voce sconosciuta. Capì che apparteneva a una donna non più giovane, immaginò che fosse la madre di Elena ed ebbe l'impulso di interrompere la telefonata.

«Pronto...» insistette lei.

«Pronto», disse infine Michele, a sua volta.

La donna sentì una voce maschile e si incupì. «Chi è lei? Chi parla?» ripeté, leggermente risentita.

«Buongiorno, signora. Io... io sono Michele, un amico di Elena», replicò lui, guardingo. «Non ci conosciamo ma...»

«Come fa ad avere quel cellulare?» lo interruppe la donna.

«Quale cellulare?» domandò a sua volta Michele, smarrito.

«Il cellulare col quale sta chiamando. Come l'ha avuto?» ribadì la madre di Elena.

«Ma... veramente me l'ha prestato Elena», rispose lui, perplesso.

«Elena le ha dato il cellulare di Milù?» chiese la donna, incredula.

Michele fu sorpreso. Elena non gli aveva detto che quel cellulare era di sua sorella. «Ma io... io non lo sapevo che fosse di Milù», si giustificò. «Appena torno glielo restituisco.»

Sentì il respiro della donna, che ora taceva. Michele cercò di mostrarsi gentile e rispettoso.

«Anzi...» disse. «Ringrazi Milù da parte mia e le dica che è stata molto gentile...»

Ci fu un attimo di silenzio, in cui Michele avvertì la tensione della donna.

«Milù è morta da tre anni», sussurrò lei, infine.

Non pronunciò quelle parole per dargli un'informazione, né per rimproverarlo di non sapere della morte di sua figlia. Michele sentì che il tono della donna era una vera e propria dichiarazione di dolore, un dolore che non poteva avere fine. Se avesse ripetuto la stessa frase cento, mille volte, per altrettanti anni, giorno dopo giorno, la sua voce sarebbe stata comunque carica di quel senso di sofferenza profonda, di quella straziante incredulità nei confronti di qualcosa che non aveva una spiegazione logica né un motivo, o una maniera di renderla sopportabile.

«Mi dispiace», disse Michele con un filo di voce. «Mi dispiace davvero... io... io non lo sapevo.»

Sentì la dolcezza che tornava nella voce della donna. «Vuole parlare con Elena? Forse è in bagno, la faccio richiamare?»

Michele chiuse il cellulare, senza replicare.

Un'automobile sopraggiunse nella sua direzione e lui non si spostò di un millimetro, costringendola a frenare e a evitarlo all'ultimo istante. Le imprecazioni del guidatore neanche lo sfiorarono. Alzò lo sguardo verso l'alto e sul suo viso si allargò un sorriso ironico, carico di amarezza. Non aveva più domande, non gli interessava sapere perché anche Elena l'avesse ingannato e neanche perché, quando le aveva chiesto di Milù, non gli avesse confidato che era morta. Sapeva solo che anche lei si era rivelata come tutti gli altri, impregnata di silenzi premeditati e di menzogne. Mosse qualche passo e sentì che la sua vista si appannava. La neve che precipitava sempre più fitta formava uno schermo bianco davanti ai suoi occhi e su quello schermo rivide il volto di Elena, che un attimo dopo si confuse con il volto di suo padre, poi con l'immagine di sua madre che saliva sul treno, con la cenere nei piatti e gli sguardi sfuggenti delle puttane del sabato sera, con le parole scritte a mano nella lettera che bruciava nel fuoco e che poi si accartocciava, anneriva, si disintegrava, fino a trasformarsi in minuscole particelle di dolore che ora ruotavano intorno a lui, mescolate ai fiocchi di neve. Scagliò a terra il cellulare e lo calpestò con rabbia, fino a frantumarlo. Ora Elena non avrebbe potuto richiamarlo, non gli avrebbe inflitto le sue spiegazioni tardive, non lo avrebbe mai più rivisto.

Lentamente, una calma irreale si impadronì di lui. Si accovacciò in un angolo, sopra un gradino. Con gesti lenti, staccò i due cerotti dalle dita e li gettò via. Poi si guardò le mani e, nel silenzio, vide le sue piccole ferite passare dal rosa pallido al viola intenso, sotto l'effetto del gelo. Lasciò che quel gelo gli invadesse l'anima, senza opporre resistenza. Chiuse gli occhi e si lasciò ricoprire dalla neve per un tempo indefinito, immobile come una statua di sale, mentre la sua domenica lasciava il posto a un definitivo inverno.

Fu Gianni a trovarlo, dopo le undici del mattino. Era appena uscito dalla scuola, si era guardato intorno alla ricerca dello zio e l'aveva visto, poco distante, seduto su un gradino, lo sguardo perso nel nulla. Corse verso di lui, ignaro di tutto ciò che era accaduto.

«Le prove sono andate bene, sai?» disse mentre il suo fiato si trasformava in nuvole di fumo. Michele annuì appena.

«Io devo fare Temelaco... Telecamo, insomma il figlio di Ulisse», aggiuse il bambino, con una punta di orgoglio.

Michele sorrise tra sé e sé. "Te l'hanno scelta bene, la parte..." pensò. "Un figlio che aspetta un padre imbroglione. Coraggioso, ma imbroglione."

«Allora? Ci andiamo al valido, cioè al valico a trovare l'orso polare?» incalzò il bambino, strofinandosi le mani.

Michele sollevò lo sguardo verso Gianni, si passò la lingua tra le labbra e parlò con voce ferma e tranquilla.

«Gianni, stammi a sentire...» disse. «È ora che la pianti con questa storia dell'orso polare.»

«Ma...» cercò di protestare il bambino.

«Non esiste l'orso polare da queste parti. Non siamo al Polo», lo interruppe Michele. «E tu devi sapere come stanno le cose. Tuo padre è andato via, nessuno sa perché, ma è andato via. L'orso polare sulle montagne era solo una scusa.»

«Non è vero!» urlò il bambino.

«Invece è così», proseguì Michele. «Tuo padre è un bugiardo. Ha preso in giro te e tua madre e se n'è andato. Ma sono tutti così, sai? È un mondo di bugiardi. È bugiarda mia madre, era bugiardo mio padre, perfino la ragazza di cui mi volevo fidare è una bugiarda. Perfino io sono stato bugiardo quando ti ho detto che avevo visto l'orso bianco. Non era vero. L'ho detto solo per farti contento, ma non era vero.»

Il piccolo scosse la testa e si tappò le orecchie con le mani, nel tentativo di non ascoltare quelle parole. Ma Michele afferrò quelle piccole mani e le portò verso di sé.

«Io lo dico per te. È meglio che ti rendi conto di come va la vita, visto che tua madre non ha il coraggio di dirtelo. E ora andiamo a casa», concluse. Poi si alzò lentamente, si scrollò la neve di dosso, prese per mano Gianni e insieme si avviarono sulla salita.

Arrivarono a casa senza dirsi una parola. Michele aprì la porta, fece entrare il nipotino, poi gli chiese se sentiva freddo e il bambino rispose negativamente con un imbronciato cenno del capo. Ravvivò comunque il fuoco nel camino, poi andò in bagno a lavarsi i denti e a sciacquarsi il viso. Quando tornò in sala, trovò Gianni che guardava i monti dalla finestra, silenzioso e ferito. Provò di nuovo quel misterioso senso di fastidio e di rancore nei confronti del bambino, poi afferrò il suo zaino.

«Tu aspetta qui, fai il bravo e studia, se hai da studiare», gli disse, con tono asettico. «Di' a tua madre di non aspettarmi. Poi mi farò vivo...»

Il bambino non rispose ma continuò a guardare attraverso i vetri, come se quelle parole non fossero rivolte a lui.

Michele sospirò e si guardò intorno, come a voler imprimere nella memoria quella casa che probabilmente non avrebbe più rivisto. Poi lasciò le chiavi su un mobile, si diresse verso la porta e uscì, senza voltarsi indietro.

20.

La neve si era leggermente diradata. Scendeva lenta, ora, a fiocchi grandi che sembravano risplendere di luce propria. Michele procedeva a passo lento lungo la discesa che conduceva a Piana Aquilana. Era determinato a raggiungere a piedi la clinica che ospitava sua madre; sentiva il bisogno di rivederla prima di tornare a casa, alla vita di sempre e a quella solitudine che ormai sentiva come la sua unica dimora. Il freddo era pungente. Chiuse il giaccone fino al collo mentre un vento improvviso faceva vorticare i fiocchi di neve prima di spingerli in senso obliquo verso i monti a occidente. Camminò per più di un'ora prima di vedere in lontananza le sagome dei tetti di Piana Aquilana. Nel cielo, intanto, un sole svogliato si era aperto un piccolo varco tra le nuvole e tingeva il panorama di un alone metallico e ovattato. Le scarpe erano fradicie di fango misto a neve, le sentiva pesare sui passi e nelle gambe indolenzite. Le rare automobili di passaggio lo sfioravano appena, sollevando schizzi di ghiaccio nero che lui attraversava, incurante di bagnarsi i pantaloni troppo leggeri per quel clima. Era come se i suoi sensi fossero stati sedati dal vortice dei pensieri, da un senso di amarezza mista a rassegnazione. Metro dopo metro, procedeva all'interno di una sconfitta che sentiva di meritare fino in fondo, come se fosse nato per subirla, come se il suo unico compito, nel corso della vita, fosse stato prepararsi al peggio e affrontarlo giorno dopo giorno, senza un'alternativa. Partendo, quattro giorni prima, era convinto di cambiare il suo destino, di trovare risposte alle sue domande, di comprendere perché era stato abbandonato. Ora sapeva. Ora voleva solo raggiungere sua madre per dirle che finalmente aveva catturato una verità che aveva sempre rifiutato di afferrare.

Quando il sole già cominciava la sua discesa verso i monti, raggiunse Piana Aquilana. Attraversò la piazza della stazione ferroviaria che, a quell'ora, era quasi deserta e si diresse verso la clinica, imboccando il vicolo tortuoso che il giorno precedente aveva percorso in auto con sua sorella.

Quando entrò nell'androne fu investito dal calore dei termosifoni e dagli sguardi muti dei musicisti alle pareti. Dietro il bancone c'era un infermiere che lo guardò con aria sorpresa. Era molto giovane, con i capelli neri raccolti in una cresta impomatata al centro della testa e un piccolo brillante che luccicava sulla narice sinistra. Michele lo guardò appena, poi si diresse verso la scalinata.

«Ehi, scusi... dove sta andando?» chiese il ragazzo, perplesso.

Michele si voltò, sfinito. Era talmente concentrato nei suoi pensieri da non avere la percezione di ciò che gli accadeva intorno. Si limitò a fissarlo per un attimo, poi riprese a procedere verso la scalinata. Salì i primi gradini, quando sentì la mano dell'infermiere posarsi sulla sua spalla.

«Signore, non è orario di visite», disse il giovane con voce risentita.

Michele trasalì, come se si fosse risvegliato all'improvviso da un sonno profondo. Guardò il ragazzo con aria stralunata. «Devo parlare con mia madre», disse.

«Le visite iniziano alle sedici. Torni più tardi», replicò l'infermiere.

Michele si limitò a scuotere la testa. Poi riprese a salire. L'infermiere lo superò, gli si parò di fronte.

«Che c'è? Non ha capito? Le ho detto che non è orario di visite», insistette.

Michele lo spinse di lato, il ragazzo mantenne l'equilibrio e lo afferrò per il giaccone, minaccioso.

«Stammi a sentire...»

«Fermi! Ma che fate?»

Lena era apparsa in cima alla scalinata, pallida per la tensione, preoccupata. Michele guardò la donna e l'infermiere, che cominciarono a discutere tra loro in maniera concitata, come se non riuscisse a capire cosa stessero dicendo. Le loro voci si accavallavano nella sua testa, formando una sorta di ronzio fastidioso che non riguardava la sua vita. Dallo sguardo che gli rivolse Lena, capì che la donna era riuscita a intercedere in suo favore. Vide il ragazzo tornare verso la sua postazione, contrariato e rassegnato allo stesso tempo. Poi salì gli ultimi gradini, raggiunse la camera di sua madre e vi entrò senza esitare.

Era seduta sul letto, lo sguardo rivolto verso l'armadio. Tra le mani, un piattino che conteneva una mela sbucciata e tagliata a fette sottili. Michele le si avvicinò e lei gli porse il piattino, con un gesto meccanico, come se volesse restituirglielo. Lui lo prese, lo poggiò sul comodino, poi si mise a sedere sulla poltrona, di fronte a lei. La guardò e gli sembrò di una bellezza assoluta, nonostante lo sguardo perduto nei suoi abissi e i capelli intrecciati come canapa grezza. La luce esterna, che le illuminava il profilo, metteva in risalto la fossetta al centro del mento e la linea del naso leggermente incurvata verso l'alto, le narici rotonde e piccole, perfettamente simmetriche. Michele pensò che era facile innamorarsi di lei, che neanche la coltre impietosa del tempo era riuscita a nascondere quella luce che emanava con la sua sola esistenza. Chiuse gli occhi e respirò l'aria impregnata di lei, se ne riempì i polmoni e la trattenne dentro, fino a quando poté, fino a quando l'istinto di conservazione non lo obbligò a restituirla per poi rubarne ancora, più volte, fino a sentire la circolazione del sangue fluire veloce, grazie allo stesso ossigeno che anche lei stava respirando. Quando riaprì gli occhi, lei era ancora seduta sul letto, ma stavolta lo sguardo era basso, come se stesse cercando un perdono. Michele frugò con gli occhi in direzione di quello sguardo e trovò un groviglio di parole da pronunciare.

«Mi ero abituato al pensiero che tu mi avessi dimenticato», disse. «E quell'abitudine mi faceva bene, perché sentirsi dimenticati è un po' come morire. A quel punto non ti ribelli più. Ti rassegni all'idea, perché tanto non ci puoi fare niente. Ma questo ti permette di sopravvivere, di tirare avanti. Sentirmi dimenticato era la spiegazione della tua assenza e anche la fine di ogni speranza. In fondo è bello non avere speranze, sai mamma? È come spegnere l'interruttore del dolore. E io ci ero riuscito, fino a pochi giorni fa.»

Si alzò dalla poltrona, si avvicinò al letto e si mise a sedere accanto a lei. Strinse i pugni, poi prese una mano di sua madre tra le sue.

«Ma tu non mi avevi dimenticato. Ora lo so. Però penso che nessuna bugia avrebbe dovuto fermarti. Avresti dovuto trovare la faccia adatta per tornare, come dice Luce. Avresti dovuto piazzarti davanti alla porta di casa, farti trovare all'uscita della scuola, braccare come un segugio ogni mio passo, appostarti nel buio, nasconderti nell'ombra accanto ai miei respiri, per poi rivelarti all'improvviso... Avresti dovuto trovare un modo, un modo qualunque per farmi sapere che ero ancora nei tuoi pensieri. Ma non l'hai fatto, e ora so il perché. È perché non merito niente. Io non merito nemmeno di essere dimenticato.»

La donna sollevò lo sguardo verso la porta e la oltrepassò con il nulla negli occhi, forse attratta da un rumore di passi che provenivano dal corridoio.

Michele la guardò, poi si avvicinò al suo viso e la baciò su una guancia.

«Addio, mamma», sussurrò. Poi si alzò e raccolse il suo zaino, mentre i passi all'esterno cessavano all'improvviso. La porta della stanza si aprì, Michele vide Lena e poi, dietro di lei, la sagoma di una donna.

«Mi scusi, ma c'è una persona che ha insistito per vederla...» disse l'infermiera, poi si fece da parte e lasciò entrare la donna che era rimasta alle sue spalle.

Era Elena.

Michele impallidì, sorpreso.

«Posso andare?» chiese Lena, perplessa.

Michele annuì appena e l'infermiera uscì, chiudendo la porta alle sue spalle.

«Che fai qui?» le chiese, e provò un senso di stanchezza infinita. Elena fece un passo avanti, indossava il giubbetto verde, troppo leggero per la temperatura del luogo, e tremava per il freddo. Dopo la telefonata di Michele, aveva provato a richiamarlo, invano. Quindi aveva deciso di prendere l'auto e raggiungerlo a Piana Aquilana. Sapeva che avergli taciuto la verità su Milù l'aveva ferito e aveva fretta di chiarirsi con lui. Non le era stato difficile, una volta arrivata alla meta, farsi indicare la clinica di cui Michele le aveva parlato e aveva deciso che, se non l'avesse trovato, l'avrebbe aspettato lì. Prima di rispondergli guardò la madre di Michele con tenerezza, abbozzò un sorriso e un saluto con un cenno della mano. La donna non mostrò alcuna reazione. Elena cercò di frenare la commozione che la investì, improvvisa.

«Mi dispiace...» disse, rivolta a Michele con un leggero fremito delle labbra.

«Perché sei venuta?» le domandò.

«Ho provato a chiamarti, ma hai il cellulare spento», rispose lei.

«Non è spento. L'ho rotto. E l'ho fatto apposta», replicò Michele e fece per uscire, spinto dalla diffidenza e dal dolore che la presenza di Elena gli procurava. Ma lei gli afferrò un braccio.

«Aspetta», supplicò.

«Non abbiamo niente da dirci.»

«Invece io ho molte cose da dirti. E tu ora mi stai a sentire. Poi puoi decidere di non parlarmi più. Ma prima mi fai parlare.»

Michele sospirò, contrariato. Fece un cenno di assenso, che a Elena sembrò un'elemosina concessa di mala voglia.

«Cerca di fare in fretta», le disse, gelido.

«No, non così Michele. Siediti. Siediti e stammi a sentire.»

Michele voltò la testa verso la porta, spazientito e rassegnato allo stesso tempo. Poi si mise a sedere sulla poltrona. Elena si accovacciò ai suoi piedi, le braccia serrate sul petto, nel tentativo di riscaldarsi. Michele la vide tremare, chiuse gli occhi per un attimo, poi si alzò, prese una coperta dal letto di sua madre, la porse a Elena e tornò a sedersi.

«Grazie», disse lei, poi si avvolse nella coperta e gli sorrise. Lui sviò lo sguardo da quel sorriso che l'avrebbe reso di nuovo debole, preda dei sogni e di tutta una teoria di speranze che invece voleva cancellare dalla sua vita.

«Eravamo una sola cosa, io e Milù. Anzi, siamo una sola cosa», si corresse Elena. «Da quando siamo nate, a distanza di pochi minuti perché siamo gemelle, non abbiamo fatto altro che accompagnarci, crescere insieme, piangere, ridere, confidarci tutto... Non c'è un respiro che non abbiamo condiviso. Ti sarebbe piaciuta, Milù. Le saresti piaciuto. Se mi piace qualcosa o qualcuno, piace anche a lei. Tutto ciò che lei ama, l'amo anch'io. Io ne parlo al presente, di mia sorella, Michele. Ne parlo al presente perché la vivo ogni giorno, da quando apro gli occhi al mattino fino a quando non mi addormento di sera. Aveva ventun anni quando si è ammalata. E quando è morta, sono morta anch'io. Ma sai qual è il guaio, Michele? Il guaio è quando senti che sei morta e poi invece ti accorgi che respiri. E maledici pure il fatto che lo fai. Maledici l'aria che ti entra nei polmoni perché senti che la stai rubando, quell'aria, perché appartiene di diritto anche a Milù. Le appartiene la musica che senti, l'acqua fresca che stai bevendo, il vento che ti spettina i capelli. E allora sai che succede? Che ti senti una ladra, perché stai guardando da sola un tramonto che invece dovrebbe guardare anche lei con te, perché lo sai che quel tramonto è anche suo. Ecco. Io tutto questo non riuscivo a sopportarlo. Io volevo continuare a dividere qualunque cosa con Milù. E allora ho cominciato a sperare che il suo stesso male prendesse anche me. E mi portasse via per chiudere in pari il conto. Io speravo e aspettavo di ammalarmi come lei, giorno dopo giorno. Pregavo di ammalarmi, cercavo con tutte le mie forze di ammalarmi perché l'unica cosa che volevo davvero era raggiungerla, dovunque fosse. Capisci cosa voglio dire?»

Michele annuì. Guardò sua madre che, intanto, si era alzata ed era andata, lentamente, verso la finestra, lo sguardo rivolto ai vetri e a una promessa di tramonto anticipato sulle cime dei monti.

«Ora ti voglio dire che a un certo punto è arrivato un giorno di maggio...» continuò Elena. «Il maggio di quest'anno, te lo ricordi? Era talmente caldo e luminoso da farsi odiare. E io l'odiavo, con tutte le mie forze. L'odiavo perché sentivo di non meritarlo. Ecco, quel giorno di maggio, era il diciotto, tanto per essere precisi, dopo il lavoro al bar sono andata nella piazzetta di Prosseto e mi sono seduta su una panchina. Tenevo lo sguardo basso, mi guardavo la punta delle scarpe perché sapevo che intorno a me c'era una primavera impietosa e non volevo darle la soddisfazione di accorgermi di lei. Ecco, io non lo so com'è successo, ma a un certo punto ho sentito un dolore nel petto e una fitta dietro la schiena. Ho avuto paura, Michele. E ho capito che era la paura di morire proprio in quel momento. Mi sono alzata di scatto, ho cercato di respirare, perché il fiato si era fermato, tra il dolore e la fitta. E quando ci sono riuscita, ho gridato. Proprio così, Michele. Ho lanciato un urlo tale che sembravo un animale. Con tutto il fiato, con tutta la forza che avevo dentro, ho gridato forte forte forte. E anche se non gridavo parole, quel grido voleva dire che volevo vivere. E che avevo il diritto di vivere. Poi ho capito anche una cosa importante… e cioè che fino a quel momento non avevo fatto altro che tradire Milù, lei e il suo ricordo, perché voler morire significava rinunciare a quello che le era stato tolto, mentre invece avevo il dovere di andare avanti anche per lei. Insomma, io dovevo vivere e dovevo farlo per due. Per lei e per me. Dovevo caricarmi addosso i suoi sogni, le sue speranze, tutti i progetti che aveva lasciato in sospeso e trascinarli con me, come un bagaglio, come… come una missione, ecco. È questo che cerco di fare ogni giorno, sai? Mi trascino appresso la sua vita e non è mai un peso. Ho continuato a lavorare e ho pure imparato a non sentire la noia, ad amare la vita in ogni momento, qualunque cosa accada. Ho imparato che mi posso incazzare come una bestia, ma che non ho il diritto di essere triste, perché se sono viva, non posso essere anche triste. Io la penso così. Ecco. Anzi, sai un'altra cosa? Credo che quando sarò vecchia non mi lamenterò mai per i capelli che diventano bianchi, per le rughe che troverò sul mio viso e per tutte quelle cazzate. Perché invecchiare è un privilegio, Michele. Milù non ci è riuscita, a invecchiare. Quindi è un privilegio e mi sembra una cosa sensata, questa. E insomma, per finire, perché quando comincio a parlare poi lo sai che non la finisco più... per finire, dicevo, da quando ho capito queste cose, Milù è davvero con me. È arrivata da me proprio quel giorno della panchina e mi ha ricordato che da bambine avevamo fatto un patto. Lo chiamavamo il patto della felicità ed era il nostro impegno a essere felici, qualunque cosa dovesse accadere. "Tu hai tradito il nostro patto", mi ha detto. E io ho capito che era vero, che lei aveva ragione e che non avevo il diritto di tradire quel patto, perché altrimenti l'avrei persa davvero per sempre. E così, da quel momento, io la sento, le parlo e lei mi parla. Anche se non c'è. Forse è la sua forza a farmela vedere e sentire come se fosse vero. Non lo so cos'è. Cioè, lo so che è solo una mia illusione. O forse no. Però... però è così e mi fa stare bene. E io voglio stare bene, per me e anche per lei. Ecco, e ora mi devo togliere questa coperta perché sento caldo.»

Michele la guardò mentre piegava la coperta con cura e poi la rimetteva sul letto.

«Perché non me l'hai detto prima?» le chiese, diffidente.

«Perché avevi già i tuoi problemi, Michele», rispose lei. «E poi perché non l'ho mai detto a nessuno, prima. Pensa che neanche mia madre la sa questa cosa che io parlo con Milù. E nemmeno mio padre. Insomma, non è facile parlare di queste cose. E tra noi non c'è mai stata una vera occasione per parlare di questo...»

«Non è vero», la interruppe lui, risentito. «Quando ti ho chiesto di Milù me lo potevi dire.»

«Sì, è vero. Però non mi sembrava il caso. Non lo so, forse avevo paura di farmi compatire. O forse aspettavo solo il momento giusto, forse non te l'ho detto perché non ho avuto il coraggio, oppure perché non ci ho pensato, o magari perché mi vergognavo, oppure perché...» Elena si interruppe e sospirò, sfinita. «Michele, io ora ti ho raccontato tutto, ma non lo so perché non te l'ho detto prima, questa è la verità. Ci possono essere mille motivi oppure nessuno. Ho sbagliato, ho fatto una cazzata. E ormai non posso farci niente. Ma tu ti devi rendere conto che le persone sbagliano, eh?

Non è che siamo macchine perfette. Mica possiamo agire tutti come ti aspetti tu solo perché hai sofferto, sai? Mica sei l'unico al mondo che ha sofferto per qualcosa. La vita è così, è difficile. Ma la tua vita deve dipendere da te, non da quello che fanno o non fanno gli altri. Comunque, guarda, ti chiedo scusa, davvero. Ti basta?»

Michele sentì che Elena aveva ragione e che sarebbe bastato un «sì» per recuperare almeno una parte di quella serenità che aveva assaporato la sera precedente. Ma ormai era piombato nel suo baratro e non trovava più il modo per risalire. Quindi si sentì pronunciare l'unica risposta che gli sembrava possibile.

«No! Non mi basta», urlò. E il suo tono di voce fece voltare sua madre, che si guardò intorno, sorpresa.

Poi prese dallo zaino la bambola di Milù e la restituì a Elena. «Questa è meglio se la tieni tu. Buona fortuna», disse, gelido.

Elena prese la bambola e lo guardò, incredula. Lo sguardo di Michele era carico di assenza e le sembrò una persona completamente diversa da quella che aveva conosciuto, come se il cambiamento che aveva già intuito fosse arrivato al termine e si fosse definitivamente compiuto.

Lui uscì ed Elena capì che aveva deciso di tornare alla sua vita di sempre. Capì che non avrebbe mai trovato la strada per raggiungerlo e rinunciò a seguirlo. E che non sarebbe stata mai più domenica.

Poi si accorse dello sguardo di Laura.

La donna, che fissava la bambola con aria sorpresa, si avvicinò lentamente e tese le braccia in avanti verso la piccola Milù con un sorriso da bambina. I suoi occhi si erano riempiti di tenerezza, sfiorò le dita di Elena e lei, dopo un attimo di esitazione, lasciò la bambola tra le sue mani. Laura la strinse al petto, le accarezzò i capelli e il piccolo volto di gomma. Poi la cullò, materna, e intonò tra le labbra una nenia struggente che fece rabbrividire Elena. Il suono della sua voce era dolce e disperato allo stesso tempo, sembrava produrre note mai ascoltate prima. E quelle note componevano un inno alla vita e al dolore, raccontavano immagini e ricordi di un passato lontano e ormai inaccessibile.

Poi, d'improvviso, la nenia cessò. Ma negli occhi di Laura rimase un piccolo bagliore di luce e, come se seguisse quel bagliore, la donna si avvicinò all'armadio a muro di fronte al letto. Lo aprì e si chinò su una piccola cassa di legno dipinta a mano. Il coperchio convesso raffigurava cavalli al galoppo su un prato verde ormai sbiadito dal tempo, rigato da graffi e solchi sottili. Elena si avvicinò all'armadio e vide Laura aprire la cassa. Era piena di biancheria scolorita. La donna sollevò un paio di lenzuola e svelò il diario rosso di Michele, nascosto tra maglie e vecchie federe di flanella. Elena lo riconobbe e sentì un tuffo al cuore. La donna accarezzò il diario con le dita, poi vi posò accanto la bambola. Ricoprì entrambi gli oggetti con la biancheria, poi chiuse la cassa e l'armadio.

Quando Elena incrociò il suo sguardo, vi lesse di nuovo l'assenza. Era tornata a impadronirsi di Laura e, forse, del suo dolore.

21.

Michele uscì dalla clinica e si avviò lungo il vicolo. Non aveva una meta, era domenica pomeriggio e avrebbe dovuto aspettare fino all'indomani per prendere il treno delle 14.15 e tornare a casa. La neve aveva ripreso a fioccare lenta e, per un attimo, gli venne in mente la possibilità di incamminarsi sulla via del ritorno. Percorrere chilometri a piedi non lo spaventava, aveva bisogno di stare da solo e annullarsi nella stanchezza, nel ritmo rassicurante dei passi. In fondo, aveva più di due giorni di tempo prima di rientrare al lavoro, e lungo il percorso, pensava, avrebbe trovato un autobus per avvicinarsi a Miniera di Mare.

Giunse alla fine del vicolo che dava accesso alla piazza della stazione ma, in quel momento, vide l'auto di Luce sopraggiungere velocemente. Frenò proprio davanti a lui. Si accorse immediatamente che sua sorella aveva un'espressione tesa, lo sguardo carico di preoccupazione. Pensò che fosse arrabbiata con lui, per la sua sparizione improvvisa. Lei abbassò il finestrino e lo guardò, agitata, febbrile.

«Gianni è con te?» gli chiese, frugando con lo sguardo verso il vicolo alle spalle di Michele.

Lui scosse la testa, sorpreso. «L'ho lasciato a casa...» rispose, come a volersi giustificare.

«A casa non c'è. È sparito», annunciò Luce, con la disperazione nella voce. Poi gli fece cenno di entrare in auto. «L'abbiamo cercato dovunque. Speravo fosse con te e sono venuta a cercarti qui», aggiunse mentre lui le si sedeva accanto. «Non ha mai fatto una cosa del genere. Non capisco...»

Michele si sentì schiacciato dal senso di colpa per aver lasciato Gianni da solo dopo avergli parlato in maniera così dura. Era stato spietato, eppure aveva rivisto in lui il bambino che era stato un tempo, con la stessa speranza assurda di rimettere in sesto la vita che il piccolo riversava nel tentativo di dimostrare che sulle montagne esistesse davvero l'orso polare, perché l'aveva detto suo padre.

E in un attimo, capì.

«Tu sai come si arriva al valico del Sasso?» chiese a Luce, accalorato.

La donna ebbe un lampo nello sguardo. «Certo! Tu credi che...»

«Gianni mi aveva chiesto di accompagnarlo lì e io gli ho detto di no», ammise Michele. «L'ho anche rimproverato, mi dispiace...»

Luce invertì il senso di marcia e schiacciò a fondo l'acceleratore. Le ruote girarono a vuoto per un paio di secondi, immerse nello strato di neve. Poi trovarono l'attrito nell'attimo in cui raggiunsero l'asfalto e l'auto partì veloce.

Lungo il percorso, stabilirono un piano di azione. Luce telefonò ai suoi parenti e li informò sulla possibile fuga di Gianni verso il valico. Tutti assicurarono che si sarebbero avviati verso la strada che conduceva al valico e avrebbero iniziato le ricerche. Durante il resto del viaggio, Michele e Luce rimasero in silenzio, lo sguardo fisso sulla strada che scorreva dinanzi a loro, come se potessero accorciarla con la sola forza della disperazione.

«Da qui in poi si può proseguire solo a piedi», disse Luce quando arrivarono alle pendici del Gran Sasso, frenando in un piccolo anfratto tra la neve.

In lontananza si intravedevano le sagome dei cugini e degli zii di Gianni che si erano già inoltrati verso le alture. Si erano disposti a ventaglio, nel tentativo di coprire una porzione di territorio il più vasta possibile, e i loro richiami a voce alta arrivavano fino a valle, amplificati e moltiplicati dai vari echi prodotti dalle pareti rocciose.

Michele e Luce iniziarono a correre per raggiungerli. Ma presto i piedi affondarono nella neve fresca e ogni passo in avanti diventò faticoso e pesante. Michele aveva la sensazione di procedere al rallentatore, come se le sue gambe rispondessero in ritardo agli stimoli del cervello. E più cercava di accelerare, più si sentiva lento, in ritardo con la sua coscienza che gli imponeva di aiutare Luce a ritrovare suo figlio.

Dopo qualche minuto si portarono al livello del gruppo e unirono le loro voci ai richiami dei parenti.

Il sole era ancora visibile nel cielo, ma presto la sua luce si sarebbe affievolita, risucchiata da un tramonto ignaro dei danni che avrebbe procurato cedendo il passo al buio della sera.

Si fermarono per riprendere fiato. Roberto, rosso in viso e col fiato spezzato dalla fatica, suggerì che qualcuno tornasse al borgo per avvisare la polizia oppure i carabinieri di zona.

«Qua non ci sta campo», disse mostrando il suo cellulare, «e fra poco sarà buio. Almeno quelli hanno i mezzi per arrivare più in alto, che qua fra un poco diventa una scalata...»

Il figlio di Caterina si offrì di tornare indietro e dare l'allarme appena il suo cellulare avesse avuto un minimo di campo.

«Noi è meglio che ci sparpagliamo, che Gianni magari sta cercando un passaggio attorno alla montagna», suggerì Roberto.

«Ma come si arriva al valico del Sasso?» chiese Michele, ansimando.

«Per salire al valico devi girare intorno alla montagna, ci stanno tre o quattro sentieri e ci arrivi in un'ora, un'ora e mezza... e se no ci sta quel passaggio, lo vedi?» rispose il vecchio. E indicò a Michele un sentiero ripido come una interminabile scala a pioli poggiata contro una parete.

«Ma quello è un passaggio troppo difficile. È ripido, troppo ripido. E con 'sta neve è ancora peggio, si scivola, si rischia di cadere. Un bambino non ce la può fare, dopo due metri si ferma e torna indietro. Per questo dico che secondo me Gianni ha girato intorno alla montagna...» aggiunse.

Luce annuì e tutti gli altri si sentirono incoraggiati dal suo assenso. Si divisero le zone da setacciare sul territorio e si separarono. Ciascuno si inoltrò nel bianco assoluto e accecante. Anche Michele si avviò, insieme a sua sorella e a Roberto, lungo il versante orientale del picco.

Dopo un centinaio di metri rallentò il passo. Guardò le sagome di Luce e dei suoi parenti che si allontanavano lentamente, poi si voltò a guardare il sentiero ripido che si arrampicava verso il cielo. Era lo stesso sentiero che, quella mattina, gli aveva indicato Gianni, dopo averlo incorniciato nel rettangolo della finestra. Emise un sospiro e smise di ricacciare nel silenzio il suo istinto che gli suggeriva di arrampicarsi su quel sentiero, nonostante i consigli saggi di Roberto e qualunque altra forma di buonsenso.

Si avviò in quella direzione e dopo pochi metri sentì il macigno della salita piombargli sulle spalle e abbrancargli le caviglie. Considerò che, con ogni probabilità, Roberto aveva ragione: Gianni non sarebbe mai riuscito a percorrere lo stesso cammino, troppo impervio e faticoso per un bambino così piccolo e gracile. Eppure continuò ad arrampicarsi.

Si sentiva spinto da una rabbia profonda e capì che quella rabbia era figlia di quella strana sensazione di fastidio che lo aveva assalito quando aveva ascoltato le intenzioni di Gianni, la sua proposta assurda di andare a cercare l'orso polare sulle orme di suo padre. A cosa era dovuto quel fastidio? Da dove proveniva quella rabbia? Raggiunse il sentiero e si fermò. Guardò verso l'alto e vide la cima del Gran Sasso infilarsi nel ventre del cielo. Rabbrividì e capì subito che per procedere in salita avrebbe dovuto aggiungere alle gambe l'appiglio delle braccia e delle mani. Rimpianse la mancanza di un paio di guanti, poi affondò le dita nella neve e si spinse verso l'alto.

Procedeva carponi, metro dopo metro, centimetro dopo centimetro, e dopo un po' conobbe l'altra faccia del vento, quella che ruggisce e minaccia, affonda i colpi e maledice chi osa affrontarla. Sentì che in arrampicata il tempo si ferma. Smette di scorrere e gira su sé stesso, inchiodando il presente al respiro. E ogni fiato scandisce un secondo che va a ritroso, risucchia indietro il futuro e lo sfinisce, lo costringe alla resa.

Michele, però, non riusciva a fermarsi. Passo dopo passo,

si aggrappava alla sua rabbia senza nome e guadagnava centimetri di roccia. Dopo qualche minuto, raggiunse un piccolo anfratto e riprese fiato. Si guardò le sue dita, bruciate dal gelo, livide e sorde a qualunque contatto. Reggendosi in equilibrio sulla neve ghiacciata e scivolosa, tirò fuori dallo zaino due magliette già indossate nei giorni precedenti, le avvolse intorno alle mani e provò un leggero sollievo. Riprese fiato e raccolse le forze per decidere se ripartire o lasciarsi scivolare verso valle.

Guardò il vuoto in basso e, per un attimo, se ne sentì attratto. Un senso di vertigine sembrava spingerlo a volare giù, a farsi inghiottire dal nulla per trovare, finalmente, l'oblio. Guardò verso l'alto e il cielo grumoso di nuvole spesse e grigie gli apparve più minaccioso del baratro candido di ghiaccio e di neve che si apriva sotto i suoi piedi.

Poi, si voltò verso la parete alle sue spalle e scorse un segno nel bianco assoluto.

Era l'orma di un piccolo piede che calzava scarponi da neve.

«È lui. È passato di qui...» sussurrò come se qualcuno potesse ascoltarlo. E il coraggio di proseguire lievitò nel suo cuore. Usò l'anfratto come un trampolino e si spinse di nuovo verso l'alto, riprese a salire, ad abbrancare la roccia che sembrava dormire al di sotto del ghiaccio, fin quando non ritrovò alle sue spalle il cerchio opaco del sole che spuntava tra due picchi innevati. Sembrava si sforzasse di galleggiare nel cielo, di resistere al contrappeso della luna che, ancora invisibile, avanzava sul lato opposto del giorno.

Poi il sentiero si addolcì, quasi all'improvviso. Declinò verso destra, disegnò una curva tra la montagna e il cielo, e Michele sbucò su un piccolo altopiano.

Sembrava una terrazza spianata nel gelo, incastonata tra due pareti di roccia. Un vento improvviso si levò alle spalle di Michele e sollevò nuvole di neve che lo avvolsero come un mantello. Cercò di andare avanti, spazzando via il pulviscolo di ghiaccio con la forza delle braccia, finché la visuale si rischiarò e il vento si placò. In fondo al gelo, in direzione del sole, vide una piccola sagoma offuscata dal controluce.

Era Gianni. Si era rannicchiato contro un sasso e aveva il volto più bianco della neve. Michele corse verso di lui e, mentre si avvicinava, sentì l'istinto di picchiarlo.

«Gianni!» urlò con una voce carica di rancore.

Il bambino si scosse e sollevò il capo, gli sorrise mentre tremava. Poi chiuse gli occhi. Michele lo afferrò per le spalle, lo sollevò con forza.

«Ma che cazzo ti è saltato in mente? Ti rendi conto di cosa hai fatto?» continuò a urlargli, infuriato.

«È colpa mia...» sussurrò il bambino.

«Certo che è colpa tua! Dovevi rimanere a casa invece di fare il cretino!»

«È colpa mia se papà se n'è andato...» precisò il bambino, con la voce rotta dal pianto. «Non lo so cosa gli ho fatto, ma è colpa mia...»

Michele sentì il gelo che aveva dentro da quella mattina sciogliersi dentro il cuore. Rivide negli occhi di Gianni lo sguardo del bambino che attendeva il treno, sera dopo sera, affacciato alla finestra di casa, mentre scrutava le sagome dei passeggeri in arrivo nella speranza di rivedere la madre. Rivide il suo sguardo deluso quando la stazione rimaneva deserta e il padre rientrava in casa. Lui richiudeva la finestra e pensava che era solo colpa sua se la madre era andata via. E che era sempre colpa sua, se la madre non ritornava.

«Ma cosa dici...» sussurrò. «Non è colpa tua. Non è colpa di nessuno.»

E quella frase gli si conficcò nell'anima come un'assoluzione, come il primo perdono rivolto a sé stesso.

Strinse a sé Gianni per regalargli il resto del calore che conservava sotto la pelle.

«E mamma è arrabbiata?»

Michele sorrise alla domanda del bambino.

«È preoccupata, non è arrabbiata. Ero io arrabbiato con te... anche se non so per quale motivo.»

«Forse, perché tu lo sapevi già che qui l'orso polare non c'è. Infatti me l'avevi detto.»

«Magari hai ragione tu...» rispose Michele, cercando di consolarlo.

Il bambino abbassò lo sguardo, sembrò cercare il coraggio per parlare. «Io non l'ho mai visto l'orso polare col binocolo. Me lo sono inventato», confessò infine.

Michele aggrottò la fronte, incredulo. «Non l'hai mai visto? E allora perché sei salito qui?»

Gli occhi del piccolo si riempirono di lacrime. «Perché speravo che invece c'era! E che mio padre non è un bugiardo! E che stava ancora qua a cercare l'orso polare!» urlò tra i singhiozzi.

Michele strinse di nuovo Gianni in un abbraccio e sentì tra le sue mani ghiacciate la consistenza palpabile della pena e della tenerezza. Gli tornarono in mente le parole di Roberto durante la cena della sera precedente: «Perché hai aspettato tutto questo tempo per cercare tua madre?». E capì che il vecchio aveva ragione. Era stato fermo per tutti quegli anni ad aspettare un ritorno. Invece Gianni aveva avuto il coraggio di uscire dal guscio e affrontare i ghiacciai, pur di trovare suo padre. Capì che era stata la speranza a dare al bambino la forza per arrivare fin lassù, mentre lui era stato spinto dalla rabbia. E allora comprese che quella rabbia senza nome era in realtà rivolta verso sé stesso, verso la sua rinuncia e il suo piangersi addosso messi a confronto con l'intraprendenza del bambino.

Gli accarezzò il volto e gli asciugò le lacrime. «Dobbiamo cercare di tornare a valle», disse. «Fra un po' farà buio e non possiamo rimanere qui.»

Il bambino annuì, Michele lo prese per mano e insieme si avviarono verso la luce del tramonto. Trovarono un leggero declivio sul fianco della montagna e lo percorsero per qualche metro, poi si calarono lentamente lungo un avvallamento scosceso della roccia e guadagnarono un secondo altopiano, più vasto del precedente. Scorsero una cresta rocciosa, quasi sepolta dalla neve, che si allungava verso un ripiano che sembrava condurre a valle. Cercarono di raggiungerla, mentre la neve crepitava sotto i loro passi e, in quel momento, sentirono un odore acre che fendeva l'aria intrisa di gelo. Poi, il rumore della neve che stavolta esplodeva sotto il peso di passi pesanti e il sentore di un vento caldo alle loro spalle.

Quando si voltarono, lo videro.

Era un orso bianco e avanzava verso di loro.

Rimasero impietriti e l'orso si fermò, inarcò la schiena all'indietro, spalancò le fauci e bramì verso il cielo. Poi puntò deciso verso di loro, ciondolando sulle quattro zampe, minaccioso.

Michele sembrò ridestarsi all'improvviso dalla sorpresa e strattonò Gianni, trascinandolo verso una via di fuga.

«Corri! Corri, Gianni! Corri!» urlò, mentre l'orso bianco guadagnava terreno. Scapparono verso la cresta di roccia, nella speranza di trovare un riparo, sollevando ventagli di ghiaccio e neve. Corsero sempre più forte, con la forza della disperazione. Ma il fiato caldo dell'orso continuava a soffiare dietro le loro spalle.

Superarono con un salto un cumulo di neve e avanzarono ancora per un paio di metri, quando, d'un tratto, uno strato di ghiaccio si aprì sotto ai loro piedi con un rumore secco. Scivolarono entrambi, adulto e bambino. Cercarono di mantenere l'equilibrio per non cadere, sbandarono di lato, poi riafferrarono l'equilibrio e ripresero a correre a perdifiato. Raggiunsero la cresta di roccia, mentre il soffio dell'orso, alle loro spalle, era sempre più vicino e appestava l'aria. Scavalcarono un masso, percorsero ancora una decina di metri verso il ripiano, mentre i muscoli delle gambe, ormai provati, sembravano trovare energia solo nella forza della disperazione. Michele stringeva la mano di Gianni nella sua, la serrava come se fosse il suo unico appiglio per rimanere attaccato alla vita. Sentiva i gemiti di paura del bambino, mescolati al respiro e all'affanno.

«Non ti fermare! Forza!» gli urlò. E in quel momento gli sembrò di aver consumato l'ultima riserva di fiato, di avere svuotato i polmoni fino a renderli flosci, come due sacchi vuoti.

Raggiunsero la fine del ripiano e si fermarono di colpo. Il ciglio affacciava sul vuoto. Sotto i loro occhi, a quasi una decina di metri, si apriva un nevaio simile a una conca, circondato da pareti rocciose.

Michele chiuse gli occhi, mentre il respiro di Gianni sembrò cessare di colpo, per poi riprendere in una serie di singulti che precedevano il pianto.

«Che... che facciamo?»

La voce del bambino scosse Michele, proprio mentre i colpi sordi delle zampe dell'orso che affondavano nella neve, alle loro spalle, annunciavano l'assalto imminente.

Riaprì gli occhi sul piccolo baratro, poi strattonò la mano di Gianni e volò giù, insieme a lui.

22.

Precipitare è come non afferrare più la vita. La senti ancora scorrere nel sangue, pulsare nel cuore, luccicare negli occhi. Ma non respiri. È l'attimo in cui avresti bisogno della tua volontà e della tua coscienza per attivare i polmoni. Perché quando respiri non pensi a farlo, il respiro è come il pensiero: accade. E accade mentre sei distratto e stai vivendo.

Precipitare è un fatto che confina con la vita e rispetta la frontiera. Dove inizia l'uno, si sospende l'altra. E mentre tu pensi, precipitando, a come mai sia potuto accadere e a cosa mai accadrà, la vita discute col destino per decidere di te. Nel frattempo, tu non respiri. E solo all'ultimo istante ti penti di non averlo fatto.

Riprese a respirare dopo l'impatto col suolo, morbido di neve. Il primo istinto fu tastare intorno a sé, nel bianco assoluto d'ovatta gelata, per cercare il contatto col bambino. Poi sentì una mano afferrargli il gomito e capì che Gianni era accanto a lui. E che erano vivi. Il manto soffice della neve caduta nelle ultime ore li aveva salvati.

Sopra le loro teste, sentirono ancora l'orso che bramiva, fermo sul ciglio del baratro nel quale si erano appena lanciati. Intorno a loro, le pareti di roccia che delimitavano il nevaio sembravano disposte a proteggerli.

«Stai bene?» chiese Michele al bambino, dopo aver sputato la polpetta di ghiaccio che gli era penetrata in bocca durante l'impatto.

Gianni annuì, ancora impaurito. Michele gli tastò le braccia, le gambe e il torace, gli chiese di muovere le articolazioni e il bambino eseguì tutti i comandi, fiero di dimostrare di essere illeso.

«Ci è andata bene», sospirò Michele, stringendolo a sé.

Gianni ricambiò l'abbraccio. Poi lo guardò con una luce nuova negli occhi.

«Ma... quello era l'orso polare?» gli chiese.

«Sembra proprio di sì.»

«Non era coperto di neve... era proprio bianco, vero?» insistette il bambino.

«Sì, era proprio bianco», ammise Michele. «E non capisco come sia possibile...»

«Lo dirai a tutti che l'abbiamo visto? Se lo dico io non mi credono.»

«Ti giuro che sarà la prima cosa che faccio, appena usciamo da qui.»

Si guardarono intorno, in cerca di un passaggio tra le pareti di roccia per tornare a valle.

Poi si rimisero in piedi, la mano di Gianni andò a cercare quella di Michele e vi trovò di nuovo rifugio, come se fosse la cosa più naturale al mondo.

Fu allora che, in lontananza, sentirono le voci di Luce e dei parenti, i loro richiami disperati. Si guardarono, felici e risollevati, poi i loro occhi si diressero verso la fonte dei richiami, come aghi di bussola che puntano a nord.

Michele emise un fischio possente che valicò in un attimo la distanza che li separava dalla salvezza e dal calore di casa. E allora le voci dei parenti cavalcarono le onde dell'eco, i richiami reciproci si alternarono a urla di gioia.

Procedettero a passo lento, con i piedi che affondavano nella coltre di neve, verso le pareti di roccia, finché Gianni si fermò all'improvviso e si tastò una gamba.

Michele si voltò a guardarlo, perplesso.

«Cosa c'è?» gli chiese. «Ti fa male la gamba?»

Il piccolo scosse la testa e indicò la buca di neve nella quale era affondato il suo piede sinistro.

«Si è incastrato il piede...» disse. «Non riesco a tirarlo su.»

Michele si chinò e iniziò a scavare intorno al polpaccio del bambino, scostò la neve e andò a fondo con le braccia, per liberargli la caviglia.

Sul fondo, in quel momento, qualcosa luccicò. Era la borchia di metallo di una tracolla di cuoio, sepolta nella neve. Il piede di Gianni, affondando, vi era rimasto impigliato.

Michele liberò la scarpa del piccolo dal groviglio, poi, lentamente, tirò su la tracolla e guardò, sorpreso, l'oggetto ricoperto di neve che vi era legato e che era spuntato nell'aria all'improvviso, dondolando come un pendolo. Poi, si voltò verso Gianni che aveva spalancato la bocca e gli occhi, in un'espressione di stupore assoluto.

«È la macchina fotografica di papà...» disse il bambino, in un soffio.

23.

Gli elicotteri volteggiarono a lungo intorno al valico del Sasso. E, verso sera, i resti di Gerardo furono individuati sul fondo del nevaio, recuperati e trasportati al policlinico di Carvagnaso per essere sottoposti, nei giorni successivi, all'autopsia che la prassi richiedeva.

Luce e Gianni, insieme a Michele e a tutti i familiari, seguirono la salma fino all'ospedale.

Qualche ora dopo, le autorità restituirono a Luce la macchina fotografica che suo marito aveva portato con sé al valico. E la memoria contenuta nella scheda digitale raccontò alcune verità su Gerardo.

L'uomo era riuscito davvero a fotografare l'orso bianco. Non si trattava di un orso polare, bensì di un orso marsicano albino. Un esemplare molto raro, ma compatibile con l'habitat di quelle montagne. Ma ciò che più contava è che Gerardo non aveva mentito e che fotografare l'orso non era stata affatto una scusa per abbandonare i suoi cari. Forse sperava di arricchirsi grazie a quelle fotografie, oppure sognava solo un momento di notorietà. Ma non era un bugiardo e amava la sua famiglia.

Le altre foto contenute nella scheda erano state scattate nei giorni precedenti. Ritraevano Luce e Gianni. Scatti rubati, senza che i due se ne accorgessero: il sorriso di Luce mentre abbraccia il suo bambino; Gianni addormentato sul divano in una posa buffa; madre e figlio mentre tornano a casa, ripresi da Gerardo attraverso una finestra. Infine, Luce mentre dorme distesa sul letto, immersa in quell'alba che suo marito aveva scelto per avventurarsi sui ghiacciai insieme alla sua macchina fotografica.

L'aveva impressa nell'obiettivo e nel suo cuore prima di andare via, come se avesse voluto portarla con sé.

Quelle fotografie lenirono il dolore di Luce e di suo figlio. Ambedue sentirono che Gerardo, proprio nel momento in cui era stato ritrovato senza vita, era tornato per sempre da loro.

Poi ci fu una notte di silenzi, di abbracci e di preghiere. Gianni si addormentò, sfinito, sulle ginocchia di sua madre, che gli accarezzò la testa fino all'alba guardandolo dormire. La grande sala d'attesa dell'ospedale riscaldò tutta la famiglia e la protesse dagli sguardi estranei, mentre la notizia del ritrovamento correva a valle e si propagava come un'inondazione di parole appena sussurrate. Le dita delle donne anziane sgranarono rosari di ricordi e di malinconie, mentre gli uomini si raccontarono a vicenda le storie della vita con lo stupore intatto dei bambini.

Michele uscì all'aperto per fumare. Sulla sua testa c'erano le stelle. Vide anche quelle che erano già cadute, migliaia e migliaia di anni prima. Il cielo, in fondo, non le aveva smarrite perché ne conservava la luce e la memoria. E finalmente, per la prima volta, pianse senza un motivo. Sentì le lacrime che scorrevano sul volto e avevano il sapore di una pace ritrovata all'improvviso. Con gli occhi lucidi, allargò lo sguardo verso una nuova vita, mentre su in alto, forse per colpa delle lacrime e della rifrazione, improvvisa e violenta apparve una seconda luna.

Il mattino seguente tornarono in paese. Mentre andavano verso casa, i ragazzini della scuola fecero ala al passaggio di Gianni e lo salutarono con il rispetto che merita un eroe. Trascorsero la mattinata insieme, ancora immersi nel ricordo di Gerardo, e Michele sentì di essere parte di quella grande famiglia. L'indomani sarebbe ripartito, ma sentiva già il desiderio di tornare presto, per stare di nuovo con loro. Descrisse a Gianni la sua casa e la stazione ferroviaria che la circondava, gli raccontò del mare che era a pochi passi e gli strappò la promessa di trascorrere l'estate insieme, quando la scuola sarebbe terminata, per fare lunghe passeggiate sulla spiaggia e abbronzarsi sulla battigia dopo aver nuotato verso il largo. Rubò a Roberto i segreti delle costolette cotte alla brace e asciugò le lacrime di Luce mentre le prometteva che le sarebbe stato accanto tutte le volte che lei ne avesse sentito il bisogno.

Nel pomeriggio, salì sull'autobus diretto a Piana Aquilana. Dalla piazza della stazione ferroviaria si diresse verso la clinica che ospitava sua madre. Tutto gli sembrò cambiato, rispetto al giorno precedente, anche la luce del sole che rendeva i contorni delle cose più luminosi e nitidi. Nell'androne tappezzato dai quadri dei musicisti, chiese di Lena e si fece accompagnare fino alla stanza di sua madre.

La trovò affacciata alla finestra con il solito sguardo che vagava nel mistero. Le si avvicinò e le cinse le spalle, invitandola a voltarsi verso di lui. Poi la abbracciò con dolcezza e respirò il suo profumo non ancora sfiorito. Le chiese perdono per non averla cercata prima di allora e le sussurrò a bassa voce il racconto di tutto ciò che aveva capito nel corso dell'ultima settimana e, soprattutto, delle ultime ore. Le parlò di Erastos, il greco, e del paradiso terrestre che, a suo avviso, tutti noi cerchiamo sin dal momento in cui la vita ce ne allontana. E di Antonio, con le sue vampate di fuoco e la sua voglia di sentirsi dire «ti amo» e «vaffanculo» in tutte le lingue del mondo. Le raccontò di un ulivo e dell'impronta d'unghia che gli solcava il tronco come una ferita, di una ragazza cieca che gli aveva rivelato i mille modi di vedere il mondo senza guardarlo. Le disse di Gerardo, che aveva visto nell'orso polare un paradiso terrestre da riconquistare e da donare alla famiglia che amava. E raccontò il coraggio di Gianni, che aveva sfidato il gelo delle alture e che, alla fine, aveva reso giustizia a suo padre e perfino all'esistenza dell'orso.

Le confessò di aver capito che tutti hanno il diritto di seguire un orso bianco, perché rinunciare a farlo vuol dire, semplicemente, rinunciare a vivere. E che la vita non è una bilancia che pesa i torti e le ragioni, ma un fluire di eventi che molto spesso non hanno spiegazione, oppure ne hanno troppe perché si possa individuare, alla fine, quella vera.

E così, se Angelo era stato l'orso bianco di sua madre ed era stato giusto seguirlo, forse suo padre, con la sua lettera piena di bugie, voleva solo proteggere Michele da un ritorno che credeva provvisorio e che l'avrebbe fatto soffrire ancora di più. Oppure, forse, voleva solo proteggere sé stesso e rendere onore, con la vendetta, al suo orgoglio ferito di marito abbandonato.

Nessuno avrebbe mai saputo la risposta giusta.

«E non è questo, forse, il bello della vita, mamma?» le chiese, accarezzandole il volto.

La donna sbatté le palpebre per qualche istante. E i suoi occhi, per un solo attimo, fissarono Michele come se lo riconoscesse. Ma lui non avrebbe mai saputo se era stata solo una sua sensazione o la verità.

Ciò che Michele aveva capito era che, qualunque fosse la spiegazione, giusta o sbagliata, di un evento o di un'azione, ciò che contava davvero era il risultato finale. Aveva capito, inoltre, che quel risultato è sempre in bilico, fino all'ultimo respiro. E che per quanto ci riguarda, anche se a volte può sembrare il contrario, sono le nostre azioni a deciderlo, non quelle degli altri.

«E su questo, Elena ha pienamente ragione. È lei che me l'ha fatto capire.»

In quel momento, mentre lo sussurrava a sua madre, Michele sentì che l'unica cosa che gli restava da fare era partire al più presto.

Non per tornare a casa, ma per seguire il suo orso bianco.

24.

L'indomani, il treno interregionale che partiva da Piana Aquilana diretto a Miniera di Mare si fermò alla stazione di Prosseto alle 18.45 in punto. Elena lo attendeva sulla banchina, al termine della sua giornata di lavoro. Cosimo aveva acquistato per il bagno un sapone scadente ed Elena si annusava le mani in continuazione perché sentiva sempre le sue dita aromatizzate al caffè e all'orzo tostato. Le porte dei vagoni si aprirono con il solito sbuffo metallico e lei saltò sul treno. Si diresse verso il suo posto e intanto cercò nella borsa la confezione di salviette inumidite al profumo di lavanda. Mentre frugava tra il cellulare, il borsellino, le chiavi di casa, alcune caramelle, il rimmel e altre cianfrusaglie, si accorse a malapena dell'uomo che sedeva nel posto accanto al suo, con la testa immersa in un giornale tenuto aperto con ambedue le mani. Trovò la confezione di salviette, finalmente, proprio mentre si sedeva; tirò fuori una bustina, strappò il bordo e poi cominciò a strofinare le mani nella carta profumata. Sospirò, poi si voltò a guardare l'uomo con il giornale che le era a fianco e spalancò la bocca come se avesse appena visto un rinoceronte in giacca e cravatta. Michele, invece, seguitò a leggere il quotidiano come se nulla fosse accaduto. Lei deviò immediatamente lo sguardo e lo puntò dritto davanti a sé, fissando, senza vederlo, un uomo anziano che le era seduto di fronte e che immediatamente si sentì lusingato, sistemando al meglio, furtivamente, il nodo della sua cravatta.

Il treno percorse un paio di chilometri e Michele continuò a leggere il giornale, imperturbabile, mentre Elena riuscì almeno a evitare di fissare il suo dirimpettaio e a guardare, carica di elettricità, l'orizzonte circoscritto del finestrino nel quale, finalmente, apparve il mare, agitato dal vento.

«Sei blu», disse a quel punto Michele, continuando a fissare il giornale.

Elena si voltò a guardarlo, sorpresa.

«Sei blu come la sabbia», aggiunse lui.

Elena piegò il capo di lato, fissandolo con le sopracciglia aggrottate.

«Sei rossa come il caffè», incalzò lui, lo sguardo fisso sulle notizie di cronaca nera.

Elena si passò una mano sulla fronte, paziente.

«Sei verde come la neve», aggiunse Michele. E finalmente ripiegò il giornale e la guardò negli occhi.

«Sei viola come il miele.» E sorrise.

«Michele», disse lei. «Mi sa che sei daltonico.»

«No. Sei tu che mi cambi i colori alla vita», sussurrò lui, sincero.

Il sorriso di Elena fece cessare il vento e calmò il mare in un istante.

«Ma che sei pazzo a dirmi queste cose?» disse, mentre un lampo di felicità pura le accendeva il verde negli occhi. Lui le prese una mano tra le sue, senza rispondere. E lei poggiò la testa sulla sua spalla.

Poi le loro dita intrecciate, con mille piccole carezze, lasciarono che il desiderio lievitasse nel silenzio, mentre il treno curvava veloce verso l'oscurità.

Erano ancora tutti acquattati nella penombra della stanza. Il treno interregionale delle 19.45, proveniente da Piana Aquilana, afferrava il buio della sera di dicembre ed entrava nella stazione di Miniera di Mare in perfetto orario.

Silenziosi e un po' impolverati, rimasero fermi al loro posto anche quando le assi di legno del pavimento sussultarono come sempre, scosse dalla frenata e dal soffio potente e definitivo del motore che, ancora una volta, sprofondava nel riposo.

Poi, la porta di casa si aprì e l'uomo del treno fece il suo ingresso. Aveva mille emozioni nello sguardo e teneva per mano una ragazza che illuminò con la sua presenza la stanza, ancora prima che le luci delle lampadine si accendessero e proiettassero le ombre degli oggetti sulle pareti.

Immobili e schierati in fila, sembrarono osservare Michele ed Elena che si guardavano negli occhi, immersi in un silenzio che sapeva di buono e di felicità pura.

Non commentarono, né mostrarono segni di stupore, quando la donna avvicinò le sue labbra a quelle dell'uomo. In quel momento i due scoprirono che anche i loro baci avevano un colore e che il colore di ogni bacio aveva, a sua volta, un sapore. E così, Michele ed Elena sentirono che il rosso dei loro baci era dolce e bollente, il verde era sapido, il blu era intenso come un liquore, il giallo sapeva di frutta candita e l'azzurro era intriso di sale e di mare. L'arancione sapeva di menta e di zafferano e il viola di salvia, il celeste di zucchero e ghiaccio e il rosa di pane.

Non accennarono alcuna protesta quando la luce delle lampadine si spense di nuovo e si sentì il fruscio degli abiti che atterravano sul pavimento, uno dopo l'altro.

Restarono muti e privi di ombra, mentre, nel fresco che l'autunno donava alle lenzuola, l'uomo e la donna dischiudevano i loro corpi al centro del letto.

Poi accadde qualcosa di magico. Nel cielo apparve una luna calante, con la sua falce luminosa e sottile. In quello stesso istante, Michele vide la schiena di Elena arcuarsi all'indietro e disegnare, sopra di lui, un'altra falce, che combaciava perfettamente con quella della luna e che si illuminò all'improvviso, come un arcobaleno. Chiusero gli occhi, nel timore di dissolversi entrambi dentro l'abbaglio accecante di quella luce.

E allora la luna si eclissò nel silenzio. Poi, un vento leggero smosse appena le foglie degli alberi, annunciando la quiete. Quando riaprirono gli occhi, la luna risalì lentamente nel cielo. Ma stavolta era piena, rotonda, limpida e perfetta.

Mentre riposavano esausti, Michele fu assalito da un dubbio improvviso e ricordò le parole di Luce: «Se dopo che siete stati a letto hai voglia di essere altrove, ci hai solo scopato».

Si voltò a guardare Elena, un po' teso, ma capì subito che non esisteva un altro posto in cui volesse stare, da quel momento in poi, che non fossero i suoi occhi.

Quindi la strinse a sé, le accarezzò i capelli bagnati di sudore e lasciò che si addormentasse tra le sue braccia.

Si svegliò nel mezzo della notte e lei dormiva ancora, profondamente, la testa poggiata sul suo petto. Si scostò delicatamente, attento a non svegliarla, scese dal letto e andò in salotto. Raccolse i jeans dal pavimento e li indossò, poi infilò un maglione e uscì all'aperto.

Il treno era fermo, davanti ai suoi occhi, illuminato dai raggi tenui della luna. Lo guardò a lungo e sentì che gli era mancato, anche se la sua vita, da quella notte in poi, non sarebbe stata mai più uguale a prima. Così, capì cosa doveva fare per cominciare a essere davvero l'uomo che aveva deciso di diventare.

Rientrò in casa, prese i suoi oggetti smarriti, uno per uno, e li portò sul treno. Ombrelli, bastoni, occhiali da sole e da vista, berretti di lana e cappelli di varie fogge, orologi da polso, il piccolo orologio a pendolo da scrivania, gli accendini cromati, i giubbotti e le bluse, le radioline a transistor, le scatole di metallo colorate, le vecchie macchine fotografiche, i gomitoli di lana con i rispettivi ferri da maglia, le borracce, il vecchio clarino, le fionde e le pistole giocattolo...

Sistemò ogni oggetto su un sedile, come se fosse un passeggero disposto al viaggio e all'imprevisto.

Tenne per sé solo il guantone da pugilato, perché conservava all'interno il calore della mano di Elena e la magia del loro primo incontro. Non se ne sarebbe mai separato.

Alle 7.15, i suoi oggetti smarriti sarebbero partiti insieme ai passeggeri del treno.

Forse, molti di essi sarebbero stati presi da qualcuno, poi usati o regalati.

Forse, qualche oggetto sarebbe tornato al suo antico proprietario, come il diario rosso, messo sul treno chissà da chi e chissà come.

Qualche altro oggetto, forse, sarebbe ritornato indietro, a Miniera di Mare, la sera stessa.

E forse allora Michele l'avrebbe ripreso con sé. Forse l'avrebbe fatto ripartire l'indomani.

Chi poteva saperlo?

«Questa è la vita», sussurrò tra sé e sé.

E sorrise mentre rientrava a casa, da Elena.

QUALCHE GIORNO PRIMA

Laura è seduta sul letto. Fissa con gli occhi una palla di fuoco che rimbalza tra il pavimento e il soffitto. Il calore le trapassa il petto e lei accoglie quel dolore in silenzio. Poi, la mente si rischiara. Succede ogni tanto ma, più passa il tempo, più accade di rado. In quel momento, il ricordo ritorna da lei e diventa solido, come uno schermo della memoria sul quale è proiettato il volto di un bambino. Si alza dal letto e sussurra un nome.

«Michele...»

Il suono di quel nome le riporta alla mente il susseguirsi delle onde sulla scogliera, lo schiaffo dolce dell'acqua salata sulla pietra. Quasi una vita precedente. Ma è ancora la sua vita.

«Michele», ripete, e sente la fretta di un ritorno. Va verso l'armadio, lo apre e solleva il coperchio della cassa di legno. Prende il diario rosso tra le sue mani e le torna alla mente un'antica promessa. Ora il sipario della sua vita è spalancato e sul palco può assistere alla commedia degli anni passati. Prende il cappotto dalla gruccia e lo indossa. Nasconde il diario nel petto, apre la porta e scivola fuori, attenta a non farsi scoprire.

Deve tornare da lui, perché gli ha promesso di restituirgli il diario.

Deve tornare, anche se solo per un momento o, forse, per sempre.

Guadagna l'uscita. Poi la strada. Il freddo del terreno le fa capire di aver dimenticato di togliere le pantofole e indossare le scarpe. Ma non c'è tempo per tornare indietro.

Corre, ora, corre lungo il vicolo tortuoso. Corre e arriva alla piazza della stazione.

Sale sul treno, lo stesso treno che ha visto mille e mille volte partire e ritornare da quella che, una volta, era la sua casa.

Raggiunge un posto libero, si siede. Nasconde il diario dietro la schiena, per tenerlo al sicuro. Non si alzerà da quel posto fino a quando non sarà arrivata a destinazione.

E la destinazione è un debito, una promessa da mantenere, la speranza di un perdono.

Il treno vibra preparandosi a partire.

Il suo cuore batte, batte talmente forte che la palla di fuoco riprende a rimbalzare davanti ai suoi occhi, tra il pavimento e il soffitto di una stanza che ora le manca, anche se non ricorda per quale motivo non sia più seduta sul suo letto.

Si guarda intorno e si è smarrita di nuovo. Lo schermo della memoria è incendiato dalla palla di fuoco che continua a rimbalzare, come impazzita. E lei ha paura.

Il volto del bambino non fa più parte dei suoi ricordi.

Il vagone adesso è un antro scuro che si restringe sempre di più, fino a fermarle il respiro.

Deve trovare una via d'uscita, si alza di scatto e scappa via.

Scende dal treno, torna di nuovo nella piazza, col passo lento e il respiro accelerato.

Si guarda intorno e non sa più vedere.

Brancola nella sua stessa assenza, fin quando non sente una mano afferrarle un braccio.

Non sa, non può capire che Lena è uscita di corsa dalla clinica per cercarla.

Non sa, non può capire che ora l'ha trovata e la riporterà nella stanza dell'assenza.

Non sa che Lena non rivelerà mai la sua fuga, nel timore di perdere il posto da infermiera, grazie al quale permette alla sua famiglia una vita che sembra normale.

Non sa, non ricorda, non può ricordare che il diario rosso è rimasto incastrato nel sedile del treno.

Non sa, non può immaginare che, verso sera, quel diario tornerà da Michele, per la prima volta dopo anni e anni, poi lo spingerà a partire e a cambiare la sua vita.

Percorre il vicolo tortuoso e sente freddo nelle pantofole, mentre segue con ignara fiducia la mano che la trascina.

Torna nella sua stanza e si siede sul letto.

Come se nulla fosse accaduto.

TI HA APPASSIONATO LA STORIA DI MICHELE ED ELENA,
VORRESTI SAPERE COME PROSEGUE?

REGISTRATI SU **il libraio.it** ALL'INDIRIZZO
www.illibraio.it/autori/salvatore-basile/

SOLO PER TE IN ESCLUSIVA
UN RACCONTO INEDITO SCRITTO DALL'AUTORE

RINGRAZIAMENTI

Quando si arriva a scrivere la pagina dei ringraziamenti, vuol dire che il viaggio è giunto davvero alla conclusione. E questo è stato un viaggio lungo, emozionante, in uno strano treno pieno di passeggeri a cui devo molto.

Laura Ceccacci è stata la scintilla iniziale, colei che ha messo in moto la locomotiva e l'ha guidata attraverso mille sentieri. Più che un'agente letteraria è un Fuoco Sacro. Ringraziarla non basterà mai, ma lei lo sa, non ho bisogno di altre parole.

Elisabetta Migliavada è stata la luce al termine della galleria, l'arrivo finale nella stazione più accogliente che potessi immaginare: la Garzanti. Se Elisabetta è Direttore della Narrativa di una casa editrice così importante ci sono mille e mille buoni motivi. E sono tutti evidenti. Impareggiabile.

Ilaria Marzi, la mia editor. Se il romanzo non ha inutili orpelli, lo devo a lei.

Alba Bariffi, Giulia Fossati, Cecilia Ceriani, Francesca Rodella e l'intero team della Garzanti, dall'ufficio stampa al marketing, alla redazione: ormai una seconda famiglia.

Stefano Mauri: grazie per aver creduto in me.

Jean Paul Bosco: grazie di avermi presentato Laura e grazie per tante altre cose che noi due sappiamo.

E poi grazie a Dario Bonamin, giovane sceneggiatore che mi ha regalato l'immagine di un ulivo giovane, ferito dall'unghia di un bambino.

Grazie a Laura «Zanzi» Minutella, che parla come Elena.

Grazie a Nicola Lusuardi, Guglielmo Ariè, Elena Vecco, Anna Ippoliti, Francesco Arlanch, Rita Farricelli, Luana

Troncanetti: lettori in corso d'opera, consiglieri preziosi e incoraggianti.

Poi ci sono viaggiatori che sul treno sono saliti molti anni fa.

Grazie a Stefano Reali, Guido Bosco, Vittorio Sindoni, Goffredo Lombardo, Adriano Ariè per avermi insegnato il senso del racconto e della vita.

Grazie a mia moglie, per il sostegno e, soprattutto, la sopportazione: tenermi in giro per casa con la testa perennemente tra le nuvole non è facile. Spero continui a farlo finché avrò vita.

Grazie ai librai che mi hanno consigliato libri su libri, da sempre. E ai miei genitori, per avermi insegnato, sin da piccolo, che dopo l'amore, il piatto caldo e il lavoro che ti ha permesso di ottenerlo, sono i libri la cosa più essenziale della vita.

Grazie alla mia Napoli, a Totò, Pino Daniele e Massimo Troisi. A prescindere.

UNA CONVERSAZIONE CON SALVATORE BASILE

Un quaderno rosso che racconta le emozioni di un bambino. Una piccola stazione isolata. Una stanza che accoglie decine di oggetti smarriti. Il suo romanzo è pieno della magia delle cose quotidiane che viste da un altro punto di vista diventano straordinarie. Dove ha trovato l'ispirazione per scrivere questa storia?

L'ispirazione, almeno per quanto mi riguarda, non è quasi mai qualcosa che arriva dall'alto, come un fulmine improvviso. Potrei dire che è come un viaggio, tanto per restare in argomento, a varie tappe. Quindi, per raggiungere le tappe bisogna incamminarsi, il che vuol dire essere sempre pronto a cogliere l'attimo, la notizia, la suggestione, il ricordo, l'immagine, la parola, il suggerimento, anche involontario.

Gli oggetti smarriti mi hanno sempre affascinato e già da un po' di tempo mi ronzava nelle mente l'idea di farne una storia. Ma ci giravo intorno e non riuscivo a trovare la chiave giusta. La prima scintilla è scattata quando ho immaginato un oggetto smarrito che non veniva ritrovato, come a volte accade, ma tornava dal suo legittimo proprietario in maniera misteriosa. Non sapevo ancora come e in che modo, ma il secondo passo è stato immaginare che il proprietario dell'oggetto, in seguito a tale avvenimento, fosse spinto a sua volta al viaggio, un viaggio di ritorno nel passato. Questo doppio movimento mi ha subito entusiasmato. A quel punto mi sono messo a tavolino. Ed è nato Michele, col suo diario rosso che tornava a casa dopo più di vent'anni. Poi, a mano a mano, gli altri tasselli della storia nei suoi punti principali. Tutto il resto l'ho scoperto scrivendo.

Michele è una specie di Piccolo Principe dei giorni nostri. I suoi occhi stupiti si posano su un mondo per lui sconosciuto e lo reinterpretano in una luce diversa, più viva. Sente di aver raccontato una parte di sé attraverso Michele?

Per fortuna ho avuto un'infanzia felice, due genitori che mi amavano e che non mi hanno mai abbandonato. Quindi, almeno nelle intenzioni, non c'era nulla di me che somigliasse a Michele, tranne, forse, la tendenza a coltivare piccole abitudini quotidiane e il piacere di osservare il mondo circostante e gli atteggiamenti delle persone da una posizione «defilata». Poi il racconto prende sempre strade imprevedibili e qualcos'altro di me, da qualche parte, è sicuramente entrato anche nel personaggio di Michele. Forse la sensazione che appartiene a tutti di sentirsi insicuri, di avere sempre e comunque qualcosa da imparare, scoprire, recuperare. Tutti abbiamo provato il dolore, la delusione, l'abbandono, almeno una volta nella vita e, in questo campo, posso dire di non essermi fatto mancare nulla. Oltre a ciò, tutti noi, in quanto esseri umani, siamo anche «oggetti» smarriti. Ci smarriamo nel momento in cui, a nostra volta, perdiamo qualcosa: gli affetti, le sicurezze, le abitudini, i luoghi dell'infanzia, alcuni amici, il primo amore. Ecco, in tal senso, credo di aver raccontato parte di me attraverso Michele, ma soprattutto spero di aver raccontato qualcosa che appartiene a tutti. Se mi è concesso, però, posso affermare di avere molti punti in comune col personaggio di Elena: lo stesso modo di affrontare la vita prendendola di petto e, soprattutto, di uscire dal dolore, usandolo come una spinta per rinascere. Il «patto della felicità» mi appartiene molto più di quanto immaginassi prima di cominciare a scriverne.

Elena è una vera forza della natura, solare, entusiasta, nonostante il dolore nascosto nel suo cuore. Vede le persone attraverso i colori. Lei di che colore pensa di essere?

Adoro il blu, in tutte le sue tonalità, fino all'azzurro. In fondo sono le tonalità che assume il cielo dal mattino fino alla sera e forse le amo per questo: sono visibili a tutti. Ma non ho la capacità di Elena, che riesce a vedere e intuire i colori delle persone. Ma lei è davvero una persona speciale. Magari me lo farò insegnare, visto il rapporto che ormai ci lega.

Gli oggetti smarriti sono un altro grande protagonista del romanzo. A volte succede che un oggetto che si crede perduto per sempre ritorni inaspettatamente da noi, uguale, ma con una nuova storia da raccontare. Le è mai successo?

Mi è successo eccome. Avevo l'immagine impressa nella memoria di una piccola libreria antica, in noce, con alcuni cassetti centrali. L'avevo vista a casa dei miei nonni materni, quando ero piccolissimo. Ero convinto che fosse andata smarrita o regalata, invece, molti anni dopo, un mio zio di Napoli mi ha regalato proprio quella libreria dopo un cambio di abitazione: l'aveva ritrovata in cantina. Insieme al mobile, mi sono ritrovato in regalo tutti i vecchi libri di mio nonno che erano rimasti impacchettati nella stessa cantina. Quando la libreria ha preso posto nel mio salone, mi ha riportato l'immagine di mio nonno. Ormai lo ricordavo solo grazie alle fotografie (avevo meno di quattro anni quando morì), invece è stato come ritrovarmelo di nuovo davanti agli occhi. Un ricordo che è riaffiorato come per magia. Non è tutto: attraverso i suoi libri, ho potuto intuire i suoi gusti letterari; grazie ad alcune sottolineature tracciate a matita sulle pagine ho potuto ripercorrere alcune sue emozioni e scoprire la sua sensibilità. Ecco: è stato come ritrovarlo e ritrovarmi insieme a lui.

Viaggiare in treno è uno dei modi più belli di viaggiare. E ogni giorno, su ogni treno che sfreccia sui binari, si raccontano decine di storie, come quelle in cui si imbatte Michele. Le è mai capitato di osservare qualche suo compagno di viaggio e immaginare la storia della sua vita?

Sorrido: lo faccio da sempre. A volte, in metropolitana, mi ritrovo a fissare le persone con insistenza senza rendermene conto. Cerco di intuire la personalità di chi mi trovo di fronte grazie al modo di vestire, di pettinarsi, agli atteggiamenti, allo sguardo. Cerco di immaginare dove sia diretto e per quale motivo, il lavoro che svolge, il grado di felicità o di tristezza, come si comporta in varie situazioni. Se poi trovo due o più persone che parlano tra loro, cerco di non perdere una sola parola. Qualche volta, lo confesso, ho saltato la fermata alla quale dovevo scendere pur di continuare ad ascoltare, se la discussione si faceva davvero interessante.

La scrittura è il suo lavoro, anche se scrivere una sceneggiatura è un'esperienza molto diversa dallo scrivere un romanzo. Lei che differenze ci vede, e soprattutto quali dei due modi di scrivere le piace di più?

Occorrerebbe un saggio di centinaia di pagine per rispondere in maniera esaustiva. In ogni caso, le differenze sono davvero tante, a parte il territorio in comune della costruzione di una trama.

Il lavoro di sceneggiatore si svolge molto spesso in gruppo e, oltre a ciò, deve dar conto di ogni passaggio narrativo, di ogni scelta stilistica agli editor di produzione, al broadcaster, al regista e spesso anche agli attori protagonisti. È fatto di discussioni, documentazione, cambi di rotta e tanto artigianato. La scrittura di un romanzo è un fatto solitario e, proprio per questo, comporta notevoli responsabilità in più, anche se ti concede molta più libertà creativa (puoi permetterti, tanto per fare un esempio, di descrivere qualunque paesaggio o situazione senza dover tenere conto del budget che servirebbe per mostrarli). Oltre a ciò, la sceneggiatura tiene conto di una narrazione che scorre in avanti, fotogramma dopo fotogramma, dialogo dopo dialogo. Puoi rivedere una sequenza sul momento (se non sei al cinema e se hai il supporto tecnico per farlo), ma non puoi fermare lo sguardo su una frase, su una singola parola, su un pensiero e meditare, assaporare un'emozione per tutto il tempo che vuoi, come invece può fare il lettore. Non è una cosa di poco conto. Raccontare per immagini comporta velocità, sintesi e capacità di ellissi, inoltre permette anche una certa facilità di soluzioni narrative. Faccio un esempio: dopo una litigata con sua moglie, il protagonista esce di casa e cammina per strada, rimuginando sui suoi problemi. In sceneggiatura si risolve tutto con una descrizione:

Esterno. Strada. Notte.

Claudio cammina in silenzio, pensieroso.

La stessa scena, la stessa situazione, in un romanzo può occupare anche venti pagine di racconto introspettivo perché il romanzo si basa su una visione totale della vita, non sull'inquadratura di una o più telecamere, sull'esplorazione sferica e non solo lineare.

Posso dire che scrivere un romanzo mi ha dato delle emozioni che prima non conoscevo. Forse mi ha anche aiutato a scoprire qualcosa di me che ristagnava nel territorio del «non esplorato». Ma soprattutto mi ha dato la sensazione di raccontare qualcosa con la mia voce, in un rapporto diretto e unico con l'ipotetico lettore. Occhi negli occhi. È stato come un colpo di fulmine che ti sorprende nel momento in cui pensi di conoscere e amare già tutti gli aspetti del raccontare. E ciò dovrebbe far capire quale dei due modi di scrivere mi piace di più.

Che emozione ha provato quando ha saputo che il suo libro sarebbe stato pubblicato?

Prima di tutto: incredulità. Non mi sembrava vero perché non lo ritenevo possibile, visto che era la mia prima volta, e, ancora adesso, mi sento un «dilettante miracolato». Quando l'incredulità si è dissolta (ci è voluto molto tempo, giuro) ho provato una felicità difficile da raccontare e da contenere. Ho inziato ad avvisare amici e parenti, proprio come accade quando ti nasce un figlio. Erano increduli anche loro, molto più di me. E ciò, devo ammetterlo, non è stato particolarmente gratificante... Quindi, per reazione, mi ha aiutato a sentirmi, finalmente, orgoglioso.

Sta già lavorando a un nuovo romanzo?

Sì, sono già al lavoro su un nuovo romanzo e per questa opportunità devo ringraziare l'incoraggiamento della casa editrice. Se attraverso Michele ho tentato di raccontare come i ricordi possano ancorare una vita a una condizione di resa, questa volta tenterò un percorso speculare: il recupero di alcuni ricordi come viatico per ricominciare una nuova esistenza. Da buon napoletano, incrocio le dita.

Finito di stampare nel mese di maggio 2016
da Grafica Veneta s.p.a., Trebaseleghe (PD)